I0761729

A E
& I

Vera, una historia de amor

Autores Españoles e Iberoamericanos

Esta novela obtuvo el Premio Planeta 2025,
concedido por el siguiente jurado: José Manuel Blecua,
Juan Eslava Galán, Luz Gabás, Pere Gimferrer, Eva Giner,
Carmen Posadas y Belén López Celada,
que actuó como secretaria con voto.

Juan del Val

Vera, una historia de amor

Premio Planeta
2025

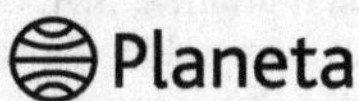

Obra editada en colaboración con Editorial Planeta – España

Diseño de la colección: Compañía
Composición: Realización Planeta

Bajo el sello editorial PLANETA M.R.
Avenida Presidente Masaryk núm. 111,
Piso 2, Polanco V Sección, Miguel Hidalgo
C.P. 11560, Ciudad de México
www.planetadelibros.com.mx

Primera edición impresa en España: noviembre de 2025
ISBN: 978-84-08-31161-4

Primera edición impresa en México: noviembre de 2025
Primera reimpresión en México: febrero de 2026
ISBN: 978-607-39-3833-4

Impreso en los talleres de Litográfica Ingramex, S.A. de C.V.
Centeno núm. 162-1, colonia Granjas Esmeralda, Ciudad de México
Impreso en México – *Printed in Mexico*

Soy lo que escribo.
A escribir le debo todo lo que soy.

PRIMERA PARTE

1

El amor brota sin orden, tarda un segundo en producirse, justo en el instante que va después de una mirada especial o de una risa a tiempo. Da igual que sea real o inventado. No siempre es verdad, a veces sentimos lo que deseamos sentir.

Vera no sabe cuándo se rompió definitivamente todo lo que la unía a Borja. No fue un día concreto, no sucedió nada extraordinario, no se puede precisar el motivo por el que dejó de sentir nada hacia él. «Dejé de sentir nada hacia él» es una frase extraña y confusa, como lo es el amor y lo que se deja de sentir. Además, es gramaticalmente incorrecta. Vera lo sabe, pero el amor solo puede explicarse olvidando las correcciones, también gramaticales. Vera terminó detestando del marqués hasta sus cosas buenas. Su sola presencia le producía zozobra, una inquietud insoportable, como si él le robase el aire cuando paseaba por la habitación, cuando se cruzaban en el vestidor o compartían el baño. Era invasivo, aunque no hiciese nada. Nada malo, se entiende. Por ejemplo, afeitarse. Vera odiaba la manera en la que Borja se afeitaba. Más que la manera, el resultado. Esa piel tan perfectamente apurada que parecía pulida. Fina, como a punto de romperse. Primero blanca y brillante cual loncha de tocino, y rosácea después de unas palmaditas rítmicas para esparcirse un *aftershave* que en su cara olía a pasado.

—¿Qué estás viendo? —Borja sorprendió una tarde a Vera sonriendo delante de la pantalla del portátil.

—Nada —contestó mientras lo cerraba de golpe.

—Algo estarías viendo.

—Nada. —Ella repitió la respuesta.

—¿Y por qué cierras el ordenador?

—No sé, ha sido un instinto.

—¿Qué estabas viendo? —El marqués elevó el tono.

—De verdad, no era nada importante.

—Vera, no me jodas. ¿Qué cojones estabas viendo?

—Estaba viendo vídeos de gatos.

—Menuda gilipollez. —Borja tuvo la tentación de pedirle a Vera que abriera el ordenador y se lo demostrase—. Demasiado contenta estabas tú para estar viendo vídeos de gatos.

—Me gusta ver vídeos de gatos.

Era verdad que últimamente Vera miraba su portátil más de lo normal, pero jamás había entrado en una página de vídeos de gatos. Eran otras webs las que la ilusionaban desde hacía varios meses, cuando empezó a pensar en la separación.

Esta mañana está contenta. Contempla su cuerpo en el espejo y le parece como si fuera el de otra. Mucho más bello. Se sorprende mirándose desnuda, reconociéndose diferente a otras veces. Es su mismo cuello, los hombros son los suyos; sus tetas, las de siempre. No ha cambiado su cintura, ni su pubis, ni sus muslos. Se da media vuelta, como hacen las famosas cuando posan en el *photocall*, y se mira de arriba abajo la espalda y el culo sin hacer caso a los defectos. Tiene cuarenta y cinco años y se gusta.

Hacía mucho tiempo que no se contemplaba así, sin preocuparse de cómo la iban a mirar los demás. Sus amigas, los maridos de sus amigas y el suyo. La envidia de ellas, el deseo de ellos y su desnudez durante tantos años únicamente para él. Ahora no están ni ellas ni ellos ni él. Ahora está ella. Por primera vez.

Vera echa un vistazo a su alrededor, la decoración de la habitación principal de la finca forma parte de su vida, pero esa es una vida ya vivida. La moqueta gris perla, la cómoda de palisandro *art déco* comprada en una tienda de antigüedades en París; las mesillas que fueron herencia de su bisabuela, dos obras de arte del siglo XIX con lámparas de Davide Medri de las que Vera se encaprichó en un viaje a Roma, un cuadro de Goya, también heredado, al lado del balcón que da al patio de naranjos, cubierto por las cortinas de terciopelo granate... Vera se ilusiona pensando en el piso que está buscando en Sevilla. Otra habitación, una cama nueva, unos muebles distintos, otras vistas. Una vida por vivir.

Mira la hora en el reloj de su mesilla de noche, aunque desde que se separó del marqués hace tres meses, las dos mesillas de noche son suyas, como lo son los dos lados de la cama. Don Borja Manuel Laguía de Villareguela, marqués de Villaecijilla, ya no está en la cama de Vera después de veinticuatro años de matrimonio.

Encima de la cama hay desparramados cuatro jerséis de punto —la mitad de cuello vuelto, a pesar de que ya empieza a hacer demasiado calor—, cinco pantalones, tres faldas, dos vestidos y dos americanas. Cerca del armario hay esparcidos varios pares de zapatos planos y de tacón, y zapatillas de deporte que Vera combina con la ropa que va dejando tirada encima de la cama, después de ponérsela y quitársela una y otra vez sin acabar de decidirse. Hace un rato estaba más segura mirándose desnuda en el espejo de lo que está ahora eligiendo un modelito para ir a ver pisos. Ha quedado con el vendedor de la inmobiliaria para que le enseñe los que tiene seleccionados para ella cerca de la Maestranza, y, si le da tiempo, puede llegar a ver ambos.

Vera entra en cada piso en venta buscándose a ella misma detrás del umbral. Una ilusión que empezó a construirse el primer día que accedió a una web de venta de casas. Al principio fue solo un entretenimiento inocente; después, una obsesión. Detrás de cada anuncio en el que clicaba, Vera fantaseaba con su plan de huida.

Dentro de media hora ha quedado con el vendedor

en la calle Adriano. O elige pronto lo que se va a poner o llegará tarde.

En la finca La Paz está empezando el ruido. Los perros ladran, un tractor está saliendo de una de las cocheras. El sonido de los cascos de dos caballos sobre el empedrado se cuela nítido en la habitación de la señora. Seiscientas hectáreas, al lado de Sevilla, de cultivo de tomate, maíz, patata, remolacha, algodón y algo de avena, esta para alimentar a los caballos. La Paz no es la única finca, ni tampoco la más rentable de las que tiene el marqués, pero es en la que Vera quiso vivir después de casarse. Ella dejó Casa Caldera, su finca familiar, para instalarse en la de Borja. Aquí está la mitad de su vida, gran parte de sus recuerdos, también la nostalgia de los buenos momentos de los primeros años. Borja se fue a su palacete de la avenida de la Palmera después de la separación. «Quédate mientras decides lo que quieres hacer con tu vida», le dijo de una manera sorprendentemente generosa. Ella sospecha de esa generosidad, conoce a Borja demasiado bien.

Vera ya se ha decidido, aunque sin estar convencida del todo. Había que hacerlo porque, con tantos cambios de ropa, al final no le queda mucho tiempo. Se ve guapa, a pesar de que le hubiera gustado ponerse la camisa verde que ha echado a lavar. Tenía que ser esa, precisamente. Está nerviosa, ojalá alguno de esos dos pisos sea el definitivo. En las fotos tienen muy buena pinta, aunque no haya imágenes de las vistas. «Hoy lo voy a encontrar, tengo un presentimiento», se dice mirándose al espejo. Todavía le falta un último toque de pintalabios rojo.

El amor se acaba a la misma velocidad que empieza, aunque tardemos mucho más tiempo en querer darnos cuenta de ese final.

Definitivamente, va a llegar tarde.

2

Antonio lleva un año viviendo en Sevilla. Le pidieron en la inmobiliaria que se trasladara aquí para hacer crecer esta nueva sucursal en Andalucía. Es uno de los mejores vendedores de la empresa, y aunque no conocía bien la ciudad, vender es vender, da igual el sitio, y para eso él tiene un don. Antonio posee esa virtud innata de gustarle a la gente sin tener que hacer ningún esfuerzo.

Se había ido de Madrid porque sentía que debía hacerlo, sabía que no tenía más remedio, pero, según preparaba las maletas, la tristeza se iba apoderando de él.

Cada camisa que doblaba, cada muda, cada par de calcetines, cada pantalón que colocaba en la maleta era un golpe de melancolía. Antes de subirse al tren que le llevaría de Puerta de Atocha a Santa Justa ya había empezado a sentir nostalgia. Superó las ganas de dar media vuelta y se metió en el tren como si una fuerza superior le empujara a su interior. Sevilla le encanta, aquí sus clientes son gente con dinero, muchos de la alta sociedad, pero él lleva el barrio dentro. De ahí no se sale simplemente con coger un AVE.

Antonio tuvo que esforzarse para que no se le notase tanto su acento de Vallecas. No solo el típico «ej que»; lo que más le costó fue abandonar ese tonito chulesco, esa caída de la entonación como de dejadez y provocación, esa musiquilla que le daba a cada frase la intención de indiferencia, tan propia de «Madrí». Todavía tiene que estar pendiente, porque a veces se le olvida y le sale el acento vallecano, sobre todo cuando habla con su madre o con su hermano. Con los clientes de la inmobiliaria tiene que concentrarse para colocar las eses en su sitio y que su entonación denote interés por lo que está diciendo. Es importante dar buena imagen, y eso incluye que no se reconozca demasiado el sitio de donde viene y del que, a sus treinta y cinco años, nunca ha terminado de salir.

Después de la adolescencia, Antonio se convirtió en un chico muy guapo, pero de pequeño era un niño del montón. El pelo cortado a tazón por su madre, con el flequillo hasta las cejas y un remolino incontrolable en la coronilla. Moreno de piel, ojos grandes y la carita redonda. Su madre, Teresa, le cortaba el pelo a él y de vez en cuando a otros niños del barrio en el baño de su casa. Al principio era tan solo un extra económico, pero cuando su padre los abandonó, pasó a ser la única fuente de ingresos conocida de su madre. Había otra, pero Antonio tardó algún tiempo en descubrirla. Algunas tardes sonaba el telefonillo y Teresa lo mandaba enseguida a jugar a la calle o a casa de cualquier amigo del barrio. Antonio se cruzaba en las escaleras con algún señor que subía mientras él bajaba precipitadamente, tal y como le ordenaba su madre. «Y no vuelvas antes de una hora», le decía, mientras se recomponía la falda y se ahuecaba el pelo con los dedos delante del espejo del recibidor. Antonio no comprendía lo que pasaba, pero recuerda que siempre bajaba las escaleras con ganas de llorar.

Teresa sigue viviendo en la misma casa en la que Antonio se crio, pegada a la M-30, muy cerca del puente de Vallecas. Vive de lo que su hijo le pasa cada mes. Ya no corta el pelo a ningún chico del barrio y es tarde para que ningún señor suba a su casa.

Su padre se fue cuando Antonio tenía diez años. Camarero de profesión, abrió un bar en el barrio, «para ser mi propio jefe», decía, imaginándose como un empresario de éxito y quién sabe si, con el tiempo, dueño de una cadena de restaurantes. Salió cruz, como casi siempre, y aquella aventura acabó con una nueva hipoteca sobre el piso en el que vivían y otra sobre una casa del pueblo, que acabó vendiéndole al vecino de al lado por el precio de la deuda. Antonio fue pocas veces a aquella casa, pero sí recuerda la tristeza de haberla perdido. En realidad, la casa le daba igual, pero aquel negocio fallido fue una evidencia más de que en su familia las cosas nunca salían bien.

El padre volvió a trabajar en los bares de otros, y así debe de seguir, si es que aún no se ha jubilado. O no se ha muerto. Hace un par de años que Antonio no le ve. A decir verdad, le ha visto dos o tres veces desde el día que se marchó de casa con una clienta habitual del restaurante en el que trabajaba, una mujer algo más joven que él que se quedó embarazada a los pocos meses de irse a vivir juntos. Quién sabe si se fueron a vivir juntos después de que se quedara embarazada. Qué más da. El caso es que Antonio tiene un hermano diez años menor que él. Se llama Diego y tampoco ve a su padre desde hace dos o tres años, no se acuerda bien. Lo último que había sabido de él es que se había ido a vivir a Cádiz con una mujer de Algeciras que tenía un bar en el que la especialidad eran las tortillitas de camarones, o algo así.

Antonio y Diego se parecen mucho físicamente de manera enigmática, como tantas veces sucede con los parecidos. Los dos son guapos, morenos y de facciones muy similares, sobre todo los ojos, que son casi idénticos. Lo inexplicable del asunto es que todo el mundo coincide en que Antonio es calcado a su madre y Diego a la suya, sin que ninguno de los dos haya heredado el más mínimo rasgo de su padre. Aparte de lo físico, Antonio y Diego caminan de la misma manera, hasta el punto de que podría confundírseles si se les mira de espaldas. El cuerpo ligeramente vencido hacia delante, como si sus hombros tuviesen más prisa por llegar que el resto del cuerpo. El uno ochenta y siete de estatura —Diego un par de centímetros más que Antonio no quiere reconocer— les da seguridad, pero cierta tendencia a no estirarse del todo por una instintiva empatía con los demás. Se mueven con la armonía de los que saben que los están mirando, la naturalidad de los que no tienen que hacer ningún esfuerzo para ser atractivos y una cadencia que parece que pudieran ponerse a bailar a cada paso. Además, los dos hermanos gesticulan de forma calcada, a pesar de no haberse criado juntos. La genética es un misterio, y muy caprichosa. Quizá un bisabuelo o un tatarabuelo aportara a esa estirpe un gen que se saltó algunas generaciones hasta desembocar en el cuerpo de un señor gris, mediocre y más bien feo, para que procrease dos varones altos, morenos y guapos.

Algún fin de semana, cada dos o tres meses, Teresa llevaba a Antonio a casa de Diego para que los hermanos se viesen. Sus recuerdos están cosidos por un hilo muy fino, pero ahí siguen, inamovibles: la cara de felicidad de Diego cuando Antonio le enseñó a tirarse de cabeza en la piscina municipal; los dos jugando al *Pro Evolution Soccer*, de la Play2, y los colacaos llenos de grumos que Antonio le preparaba a su hermano en la cocina escondiéndose de la madre de Diego, que los regañaba por gastar medio bote en cada merienda.

A Antonio le va muy bien, a los ojos de Diego, y a Diego, ni bien ni mal, a los de Antonio, que prefiere no pensar demasiado en lo que hace su hermano. Lo único que teme, y a la vez sospecha, es que haya seguido sus pasos. Sabe que dejó de estudiar en segundo de la ESO y que no ha trabajado nunca. «Ej que no me sale na, chache»; Diego deja caer la frase con una falsa resignación que acompaña de una sonrisilla malintencionada cada vez que llama a su hermano para pedirle dinero. Diego no se plantea suavizar su acento de barrio. Seguramente no tiene conciencia de que se puede hablar de otra manera.

3

Vera sentía que era feliz cuando pintaba. Desde que era pequeña tenía un don para el dibujo. Replicaba en el papel todo lo que veía con una precisión impropia para una niña. A doña Remedios y a don Luis les encantaba que su hija tuviera esa habilidad, así que la llevaron a clases de pintura en una academia de Sevilla. Con doce años ya había ganado varios concursos de dibujo y de pintura para niños que había en la provincia, con cuadros de paisajes, bodegones, caballos y una vez con un retrato del rey Juan Carlos vestido de militar, que era el tema elegido en un certamen de colegios de toda Andalucía para conmemorar el Día de la Constitución. «Por el virtuosismo de los detalles», decía, entre otras cosas, el fallo del jurado sobre el retrato del rey. «Y más guapo que el de verdad», sentenció orgullosísima doña Remedios al leerlo. El premio fue un estuche con material de dibujo y la promesa de que le harían llegar el retrato ganador al mismísimo Juan Carlos I.

Vera siguió pintando, aunque poco a poco fue abandonando los bodegones de frutas, los animales en la pradera y los retratos de famosos. Y cuando lo hacía, era de otra forma. Metía alguna pera podrida en el bodegón, algún caballo al que le faltaba un ojo, o se inventaba alguna deformidad en la cara de las famosas, como cicatrices en los pómulos, sonrisas a las que les faltaban dientes o verrugas de las que salían pelos. Vera cambió su manera de pintar sin cambiar ella, que seguía siendo una niña feliz, a pesar de lo oscuros que se iban volviendo algunos de sus cuadros.

—Vera, ¿por qué pintas cosas tan raras? —decía doña Remedios con un tono en el que no podía ocultar su decepción.

—No son raras, son feas —precisaba ella.

—¿Y qué necesidad hay de pintar cosas feas pudiendo pintar cosas bonitas?

Vera se limitaba a encogerse de hombros, incapaz de contestar a esa pregunta.

Doña Remedios transmitió la preocupación a don Luis, al que los últimos dibujos de Vera le habían inquietado un poco, sobre todo ese que había hecho de una mujer a la que, en vez de tetas, le salían del pecho dos pistolas de las que chupaba un bebé como si estuviera mamando. El matrimonio valoró la posibilidad de llevar a la niña a algún psicólogo si seguía pintando «esas cosas» que no se atrevían ni a describir. La pintura para Vera comenzó a ser un problema. Los padres nunca se lo dijeron expresamente, pero sus gestos al mirar los nuevos dibujos de su hija eran de pura frustración. Lo que no hacía tanto tiempo era para ellos un motivo de orgullo pronto acabó sustituido por la vergüenza.

Vera fue abandonando poco a poco aquella manera de pintar que sentía que la alejaba de sus padres y volvió a las manzanas brillantes y los paisajes luminosos. Olvidó las cicatrices y las verrugas con pelos y dibujó perros más bonitos que los de verdad. Después de restablecida la tranquilidad de don Luis y doña Remedios, Vera dejó de pintar de un día para otro. Le aburría aquella belleza sin emoción, pero no podía plantearse incomodar a sus padres con lo que en realidad quería expresar. Llevó los pinceles, los cuadros con personas deformes y escenas tétricas, los lienzos que todavía estaban en blanco y el caballete a una nave de la finca en la que se almacenaban aperos de labranza, sacos de pienso, maquinaria abandonada y neumáticos gastados. Una madrugada hubo un incendio en la nave causado al parecer por un cortocircuito en el motor de una bomba del depósito de gasoil que seguramente alguien había olvidado desconectar, y ardieron en llamas los cuadros de Vera. Ni siquiera se dio parte a la compañía de seguros para investigar lo sucedido. «Demasiados trámites —dijo don Luis—. En esa nave no había nada que tuviese demasiado valor».

4

Uno de los empleados de La Paz ha dejado a Vera en la esquina del paseo de Colón con el puente de Triana. «Prefiero ir andando. Muchas gracias, Matías». «Lo que usted diga, señora». Matías regresa a la finca y Vera se dirige a la Maestranza por la acera del río. Le gusta caminar por este lado del paseo, siempre hay menos gente. En la acera de enfrente hay edificios con locales y bares de copas que casi todos abren por la noche. Antes de llegar a la plaza de toros, Vera cruza el paseo de Colón en busca de la calle Adriano, el Arenal es su barrio preferido de la ciudad.

Vera nunca ha vivido en Sevilla. De niña, en Casa Caldera, y en La Paz después de casarse con el marqués. Las dos están cerca de la ciudad, así que no hay demasiada diferencia con vivir en el campo, porque en quince o veinte minutos te plantas en el centro. Además, en la finca están los caballos, hay más tranquilidad, espacio para caminar y silencio para dormir. Todo le parecían ventajas, hasta ahora. Vera está contenta, baja a la calle entre la gente camino de su cita, a la que llega media hora tarde. Le da la sensación de que, rodeada de cuerpos y voces, de coches y de casas, tiene más espacio que en cien hectáreas de llanura.

Cuando entra en el bar Taquilla, Antonio la está esperando al fondo tomando su segundo café. El local se encuentra bastante lleno, pero es imposible no fijarse en él. Es la hora en la que la gente que trabaja por la zona baja a desayunar, y en la barra no se da abasto con las tostadas con tomate y los cafés con leche.

—Lo siento —se disculpa Vera con el vendedor por el retraso.

—No te preocupes, tengo toda la mañana para ti.

Antonio va vestido con un traje azul marino, parece el mismo que llevaba los otros dos días que se han visto, cuando le enseñó pisos en Los Remedios y en Felipe II. No importa cómo vaya vestido, su presencia trasciende su traje barato, que le queda un poco grande, o esa impresión da al ahuecársele la tela por la parte del cuello. La corbata es azul, el color corporativo de la inmobiliaria en la que trabaja, y los zapatos, marrones, algo desgastados por la punta, aunque todavía aguanten.

—Tengo algunos pisos para enseñarte. Hay uno que estoy seguro de que te va a encantar.

—¡Qué ganas! ¿Cómo es?

—Ahora lo verás... ¿Qué quieres tomar?

—Un café solo.

—Manuel, uno solo —se dirige Antonio a uno de los camareros.

—¿Alguna cosa más, señorita? —pregunta Manuel a Vera.

—No, gracias. Ya he desayunado.

—¿Qué tal tu niña? —le pregunta Antonio al camarero.

—Nada, al final no fue gran cosa, con el antibiótico le bajó la fiebre. Mañana mismo vuelve al cole.

—Me alegro mucho, Manuel —le sonríe al camarero—. Cóbrame cuando puedas.

—Nada —dice Manuel guiñándole un ojo.

—¿Hoy tampoco me cobras?

—Dos cafés no me van a sacar de pobre, Antoñito.

Vera no reconoce muy bien lo que le sucede mientras mira a Antonio desenvolverse. Ya le ha ocurrido las otras dos veces que quedaron para que le enseñase casas. De hecho, sí sabe lo que le pasa, pero prefiere ignorarlo. Antonio la pone contenta. Y nerviosa.

—¿«Antoñito»? —le sonríe—. ¿Te llaman Antoñito?

—Nadie me llama Antoñito, salvo este —responde señalando a Manuel—. Me da apuro corregirle.

—No tienes pinta de Antoñito, la verdad.

Antonio le explica las características de los pisos que quiere enseñarle, sin que Vera sea capaz de atender del todo a lo que dice. No es importante que el traje sea malo, el cuello esté desbocado o los zapatos desgastados, Antonio es un hombre guapo. Ojos oscuros, nariz imperfecta y grande, como su boca de labios anchos y una mandíbula ligeramente alargada. Todo eso que se ve tampoco es determinante, lo que hace de él un hombre atractivo es lo contradictorio de su mirada y su sonrisa. La mirada dura y provocadora, la sonrisa tierna y cercana. Con una te previene y con la otra te desarma.

—¿Por cuál quieres empezar?

—¿Qué? —dice ella, que estaba a sus cosas.

—Los pisos, que por cuál quieres empezar.

—Por el que quieras —improvisa—. Voy a ir un momentito al baño antes de irnos.

Vera quiere comprobar que todo está bien. Eso significa que el pelo sigue en su sitio, que el carmín no le ha manchado los dientes de rojo y que la ropa le queda como le tiene que quedar. Después de tantos cambios, no está segura de haber acertado con el vestuario. A decir verdad, no está segura de nada.

Lleva la melena detrás de los hombros, repasa sus labios con otro toquecito de labial que esparce con precisión, junta los dientes y los muestra al espejo comprobando que no hay ningún resto, respira hondo y abre la puerta del baño para volver a la barra. Va vestida de negro, con un pantalón de pinzas alto que le marca la cintura, una camiseta negra enseñando los hombros y unas zapatillas blancas de Loewe, que Antonio naturalmente no sabe que son de Loewe y, de saberlo, no podría imaginar su precio. Tampoco sabe que el pantalón es de Loro Piana, sobre todo porque no sabe que Loro Piana es una marca de ropa cuyos pantalones casi siempre pasan de mil euros.

Antonio y Vera bajan por Adriano en busca de la

calle Arfe. Él le explica que el primer piso que van a ver es uno de los más grandes de la zona, porque en su día los dueños unieron dos quedándose con toda la planta. El siguiente está en la calle Velarde, también muy señorial.

Al doblar la esquina se cruzan con dos señoras que ocupan toda la acera. Antonio se aparta para dejarlas pasar y Vera tiene que avanzar unos pasos por delante de él. Al volver la vista, ella repara en que Antonio le está mirando el culo sin demasiado disimulo. Ella hace como que no se da cuenta, y a él no le importa que se haya notado. Antonio sonríe al mirarla, esta vez a la cara, cuando los dos se vuelven a poner a la misma altura en la acera. La sonrisa le sale espontánea, como si solo le sonriera de esa forma a ella. Antonio seduce como sin querer, le sale solo, su manera de mirar hace que ella se sienta única y al mismo tiempo sabe que, por lógica, es una más entre todas a las que mira. Tiene treinta y cinco años, vive solo en Sevilla, está soltero y es guapo. Vera percibe que este hombre es una especie de fuerza que le impulsa a acercar la mano al fuego.

5

Vera se enamoró de Borja viéndole montar a caballo; seguramente le recordó a su padre. Eso es muy frecuente, según los psicólogos, por aquello de la búsqueda eterna del referente paterno, la teoría del apego, el complejo de Electra y todo eso. Dan igual los motivos. Ella sintió que aquel hombre iba a ser su hombre, y con eso bastó. Borja tenía todo lo que tenía que tener para ser el marido de aquella chica rubia de ojos azules, de belleza limpia y comportamiento siempre ejemplar, de familia tradicional, educada en un colegio de monjas y con un patrimonio que conservar. El marqués de Villaecijilla le sacaba diez años, sí, pero los dos eran lo suficientemente jóvenes para que eso no fuese un problema. Poco más de treinta él y de veinte ella. Ninguno necesitaba el dinero del otro, habían vivido las mismas vidas, todo estaba en orden para las familias, para los amigos y para la ciudad.

En Sevilla fue una boda importante, con todo el anacronismo, boato y espesura que eso supone. La noticia se publicó en los diarios locales, en las revistas del corazón andaluzas y hasta en el *¡Hola!*, aunque fuera en aquella sección que ya no existe llamada «Sociedad», en la que solía salir gente de apellidos con solera, pero que nadie fuera de su ciudad conocía. Aquellas páginas eran en blanco y negro, lo que daba a entender que se trataba de las menos importantes de la revista. Había una sensación agridulce en todos los que aparecían en la sección «Sociedad» del *¡Hola!*: salías en el *¡Hola!*, pero en gris. Como el que vive en un edificio señorial del mejor barrio de la ciudad, pero su piso es el bajo interior. Una foto pequeñita de los novios y los padrinos posando en uno de los altares de la catedral ilustraba la noticia: «Enlace de don Borja Manuel Laguía, marqués de Villaecijilla, con la señorita Vera Luque, hija del empresario don Luis Luque de la Laguna y de doña Remedios de Castilsanz».

Ella tenía veintiuno cuando se convirtió en la mujer del marqués en la catedral de Sevilla un día lluvioso de primavera del año 2000. En todas las fotos se mostraba sonriente, su melena rubia recogida en un moño adornado con florecitas blancas, sus ojos azules transmitían felicidad a la cámara y admiración, casi devoción, en las que aparecía mirando a Borja. Estaba enamorada sin saber lo que era el amor.

Alta, delgada, joven y virgen hasta un par de meses antes de la ceremonia. Vera no quiso y el marqués no quiso que quisiera hasta que estuvieron repartidas las invitaciones. El sexo siempre era algo indecente, salvo si se hacía con tu marido. Al fin y al cabo, no quedaba más remedio si se querían tener hijos. «Pero sin alejarse nunca de la virtud», como decía a todas horas sor Milagros, la directora de las agustinianas, el colegio religioso donde Vera estudió hasta que terminó el bachillerato. El sexo era pecado fuera del matrimonio, y fuera del matrimonio significaba en ausencia de tu marido. Así que tampoco se contemplaba practicarlo sola. Vera tardó años en intentarlo y alguno más en hacerlo de manera medianamente satisfactoria. Medianamente.

Mucho tiempo sin tocarse. Mejor dicho, sin tocarse bien, del todo, libremente, hasta el final y sin culpa. Siempre que trataba de hacerlo se acordaba de sor Milagros. Aquella monja tenía mirada de psicópata, fría, inmutable, y pelos negros en la barbilla, muchos, cortitos y duros como púas de erizo. Las veces que Vera intentaba darse placer en la ducha, el único sitio donde podía estar sola, o en la cama, cuando el marqués viajaba para asistir a alguno de los consejos de administración de los que era miembro, se le aparecía la cara de sor Milagros recordándole que aquello era una vergüenza y se esfumaba el deseo. No todas las monjas eran iguales, las había más accesibles y tiernas que sor Milagros. Y sin tanto vello, lógicamente. Pero ninguna era comprensiva cuando se intuía el abandono de la decencia y el decoro, si la risa era fuerte o si cuchicheaban hablando de alguno de los chicos del colegio de enfrente con los que las niñas coincidían a la salida de las clases.

Su matrimonio con el marqués fue desde el principio como tenía que ser. Ninguno se lo planteó de otra manera, Vera la que menos. Borja en sus negocios y ella feliz siendo su mujer. Ella terminó las últimas asignaturas de Filología Hispánica, una carrera que estudió porque sentía interés por la lectura, pero que le aburrió hasta el extremo y que jamás llegó a ejercer.

Borja y Vera pronto tendrían que ser papás, ella quería ser madre y el marqués quería tener muchos hijos. Decía que al menos tres, pero nunca llegó el primero. Se hicieron pruebas; ella y luego él. Todo estaba bien, solo había que seguir intentándolo, pero mes tras mes llegaba una nueva frustración. Dolía la mirada de Borja, entre la rabia y el desprecio, cada vez que Vera volvía del baño con la noticia de que esa vez tampoco iba a ser. Él jamás lo asumió, ella acabó deseando que no sucediera.

La muerte de su madre cambió los planes de Vera. Más que la muerte, el motivo de la muerte de doña Remedios: murió dando a luz a su hija Alba. Todo lo que sucedió aquellos dos días cambiaría para siempre la vida de Vera.

A pesar de no tener hijos, Borja y Vera eran un matrimonio convencional, ejemplar para la mayoría. Su vida de pareja era un tópico pegado a otro, lo que se suponía que había sido una vida plena durante más de veinte años. Salían a comer, de compras, quedaban con amigos, montaban a caballo en la finca, él conducía un Porsche todoterreno y ella un Audi más pequeño, iban a misa los domingos antes de tomar el aperitivo y, de vez en cuando, hacían el amor. Eso les fue apeteciendo cada vez menos, pero después de varias semanas sentían que ya tocaba y realizaban un esfuerzo. Pasaron meses y años de matrimonio previsible y lánguido, lleno de domingos por la tarde.

Así que la pareja siguió. Borja con sus empresas, sus consejos de administración, su Macallan con los amigos, sus amantes cuando las había y su sexo de pago si escaseaban. A veces compaginando una cosa y la otra. Todo estaba en orden para él. Mientras, a Vera la carcomía el aburrimiento. Siguieron saliendo a comer, haciendo compras, Borja cambiando su Porsche todoterreno por otro Porsche todoterreno más nuevo y Vera su Audi pequeño por otro Audi pequeño. Siguieron quedando con amigos, montando a caballo en la finca y yendo a misa los domingos antes de tomar el aperitivo. Hasta que definitivamente ella supo que se había terminado.

6

Alba es la hermana menor de Vera. La niña, más que un descuido de los padres, fue un milagro. Llegó al mundo cuando Vera tenía veintidós años y ya estaba casada con el marqués, precisamente buscando un bebé. Lo normal habría sido que fuera ella y no su madre la que se quedase embarazada, pero nada deja de ser normal mientras sea posible.

Don Luis Luque de la Laguna y doña Remedios Castilsanz debieron de cenar un día con más vino de la cuenta y llegaron a casa más contentos y eufóricos de lo habitual. Tal vez él se quitó precipitadamente la chaqueta y la corbata, los pantalones de lana inglesa y los castellanos a medida y a ella le dio tiempo como mucho a dejar en la mesilla los pendientes de perlas. O ni eso. Don Luis y Remedín, que así la llamaba su marido desde que eran novios, harían el amor después de mucho tiempo, con él encima y ella hundiendo su cardado teñido de rubio en la almohada de su cama con dosel. Don Luis jadearía un poco antes de terminar y ella se sentiría orgullosa de que su hombre la deseara esa noche, algo que ya no recordaba. Seguramente fue así, tuvo que ser ese día, porque no hubo ningún otro después, ni lo había habido desde hacía meses. Aquella noche se durmieron despreocupados y lo único que notaron al día siguiente fue la resaca del vino. Sería ese un domingo que aprovecharían para ir a misa después de desayunar en su finca Casa Caldera, como siempre. No fue hasta unas cuantas semanas más tarde cuando la zozobra se instaló en el estado de ánimo de Remedín al comprobar un día tras otro que no le venía el periodo. Ella, si tenía que referirse a eso, decía «el periodo», no «la regla», aunque de aquello no se hablaba, salvo que fuera estrictamente imprescindible. Como lo fue cuando, después de transcurrido más de un mes de la fecha aproximada en la que tocaba, tuvo que contárselo muerta de vergüenza a don Cayetano, su médico de toda la vida, que ya había traído al mundo a Vera. Remedín deseaba que don Cayetano le comunicase que eso era un adelanto de la menopausia, a sus cuarenta y cinco años, pero, una vez realizada una ecografía, de menopausia nada de nada. La mayor vergüenza de doña Remedios fue contárselo a su hija Vera, que, al escuchar a su madre que estaba embarazada, se echó primero a reír y luego a llorar, las dos cosas de puros nervios. Y de envidia un poco también. Vera daba por imposible que sus padres pudieran tener relaciones, así que la noticia le sorprendió al principio y le consternó después, al no poder dejar de imaginárselos en pleno acto sexual. Tardó muchas semanas en quitarse esa imagen de la cabeza para poder mirar de nuevo a sus padres sin visualizarlos desnudos intercambiando jadeos y fluidos. El caso es que, sin que ninguna de las dos lo comentara, Vera se imaginaba follando a doña Remedios y doña Remedios no podía dejar de pensar que su hija se la estaba imaginando. Tuvo que pasar cierto tiempo hasta que pudieron actuar ambas con cierta normalidad.

Alba tiene ahora veintidós años y estudia el último curso del doble grado de Administración de Empresas y Derecho en ICADE, la carrera que quería hacer y en la universidad que ella eligió. Vera le pidió al marqués que moviera los hilos para que su hermana estudiase en esa institución tan prestigiosa y en la que se hacen los contactos adecuados. Allí se matriculan jóvenes de buenas familias de Madrid, también de otras ciudades, pero siempre gente bien. Los chicos y las chicas se relacionan entre sí mientras estudian, de allí salen nuevas parejas que unen a sus respectivas familias, creando la suya propia. Una familia nueva, con niños que se relacionarán algún día con otros hijos de familias similares. Una endogamia de prosperidad, de posibilidades, de futuro despejado.

Alba está acostumbrada a ser «la guapa» en todos los sitios a los que va, también en esta universidad donde abundan las chicas monas, las chicas estilosas, las chicas que saben sacarse partido. Ella es sexy sin proponérselo, que es como se es sexy de verdad. Tiene un cierto aire familiar que comparte con Vera, sobre todo en los ojos claros, aunque Alba es algo más morena de piel y de pelo que su hermana.

Vive en la calle Carranza, en un apartamento pequeño pero que le permite ir andando a la universidad. Muchos viernes al salir de clase se marcha a Sevilla para estar con su hermana, sobre todo desde que se separó del marqués. Alba se puso contentísima cuando Vera le contó la noticia: «Me pienso ir de fiesta para celebrarlo». A Vera no le gustó que su hermana pequeña evidenciara, una vez más, que no podía soportar a su cuñado, con el que desde hacía un par de años apenas se hablaba más allá de un saludo cuando coincidían. Una cosa era que ella hubiera decidido separarse y otra que se abriera la veda para que Alba criticara al que había sido su marido durante más de veinte años. «Yo le sigo queriendo», le dijo Vera a su hermana, autoconvenciéndose un poco. «Separarte es lo mejor que has podido hacer en tu vida», Alba no le dio tregua. A la hermana pequeña no le gustaba la manera de hablar de su cuñado y, sobre todo, la manera de mirarla. Ella sabía por qué, aunque no era capaz de explicarlo.

Los primeros meses le costó acostumbrarse a Madrid, pero ahora, después de casi cinco años, lo que le cuesta es volver a Sevilla. Aquí tiene a Vera, que es lo único que la une a su ciudad. También lo que más la aleja. Las calles que siempre fueron sus calles las siente lejanas. La gente, el acento, el ritmo. En Sevilla todo es más lento, también más apacible, más previsible. Todos los chicos bien de Sevilla le parecen el mismo chico. Todos los bares, el mismo bar. Las amigas, todas son la misma. Hay algo de su ciudad que la oprime, quizá sea solo aburrimiento.

7

Isabel llamó a Antonio una mañana para que fuese a su despacho. Quería felicitarle por sus ventas en los primeros seis meses en la sucursal de Sevilla. Isabel es una jefa de área, que es el nombre que le han dado al cargo inmediatamente superior al de vendedor. Ella había sido una de las primeras en llegar a la sucursal de Sevilla cuando se abrió y a los pocos meses la ascendieron, a pesar de no haber cumplido todavía los treinta. Isabel coordina a los vendedores y les asigna las viviendas de las que se tienen que encargar. Es la jefa, aunque su autoridad tampoco le permite tomar decisiones drásticas como despidos o contrataciones si no las consulta antes con la central de Madrid. Es, más o menos, eso que se define como «una medio jefa». Isabel es bajita, proporcionada, de ojos y nariz grandes y pelo rizado. No es una mujer guapa a primera vista, pero su atractivo crece cuanto más la miras. Es una mujer sexy que parece saber hasta lo que no ha vivido. Tiene un acento andaluz muy sutil, delicado, como mezclado con el canario, que Antonio no termina de identificar. Había oído conversaciones sobre ella a los compañeros, sin que ninguno supiera gran cosa de su vida fuera de la oficina.

—Creo que su marido es un venezolano con mucha pasta.

—A mí me han dicho que está separada.

—Cuentan que una vez la vieron en Morena Mía.

—¿Y eso qué es?

—Una fiesta para lesbianas que hay todos los meses en un bar de la Cartuja.

—¿Lesbiana? Ni de coña.

—¿Y por qué no?

—No sé, porque no tiene pinta.

—¿Y qué pinta tiene una lesbiana?

Para Antonio, Isabel fue una motivación desde que pisó la oficina. Una motivación y un reto: el mismo reto de siempre.

Antonio descubrió desde la adolescencia que las mujeres iban a ser el verdadero motor de su existencia. No fue algo premeditado para un niño que había crecido rodeado de fracaso y con un futuro oscuro. Un padre al que todo le salía mal, una madre que tiraba para delante a base de consumirse, y para él, la calle. El sitio adonde podía huir, pero del que no se podía escapar. Un mundo claustrofóbico y sin salidas, en el que las mujeres abrían una cortina por donde entraba la luz. Ellas, como un todo. Tan distintas unas de otras, pero siendo la misma. Eran suavidad, sonrisas, ilusión, refugio, imán y éxito. Ellas, que levantando el pulgar te salvaban o bajándolo te condenaban a seguir siendo nadie.

No se sabe el día en el que Antonio descubrió que, de la misma manera que otros tienen una habilidad innata para jugar al fútbol, para cantar o para los idiomas, a él las mujeres se le daban bien. Y a esa destreza le dedicó todo su empeño, como el deportista a sus entrenamientos, para no perder. Cada conquista era una medalla imaginaria colgada en su cuello. Cada beso era escapar de las sombras. Cada caricia, la emoción que hacía que todo valiese la pena. Disfrazada de frivolidad, su relación con las mujeres era mucho más que un divertimento. En una vida condenada a la frustración, ellas eran su único vínculo con la alegría.

Isabel le pidió que cerrase la puerta después de entrar en el despacho.

—Has vendido más en seis meses que la mayoría en año y medio.

—Son rachas, nada más.

—Ya he pasado un informe a la central en el que sales muy bien parado.

—Gracias, Isabel. Me encantaría agradecértelo invitándote a comer algún día.

La propuesta de Antonio sonó inocente, pero su mirada y su sonrisa delataban que no lo era tanto.

—Ya comemos muchos días aquí con los compañeros.

—Eso ya lo sé. —Sonrió sin perder la entereza—. Me refería a comer solos.

—No sé si esa es una buena idea.

—Seguramente no. —Antonio hizo una pausa—. La

cuestión no es si es una buena idea, la cuestión es si te apetece comer conmigo fuera de aquí.

A Isabel se le escapó una sonrisa que la delataba, pero se mantuvo en eso que consideraba que debía ser su sitio.

—Yo creo que lo mejor es seguir comiendo aquí con los compañeros.

—Lo último que se debe ser en esta vida es pesado.

Antonio se levantó sin abandonar su sonrisa y sin dejar de mirarla a los ojos. Isabel también sonrió, pero le evitaba de vez en cuando la mirada.

—Por cierto, te voy a pasar una clienta nueva. Tiene bastante pasta y busca un piso en el centro o por el Arenal. Hay que tratarla bien.

8

Matías, Luisa, Rosita, Agustín y Jacinta se pusieron frente a los señores como si estuvieran delante de un pelotón de fusilamiento. Les habían dicho que fuesen al salón porque les tenían que comunicar una noticia. Había más empleados en La Paz y, por supuesto, en las empresas, pero ellos cinco son el núcleo duro del personal de servicio de Borja y Vera. Ellas, cocineras, limpiadoras, costureras y lo que haga falta. Ellos, conductores, fontaneros, electricistas y lo que sea necesario.

—La señora y yo hemos decidido separarnos por un tiempo —dijo Borja de sopetón. Vera se limitó a asentir con la cabeza sin contradecirle eso de «por un tiempo»—. Mientras todo se aclara —continuó el marqués—, la señora se quedará aquí en La Paz y yo me instalaré en el chalet de la avenida de la Palmera.

Matías, Luisa, Rosita, Agustín y Jacinta miraban como si fueran los hijos de unos padres con la custodia compartida. Los más antiguos de todos son Agustín, que lleva media vida trabajando con el marqués, y Jacinta, su mujer, que ha estado al servicio del matrimonio desde poco después de la boda. Rosita, una mujer descarada de El Puerto de Santa María, lleva amagando con cambiar de trabajo casi desde el día en el que la contrataron hace unos cinco años, pero nunca termina de dar el paso. Matías y Luisa son dos personas que apenas hablan, se supone que es por una cuestión de timidez, pero quizá sea porque casi nunca tienen nada que decir. Él es un buen conductor y ella hace una tortilla de patatas insuperable. Rosita cree que Matías y Luisa en algún momento se han acostado y que sin duda lo siguen haciendo de vez en cuando.

—Habíamos pensado —dijo Vera— que Jacinta, Agustín y Rosita se vayan con el marqués. Y que Luisa y Matías se queden aquí conmigo hasta que decida dónde voy a vivir.

Todos se marcharon del salón sin hablar después de que Borja les dijera que los cambios se producirían a partir del siguiente lunes. Solo Rosita dejó caer un pequeño bufido de desagrado, algo así como un «pfff» resignado.

Agustín prefería irse con Borja, era una cuestión de fidelidad. Jacinta, su mujer, sabía que entraría en el lote de su marido, aunque, al contrario que a Agustín, a ella nunca le había gustado el marqués. Rosita habría protestado con cualquiera de las dos opciones, porque ella siempre protesta, y Luisa y Matías no se sabe, porque con ellos nunca se sabe. Eso sí, a los cinco les sorprendió la manera tan cordial en la que Borja y Vera se estaban separando.

—Mucha educación me parece a mí —dijo Rosita con tono de sospecha cuando salieron del salón.

—Mejor así —comentó Jacinta.

—Pues yo no me fío —insistió Rosita.

—¿De la educación? —le preguntó Matías.

—De nada. Yo no me fío de nada.

—Lo que me parece raro es que el marqués se vaya a la Palmera y deje aquí a la señora —dijo Agustín.

—Eso es porque no se cree que ella se vaya a separar de verdad —le contestó su mujer.

9

Dos chicos con un pasamontañas entran con una barra de acero en una farmacia de Orcasitas. Diego, el más alto de los dos, amenaza a una señora mayor que está esperando a ser atendida y la obliga a sentarse en la sillita en la que los clientes se toman la tensión. El otro, al que apodan el Negro, más bajito pero más corpulento, golpea con la barra el mostrador y destroza una vitrina de cristal repleta de cremas antiarrugas. «¡Abre la caja, hija de puta! —grita a la farmacéutica amenazándola con la barra—. ¡Vamos, coño, date prisa!». La señora obedece aterrorizada. «¿Solo hay esto? ¡Esto es una mierda! ¿Dónde está el resto?». La señora tartamudea detrás del mostrador: «Es todo lo que hay, es que casi todo el mundo paga con tarjeta», se justifica temblorosa. Diego se impacienta: «¡Tío, coge lo que haya y vámonos!». El compañero lo hace, no hay ni doscientos euros, que guarda en un bolsillo del pantalón. Los dos salen corriendo de la farmacia, dudan si huir hacia la derecha o hacia la izquierda del local. No tienen ningún plan de fuga, en realidad no han planeado nada, salvo coger la barra de acero corrugado de una obra cercana. La idea les llevaba rondando por la cabeza desde hacía algunas semanas, pero les parecía que atracar una farmacia era dar un salto hacia algún lugar sin retorno. Hasta hoy habían trapicheado con costo y con marihuana, habían amenazado con una navajita a algunos chavales en las cercanías de un centro comercial para quitarles el dinero del cine, el reloj o alguna cadena de oro. Alguna vez habían robado una cazadora o una sudadera en unos grandes almacenes, huyendo con ellas puestas cuando saltaba la alarma. Diego era el que más se resistía a robar en una farmacia, creía que si la cosa se complicaba podrían acabar en la cárcel. El Negro le decía que no había tanta diferencia con quitarles el dinero a unos chavales. Un par de veces los detuvo alguna patrulla por eso y los dejaron irse sin pasar por la comisaría. Diego no sabe nada de leyes, pero insistía en que no le parecía lo mismo.

De manera casi cómica, al salir de la farmacia cada uno de ellos decide ir en una dirección, chocándose el uno con el otro. La cabeza del Negro golpea la mandíbula de Diego, aturdiéndolo. «¡Separémonos!», grita el bajito. No por nada, simplemente porque le suena a ladrón más profesional. Efectivamente, cada uno se va por un lado. A Diego le tiemblan las piernas en su huida, le falta el aire por el esfuerzo y el miedo. Mientras se pierde por las calles de Orcasitas en busca de un autobús para salir de ese barrio, se promete no volver a hacerlo. Deja de correr para pasar desapercibido fingiendo ser un peatón más, y poco a poco va recuperando la respiración y tranquilizándose. No identifica bien lo que siente mientras camina, pero se parece mucho a la pena. Llega a la parada del autobús y se mezcla con la gente que espera. Todo el mundo va a lo suyo, sin reparar en Diego. Le gusta ser uno más entre gente que no huye, que vive sin miedo a una sirena de policía. Llega el 131 y se sube sin saber muy bien adónde se dirige. Lo único que sabe es que quiere salir de allí y estar en otra parte. Nada más arrancar el autobús, Diego siente la necesidad de llamar a su hermano.

El Negro también deambula por las calles, alejándose de la farmacia. Después de haber caminado varios minutos, al doblar una nueva esquina, se cree a salvo. Sin embargo, no lo ha estado en ningún momento por culpa de un error absurdo en el que repara todo el mundo con el que se cruza sin que él se dé cuenta. Un coche de la Policía Municipal sigue sus movimientos durante un rato por si se trata de alguna broma hasta que decide intervenir. En su huida, el Negro ha olvidado quitarse el pasamontañas, con el que, naturalmente, es imposible pasar desapercibido. La pareja de policías tiene que aguantarse la risa mientras le ponen las esposas.

10

Vera camina sobre la tarima recién pulida del salón. Está impecable, tan brillante que parece que aún esté mojada.

—Qué suelo tan perfecto —dice—. Da cosa hasta pisarlo.

—Todo está recién reformado y no han escatimado en los materiales. No hay muchos pisos como este en Sevilla —le informa Antonio.

—Es más bonito que el primero que me has enseñado.

—Sí, yo sabía que este te iba a gustar más.

—Está bastante bien, sí.

—Mira, los balcones son de PVC de primera calidad. —Antonio se acerca para abrir los dos que hay en el salón—. Aíslan del ruido y puedes ahorrar mucho en calefacción.

—Es una primera planta, ¿verdad? —pregunta Vera asomándose por uno de ellos.

—Sí, y aunque la calle sea un poco estrecha, tiene suficiente luz.

—No está mal —comenta alzando la vista en busca del cielo.

—Vamos a ver la cocina, creo que te va a encantar.

Vera sigue a Antonio por el amplio salón, fijándose más en él que en la perfección de las molduras de escayola de los techos sobre los que este quiere llamarle la atención. La primera puerta a la derecha después de cruzar el recibidor es la de la cocina. Amplia, blanca del todo, tanto la cerámica de las paredes como la del suelo, los muebles hasta el techo, una mesa en la que caben seis sillas y una isla enorme en el centro con la encimera de granito.

—Son muebles italianos de Valcutine, que son los más exclusivos del mercado —dice Antonio.

—«Valcuchine» —le corrige ella sonriendo—. Se escribe «Valcucine», con ce. Y se pronuncia «Valcuchine».

—Eso —dice Antonio devolviéndole la sonrisa—. Y los electrodomésticos son, a ver si lo digo bien, Gaggenau, que están entre los mejores que se pueden comprar en España.

—Sí, los conozco. Y lo has dicho perfectamente. —Vera le hace el gesto de OK con la mano derecha.

—Mira la cantidad de espacio que hay en los armarios —le señala Antonio mientras los abre.

—Yo, la verdad, tanto espacio tampoco lo voy a necesitar.

Antonio enseña a Vera las dos habitaciones que dan al pasillo, los dos amplios baños con ducha y bañera, y la *suite* principal, que está al fondo, con otro baño enorme en el que hay un *jacuzzi* redondo.

—Es un piso fantástico, la verdad —admite Vera mientras salen del portal.

—Es muy exclusivo. Y creo que el propietario podría rebajarlo hasta el millón trescientos mil —le informa Antonio—. Si te parece, le puedo hacer esa oferta.

—De acuerdo. Esta es la zona que yo quiero —comenta Vera mientras pasean hacia El Postigo, donde ha quedado con Matías para volver a La Paz.

—El Arenal también es mi barrio preferido de Sevilla —dice él.

Hace sol, pero no demasiado calor. La Semana Santa está cerca y en los bares del centro huele a incienso.

—Me costó acostumbrarme a este olor cuando llegué a Sevilla. ¿A ti te gusta?

—No me he planteado si me gusta o no me gusta —dice Vera extrañada—. Simplemente, huele a Semana Santa.

—Yo nunca había visto una procesión hasta el año pasado.

A Vera le parece impensable que alguien no tenga referencia del Cachorro, la Macarena, la Esperanza de Triana, el Gran Poder o la de los Gitanos. Así se las enumera a Antonio.

—Algunas de esas me suenan. ¿Has dicho «el Cachorro»?

—Sí. —Vera cree que está hablando con un extraterrestre—. Sale el Viernes Santo en Triana. Ese Cristo es de los que más impactan. Sin el Cachorro cuesta entender la Semana Santa.

—Me encanta cómo lo cuentas.

—Deberías verlo este año.

—Me gustaría —dice ilusionado—, si me lo enseñas tú.

—Te harás devoto, estoy segura.

—No creo —dice riendo—. Yo soy ateo.

—¡¿Ateo?!

—Mujer, tampoco es tan raro.

—Pero ¿no crees en nada? —insiste ella—. En algo tienes que creer.

—Creo en muchas cosas, me refiero a que no creo en Dios.

—¿Y entonces? —indaga ella, que hace una ligera pausa pensando en la manera de completar la pregunta—: ¿Después de esto crees que no hay nada?

—A mí me gusta lo que hay aquí. —Antonio señala con los ojos y las manos abiertas lo que los rodea—. Todo esto me encanta.

—¿Este barrio?

—La vida. Digo que me encanta la vida.

Vera se queda pensando, sin saber muy bien si Antonio le ha dicho algo trascendental o algo muy simple. Solo sabe que le ha encantado escucharlo.

—¿Ese es tu coche? —Antonio señala un Mercedes azul marino con un señor que está apoyado en la puerta.

—Sí, ese es —contesta ella, que saluda con la mano

a Matías—. Ya me dirás qué te responde el propietario de la oferta por el piso.

—No la voy a hacer —dice Antonio.

—¿Cómo?

—Que no voy a hacer ninguna oferta por ese piso.

—¿Por qué? —pregunta ella un poco desconcertada.

—Porque no te gusta —contesta Antonio sonriendo.

—No te entiendo, el piso es fantástico.

—Sí, el piso es fantástico, pero a ti no te gusta.

A Vera le descoloca esa manera de Antonio de no dar rodeos.

—Es verdad. No es lo que busco. —Se ríe. O ella es muy transparente o él es muy listo. Probablemente las dos cosas.

—¿Tienes mucha prisa? —pregunta él.

—Bueno, iba a ir a comer a casa. —Señala el coche y a Matías.

—Quiero que veas otro piso, está aquí al lado —Antonio se ilusiona de repente—, creo que ese sí te va a gustar.

—¿Y por qué no me lo has enseñado antes?

—Porque pensaba que tú eras de otra manera.

Antonio abre la puerta de un piso en la última planta de un edificio señorial después de desbloquear dos cerraduras con dos llaves distintas. Una puerta de los años setenta, antes de que fuesen habituales las blindadas en casi todas las viviendas. «No te asustes», dice él, que entra primero buscando el interruptor que enciende una bombilla amarilla del techo de un recibidor empapelado en tonos marrones. «Pasa». Antonio cierra la puerta cuando Vera cruza el umbral. El suelo, de tarima, que alterna el dibujo en espiga de algunas habitaciones con el de unas tablas cruzadas que componen cuadrados, está opaco por el desgaste. «Esto necesitaría algo de rehabilitación, pero la madera es de calidad», explica Antonio. Las puertas que dan al recibidor tienen en el centro un cristal traslúcido amarillo y los pomos redondos color oro viejo, que en su día habrían sido solo color oro. «Las puertas las tengo que cambiar», dice ella como si fuesen suyas. El piso es una sucesión de habitaciones pequeñas, algunas sin ventana, que salen de otras un poco mayores. «Esto son tabiques, se pueden tirar todos. Y mira la altura de los techos»; Antonio va recorriendo la casa, laberíntica, sin detenerse apenas en un baño con azulejos verdes y sanitarios sucios y una cocina desoladora. Vera le sigue con confianza, a pesar del panorama. Suena el móvil de Antonio, que sonríe al ver quién le llama. «Hola, Isa. —Hace un gesto de disculpa a Vera y se mete en otra habitación, aunque se oye perfectamente la conversación—. No, ahora no puedo. Sí, vale, a las diez en tu casa. Un beso». Antonio vuelve con la misma sonrisa con la que descolgó el teléfono.

—¿Seguimos?

A Vera le encantaría saber quién es la tal Isa y le encantaría incluso que no existiera. Es un pensamiento absurdo, pero es.

—Seguimos —dice.

Tras la que parece una última puerta, llegan a un salón a oscuras, apenas unas rayitas de claridad del exterior entran a través de los balcones iluminando el polvo de la sala. Antonio coge de la mano a Vera para acercarla a uno de ellos antes de abrirlo. Ha sido un gesto instintivo, movido por el entusiasmo de enseñarle la enorme terraza que hay detrás del balcón, pero el simple roce de sus manos envía una información emocionante al resto de sus cuerpos. Tan bonita que les resulta incómoda por incontrolable. Al instante, separan sus manos, sin mirarse, como con miedo a demostrar que lo último que querían era dejar de tocarse. «Mira esto», dice Antonio casi al mismo tiempo que abre el balcón y los porticones cerrados que oscurecían el salón. Los tejados desiguales del barrio, las terrazas con baldosas de color teja, las antenas de televisión, los balcones de hierro colgados de las paredes blancas y, al fondo, la catedral, a la que los que no son de Sevilla identifican como la Giralda. Desde la terraza del ático del Arenal se ve en todo su esplendor, solemne por encima del resto de la ciudad. Vera siente un impulso, casi instintivo, de coger un pincel. Últimamente se imagina demasiadas veces delante de un lienzo.

—Es increíble —exclama intentando abarcar con la mirada todo lo que la terraza le ofrece—. Daría lo que fuera por tener unas vistas así.

—No hace falta tanto. —Antonio sonríe—. Este cuesta más o menos lo mismo que el piso que acabamos de ver.

—Claro, pero este necesita una buena reforma.

—No tanta. Además, así la haces a tu gusto. —Da la impresión de que a él le hace más ilusión que a ella—. ¡Ven!

Antonio regresa al interior y Vera le sigue, escuchando sus explicaciones sobre una futura reforma: los tabiques que habría que tirar, cómo quedarían los nuevos espacios, dónde pondría la cocina y los baños. Antonio transmite el mismo entusiasmo que si la casa fuera para él. Su teléfono vuelve a sonar en el momento en el que se explica sobre un pilar de hierro que sería bueno conservar. Antonio mira la pantalla y rechaza la llamada pulsando el botón rojo sin contestar. Vera visualiza todos los cambios que Antonio le propone. Imagina la casa con muebles, las paredes con cuadros, hasta el color de las cortinas. El baño principal lo ve con mosaico en las paredes y en el suelo, quizá con algún dibujo. De repente, está en el apartamento más bonito de Sevilla. Los dos regresan, como por inercia, al salón para volver a salir a la terraza. Ahora es el móvil de ella el que suena, en la pantalla aparece el nombre de Borja. Vera le da a la tecla roja sin contestar. Los dos miran la ciudad y se miran entre ellos sin decir nada. Hay algo excitante en ese silencio, en estar casi pegados, en sentirse únicos y solos con Sevilla delante de ellos.

—Vera, quédatelo. —A Antonio le sale un tono casi de súplica.

—¿Por qué tienes tanto empeño? —dice Vera, al tiempo que vuelve a anular otra llamada de Borja, que no para de insistir.

—No hay unas vistas así en toda Sevilla.

—¿Sabes? —dice Vera—. Me lo voy a quedar.

Antonio sonríe, Vera se acerca a él y le da un beso para celebrar la decisión, es un impulso que desconcierta un poco a los dos. A ella le sube el calor por las mejillas hasta concentrarse en sus orejas y hacerlas arder. Él reacciona tarde, pero de repente sabe que ha tomado cierta ventaja después de la vergüenza que ella siente por ese beso a destiempo. Silencio. Un segundo, dos, tres... Antonio avanza hacia Vera hasta casi rozarla mirándola a los ojos, y ella desvía la mirada, tímida. Él le pasa una mano por la cintura delicadamente y la atrae hasta él, junta sus labios con los de Vera casi sin moverlos; la besa suave, ella está paralizada, nerviosa, tarda en responder al primer beso, aunque sin separar sus labios de los de Antonio. No puede separarlos, ni quiere. Surge otro beso suave, este sí es correspondido, luego otro y otro. Él abre la boca, ella cierra los ojos y los dos juntan sus lenguas. Vera se excita tanto que siente presión en la cabeza, tiene miedo de marearse cuando él baja la mano para acariciarle el culo. Vuelve a sonar el móvil de Antonio y ella se separa de él, ha sido como una campana que ha dado por concluido el asalto. «Cógelo», dice Vera. Antonio le hace caso de mala gana. «A ver, si ves que no te lo cojo es que no puedo hablar», Antonio contesta subiendo el tono. «Chache, necesito verte», la voz de Diego suena entrecortada por la emoción. Antonio sale de la terraza y se va al interior del piso. «¿Necesitas dinero?», le pregunta. «No, esta vez no», contesta Diego. Antonio cree percibir que su hermano está triste, como intentando evitar el llanto. «Te llamo dentro de un momento», se despide y cuelga.

Vera entra en el salón antes de que él regrese a la terraza. «Lo mejor es que me vaya», dice dirigiéndose hacia la puerta. Antonio prefiere no convencerla de lo contrario: «Yo me quedo un momento para cerrar los balcones y hacer una llamada». Los dos piensan que es mejor así. Antonio se queda dando vueltas por el salón con ansias por volver a verla y Vera se marcha sonriendo por las escaleras. Nada más salir del portal vuelve a sonar su teléfono.

—Dime, Borja.

11

Borja Manuel, marqués de Villaecijilla, se sirve un whisky Macallan Rare Cask Black en un vaso ancho con un hielo. Le gusta tomarse uno, o dos, después de comer, en su sillón de piel marrón mientras ve la tele. Borja Manuel preside tres consejos de administración de empresas importantes, es accionista de otras tantas, es dueño de dos pequeños centros comerciales, participa en negocios de medicina estética y es devoto de la Hermandad del Gran Poder, de cuya junta de gobierno es miembro. Borja Manuel nunca ha tenido un jefe, salvo su padre, la única persona a la que tuvo que rendir cuentas hasta el día que murió. El padre de Borja era un hombre estricto, obsesionado con el orden, que supo conservar y ampliar la fortuna y los contactos que el abuelo de Borja le dejó. Aquel abuelo fue un terrateniente que después de la guerra prosperó aún más gracias a su habilidad para los tratos y a su falta de escrúpulos en los negocios. Cultivó buenas amistades en Madrid que le permitieron conocer al mismísimo Franco, con el que compartió algunas monterías. Era habitual en las recepciones de El Pardo, y dicen que le caía muy bien a Carmen Polo. Quizá no fuera para tanto, pero lo cierto es que fue el Caudillo el que le concedió el marquesado de Villaecijilla. Su abuelo fue un hombre respetado y, sobre todo, temido en Sevilla.

Borja Manuel, sentado en su sillón de piel marrón, bebe su Macallan a sorbitos sin encontrar nada que le apetezca ver en ninguna de las plataformas después de recorrer todos los menús. Tampoco tiene ganas de leer, ni de oír música, ni siquiera de llamar a Susana, una madame que controla a algunas modelos en Sevilla que atienden a hombres en hoteles y domicilios, para que le envíe a alguna chica. Susana le suele reservar a las recién llegadas cuando aún hay cierta ternura en ellas y todavía no están «maleadas», que es como las define la propia Susana cuando llevan demasiado tiempo ejerciendo el oficio. Borja es un cliente poco convencional, casi nunca llega a acostarse con las chicas. Como mucho le dan un masaje, pero lo que a él más le gusta es que caminen desnudas o en ropa interior delante de él.

Borja cree que se le está yendo la vida, se siente viejo. Sin ser un hombre guapo, siempre le resultó atractivo a un tipo concreto de mujeres. Esas a las que no les gusta lo imprevisible. Mediano de estatura, hombros robustos, cuello ancho y con un torso imponente. Su espalda se mantiene a gran distancia del pecho por hallarse en el medio una caja torácica prominente, como si debajo de la camisa llevase una armadura de hierro.

Es de esos hombres que transmiten fortaleza. Clásico en el vestir, es impensable verle en la calle con una camiseta o una sudadera. Como mucho, un polo o un jersey para ir más informal, siendo el pantalón vaquero la mayor transgresión que se permite en su vestuario. Su atuendo, los días que no lleva traje, casi siempre es camisa, pantalón de vestir, americana y zapatos. Desde que Vera no está, al marqués le duele más la espalda, ha tenido algún episodio de lumbago y ha cogido unos cuantos kilos de más. Hay algo de autodestrucción cuando come sin medida en los restaurantes y pide dos postres antes del whisky. Todo ha ido a peor desde que Vera decidió separarse. Borja no se esforzó demasiado en retenerla, porque en ese momento estaba encaprichado con una compañera de un consejo de administración, una mujer algo más joven que él con la que había hecho un par de escapadas a París. Borja estaba ocupado viviendo aquella historia cuando Vera le propuso marcharse. La relación de Borja con aquella mujer no fue larga ni demasiado intensa, pero sí la única que él había tenido en los últimos tiempos sin que hubiera una transacción económica de por medio. Recuperó la sensación de gustarle a una mujer sin tener que dar nada a cambio, se sintió un buen amante durante aquellos meses, capaz de vivir emociones olvidadas sin darse cuenta de que la decisión de Vera no tenía vuelta atrás. «Los hombres dejan a sus mujeres cuando encuentran a otra mujer, las mujeres dejan a sus maridos cuando se encuentran a sí mismas». El marqués no recuerda dónde ha oído esa frase, pero ahora no se la quita de la cabeza.

Cada día se arrepiente de no habérselo puesto más difícil, se dejó llevar y no peleó suficiente cuando Vera le planteó la separación. Así vivió él ese momento, como la simple rescisión de un contrato, sin cláusula de penalización. Vera fue para él como una propiedad más que abandonó cuando dejó de utilizarla.

Borja aún no comprende cómo, en el fondo, pudo alegrarse de no continuar con su matrimonio, cómo se dejó convencer cuando ella le recordó que lo suyo hacía años que ya no era una pareja y ellos se habían convertido únicamente en dos personas que acudían juntos a cenas con amigos, a los toros en la Maestranza, a misa, de vacaciones a Sotogrande, a navegar durante las dos semanas que solían pasar en Menorca en el mes de julio. La última vez que habían tenido sexo fue hace un par de años, antes de dormir una siesta. Fueron los últimos diez minutos en los que sus cuerpos se rozaron desnudos.

El marqués se sirve otro Macallan y piensa que así son la mayoría de los matrimonios, que nunca debió permitir que ella se fuese. «Cómo me pude dejar engañar»; le da vueltas a esa idea y nota cómo le arde la cabeza por la rabia de imaginar que ella tiene una vida sin él. Borja coge el teléfono y la llama, pero Vera no contesta. «¿Qué estará haciendo ahora?». Esa pregunta le atormenta un instante, pero se tranquiliza: «Ella no es así». Vera siempre ha sido una mujer contenida, no se iría con el primero que pasase y mucho menos se acostaría con él. No. El marqués imagina a Vera como nunca fue capaz de verla cuando la tuvo al lado. Vuelve a marcar, tampoco obtiene respuesta. Todavía es joven y la más guapa de todas las mujeres de sus amigos. Esos hombres que seguro que la habrán deseado más de una vez. Y, como ellos, muchos otros que ahora podrá conocer y quedar con ellos y comer y bailar y reírse... Borja Manuel siente furia en su estómago imaginando a Vera con otro hombre riendo, besándose, desnuda en una cama. «No, ella no es así», se repite para aliviar la tortura sin conseguirlo. Marca su número una vez más.

—Dime, Borja —responde Vera mientras baja las escaleras.

—¿Qué estás haciendo? —pregunta él casi gritando.

—¿Cómo que qué estoy haciendo? —Ella se inquieta. Ya le ha oído más veces hablar así.

—¿Dónde estás?

—Estoy en Sevilla. He venido a hacer unas compras.

—¿Estás sola?

—Claro que estoy sola, Borja.

—Prométeme que no vas a estar con nadie. —El marqués pone ahora un tono lastimoso.

—Borja, ¿has bebido?

Vera piensa en el beso con Antonio de hace un momento en la terraza del ático. Se altera imaginando que el marqués podría haberse enterado. «Es imposible que lo sepa», se dice más aliviada.

—No se te ocurra estar con nadie, ¿lo entiendes? —Borja vuelve a elevar el tono—. Si me entero de que estás con alguien...

—Borja, tranquilízate, por favor. —Vera teme que él termine la frase—. No estoy con nadie.

—Si te veo con otro, acabo con todo.

12

El día que Vera oyó por primera vez aquella palabra tan extraña su vida cambió de repente. Remedios, su madre, no era una mujer de queja fácil, así que no le hizo demasiado caso al dolor que sentía en el abdomen desde hacía unos cuantos días. Don Luis le insistió en ir a ver a don Cayetano, su médico de toda la vida, pero ella pensó que serían gases. Lo normal. Ya quedaba poco más de un mes para poder tener entre sus brazos al niño, porque Remedios estaba segura de que sería un niño, aunque no quiso que don Cayetano se lo confirmase en las ecografías. Remedín era una mujer muy supersticiosa y creyó que averiguar el sexo del bebé le daría mala suerte. También se empeñó en que fuese su médico de siempre el que le controlase el embarazo a pesar de que este llevase un par de años jubilado. Si él había sacado a Vera, debía sacar también a su otro hijo, no fuera a ser que el cambio le diera mala suerte. Don Cayetano seguía manteniendo su clínica en el centro de Sevilla, a la que acudía de vez en cuando, pero eran otros ginecólogos más jóvenes los que atendían a las pacientes. Remedios, que era tan pudorosa como supersticiosa, se hubiera sentido muy incómoda mostrándose ante otro médico que no fuese el de toda la vida. Al de abdomen se le había sumado un fuerte dolor de cabeza en los últimos dos días, que no terminaba de irse a pesar de los gelocatiles. Qué ganas tenía Remedín de ponerse ya de parto y acabar con este embarazo que, aunque lo hubiera querido el Señor y había que aceptar su voluntad, le estaba dando muchísima lata. Ella era tan supersticiosa como pudorosa, y tan pudorosa como creyente.

Vera nunca se llevaba el móvil cuando montaba a caballo, así que no respondió a las llamadas perdidas que tenía de su padre hasta las dos de la tarde. Don Luis tampoco fue capaz de recordar aquella palabra tan extraña cuando Vera le llamó. «Creo que van a sacar a la niña, ¿sabes?, al final es una niña..., pero mamá tiene algo que me han dicho..., no sé..., no me acuerdo..., está mal..., he visto a los médicos asustados..., la están operando, creo..., no sé..., hija, ven pronto...».

Vera llegó al hospital Virgen del Rocío con los pantalones y las botas de montar. Tardó en encontrar a don Luis, que estaba en una sala de espera. Todo fue confuso, rápido, sorprendente. Telefoneó al marqués para que este llamase a algún contacto que conociese a alguien del hospital que los ayudase, no sabían muy bien a qué. Una señora con un traje de chaqueta negro y camisa blanca abotonada hasta el cuello del que colgaba un lazo absurdo a modo de corbatín, como los que llevaban los vaqueros en las películas del Oeste, apareció a la media hora y los acompañó a un despacho con sillones diciéndoles que esperasen allí, sin añadir ni a qué ni a quién. Vera imaginó que podría pintar a esa mujer en un lienzo con un rostro inexpresivo, inerte, como si llevase una máscara de su cara cubriendo su propia cara. No volvería a verla nunca más, pero soñó con ella y con el lazo negro durante años. Aquella mujer aparecía en sus pesadillas, siempre con el lazo en primer plano. La memoria es anárquica, decide por su cuenta y siempre hace lo que le da la gana.

Lo que no recuerda, sin embargo, es cuánto tiempo permanecieron en aquella sala con sillones hasta que apareció un médico que les dio la mano a ambos con un gesto serio, que a don Luis le dio la impresión de ser algo ensayado. «La niña está en la incubadora, pero muy bien. Eso sí, ha habido alguna complicación con doña Mercedes que ahora les vendrán a contar», concluyó el médico con cierta prisa por abandonar la sala. «Remedios, se llama Remedios, no Mercedes, a ver si se entera». Don Luis tuvo el impulso de soltarle un puñetazo al médico por su error. Sintió un dolor que le punzó en el pecho —pena seguramente— al entender que su mujer era allí una más, que podía llamarse de cualquier manera. Su compañera, su amor de toda la vida, tenía un nombre, y ningún imbécil podía confundirla con otra. El médico desapareció sin contestar, y Vera abrazó a su padre.

Alba, que aún no se llamaba Alba, estuvo en la incubadora dos días, los mismos que su madre permaneció en coma en la UCI del hospital. Vera pasó los dos días entre la planta en la que estaba su madre y en la que estaba la niña, sin poder abrazar a ninguna de las dos, viéndolas solo unos pocos minutos a través de un cristal. La vida ganaba y perdía al mismo tiempo la batalla entre las escaleras que separaban las dos plantas. Se imponía cada vez con más fuerza en el cuerpecito de la niña, y se iba desvaneciendo en el de la madre. Los órganos de la hija empezaban a rendir con esperanza, mientras dejaban de funcionar los de Remedios, que poco a poco fueron cediendo hasta abandonar.

Aquella palabra tan extraña que Vera no había oído nunca era «preeclampsia». Ese es el nombre de la enfermedad que acabó con la vida de su madre. Un problema de coagulación, daños irreparables en el hígado y en los riñones, una destrucción de los glóbulos rojos... El parte de defunción seguía muchas líneas más argumentando la muerte, inacabable. Doña Remedios lo hubiera resumido pensando que había cambiado la suerte o que pasó lo que el Señor quiso. Quién sabe.

13

La noche que estuvo en el calabozo se aguantó las ganas de llorar, eso era algo a lo que él siempre había estado acostumbrado. Antonio casi nunca ha podido llorar cuando ha querido; desde pequeño aprendió a contener el llanto por si descubrían su debilidad en casa, en el barrio o en el patio del colegio. Si en la calle intuían tu miedo, eras presa fácil. Primero, te robaban el bocadillo a empujones; después, la bicicleta a puñetazos; más tarde, el dinero a punta de navaja, y, a veces, te quitaban hasta a tu chica, que en algunos entornos también seguía siendo propiedad del más fuerte. Siendo precisos, no te la quitaba nadie, se iba ella sola a consecuencia de una atracción atávica por el chico más fuerte, el más seguro de sí mismo y el que no dudaba. En casa tampoco había demasiadas oportunidades para ser un niño débil. Teresa, su madre, era una mujer que deambulaba permanentemente entre la depresión y la euforia, a consecuencia, quizá, de algún trastorno no diagnosticado en aquella época. Ese tipo de alteraciones antes se resumían como «está mal de los nervios». Mujer de ojos grandes y hundidos que se apoyaban en unas ojeras nutridas de un cansancio que arrastraba eternamente, de no haber podido dormir bien en años. Aun así, era una mujer guapa. De una belleza maltratada pero contundente, como de *mamma* italiana, que permanecía ahí a pesar de un rictus de melancolía infinita. Su cuerpo, delgado y armónico, parecía estar conectado a una corriente eléctrica que le provocaba un temblor suave pero constante, y que al sentarse desembocaba de manera violenta en su pierna derecha, que movía de forma compulsiva como si tuviera el epicentro de un terremoto debajo de la zapatilla.

Cuando Antonio piensa en su niñez recuerda a su madre como el eje de todas las cosas. Su padre, sin embargo, aparece en su memoria como un ser periférico. No solo porque se hubiese ido de casa cuando Antonio era todavía un niño, sino por su irrelevancia en todo lo que sucedía. Alguien rumiando planes sin cesar que le sacaran de su perpetua insatisfacción. Negocios ruinosos, compraventas fallidas, dinero que siempre iba a llegar y que siempre se perdía. Una vida que se imaginaba grande, pero que nunca paraba de menguar. Su padre y su madre apenas hablaban, al menos en un tono normal. Continuamente a voces, casi siempre de ella a él, y todo el tiempo con algún reproche de por medio. Un desprecio mutuo que, aunque hubiesen sido mudos, era imposible de ocultar. Solo por la manera en la que se miraban se adivinaba el rechazo que sentían el uno por el otro. Antonio se ha preguntado, ya siendo adulto, si siempre fue así. Es posible que antes de casarse, o de nacer él, sus padres se quisieran, se besaran alguna vez con amor y con deseo, se rieran juntos, se gustasen o se respetasen sin intentar herirse el uno al otro a todas horas. Puede que fuese así en algún momento, ojalá él lo hubiera visto. Antonio necesitaba pensar que sus padres le querían; con el tiempo descubrió que su madre sí, pero del amor de su padre no tuvo nunca ninguna prueba. En aquel ambiente de miradas turbias en el que creció nunca era un buen momento para darse besos. Y él aprendió a no pedirlos, simplemente los devolvía las pocas veces que su madre se los daba. La vida sin besos es áspera.

La policía le mandó al calabozo hasta que el juez le tomara declaración al día siguiente. Fue la primera vez en la que tuvo miedo real a entrar en la cárcel. Los funcionarios le hicieron quitarse los cordones de las zapatillas y el cinturón de los pantalones. Tardó en entender que era para que no se autolesionara, y se puso nervioso pensando en cuántos lo habrían hecho en ese mismo sitio. Había varias celdas contiguas, todas llenas, pero individuales, al menos aquella noche que, según oyó comentar a un par de policías, estaba siendo muy tranquila.

A él le detuvieron en la puerta de un bar en la calle Alcalde Sainz de Baranda con una caja fuerte en las manos a punto de meterla en una furgoneta. Eran cuatro. Él y dos más entraron en el bar mientras el otro esperaba con el vehículo en marcha. Abrieron la caja registradora y la máquina tragaperras para robar las monedas, pero sabían que había mucho más dinero en una caja fuerte que el dueño del bar tenía escondida en la cocina. La información era del que conducía la furgoneta, que había trabajado allí de camarero hacía unos meses. Era, en teoría, un golpe fácil, eso decían, porque para Antonio era el primer robo que podía considerarse arriesgado. Hasta ese momento se había dedicado a vender droga las noches de los fines de semana en el centro de Madrid y a llevarse bolsos cuando sus dueñas se descuidaban mientras tomaban algo en algún bar. En eso era especialmente habilidoso, siempre elegía bien el momento justo de la distracción para agarrar el bolso y desaparecer. Nunca le pillaron en ese tipo de delitos. Al margen de su pericia, influía que Antonio no levantaba sospechas a su alrededor porque no tenía pinta ni de camello ni de ladrón. Por lo menos de ladrón que robaba bolsos en la terraza de un bar.

La caja fuerte se resistió, así que decidieron llevársela para abrirla después. Al salir del bar, los tres ladrones vieron que su compinche ya estaba esposado en el suelo, tumbado boca abajo al lado de la furgoneta blanca, y que cuatro policías los apuntaban a ellos con sus pistolas. De allí los llevaron a una comisaría en Moratalaz donde dos agentes les tomaron declaración por separado. Antonio contestó a las preguntas con monosílabos. Tampoco había mucho que contar, ni posibilidad de negar los hechos. Después lo metieron en un furgón y lo llevaron a los juzgados de la plaza de Castilla para que al día siguiente el juez decidiese si lo mandaba a la calle o a prisión.

En el camastro del calabozo tuvo miedo y tristeza, dos sentimientos que podrían provocar el llanto por sí solos, pero esa noche también se contuvo. Hacía una semana que había cumplido diecinueve años. Todavía faltaban algunos para que a Antonio no le diera miedo llorar.

14

Alba volverá a Sevilla el fin de semana. Vera le ha pedido que se reserve para ella la mañana del sábado porque quiere enseñarle algo. No le ha dicho de qué se trata, pero tienen que estar en un bar de la calle Adriano a las diez para verlo. Alba ha descartado que sea un nuevo caballo, si fuese eso estaría en la finca, de modo que no tiene ni idea. Lo único que sabe es que su hermana parece muy ilusionada con enseñárselo, sea lo que sea.

Alba está terminando sus estudios, la inercia le ha ido haciendo aprobar sin pensar demasiado en el futuro. En realidad, no sabe en qué consiste el futuro. Nadie sabe qué día exacto comienza el futuro, si es mañana o dentro de un año, porque dentro de un año el futuro será el año siguiente.

Es una chica responsable; hace deporte y, salvo algunas caladas a un porro alguna que otra vez, nunca se ha drogado, y sus amigas también llevan una vida ordenada. Los viernes, cuando sale a alguna discoteca, se toma un par de copas de más, se ríe, se hace fotos mientras se divierte que luego sube a Instagram, y al día siguiente le duele la cabeza de la resaca. Lo normal. Tuvo un novio sevillano, Tito se llamaba, con el que salió desde los dieciséis hasta que ella se fue a Madrid a estudiar dos años después. Un buen chico del barrio de Los Remedios, vestido siempre con su pantalón chino, habitualmente de color beige, un poquito saltón, que es como se llama en Sevilla al pantalón pesquero, zapatos castellanos, a veces con borlas, otras de antifaz, negros o granates, camisa de rayas finitas y cinturón trenzado. Un año después del primer beso, a los diecisiete, los dos perdieron la virginidad. Era algo que ya tocaba, casi un compromiso al que ambos creían que llegaban tarde. Alba no se lo contó a nadie, tampoco a Vera, que todavía hoy no sabe si su hermana sigue siendo virgen. Supone que no lo será, pero no tiene la certeza. Vera nunca habló con su hermana de sexo, salvo para decirle que con los hombres «hay que hacerse respetar», lo que le hubiese dicho su madre. Tito tiene ahora otra novia, y Alba ha tenido en Madrid tres relaciones más, aunque solo repitió una vez con el mismo. A Tito le guarda cariño, de vez en cuando se mensajean, algo que él le oculta a su novia, y se alegran cuando se encuentran por Sevilla.

Para Alba los chicos no son importantes, no hay nadie que le guste del todo. Siempre hay alguno guapo cuando sale con sus amigas a tomar algo en alguna terraza, pero su deseo acaba diluyéndose al rato de conversación o después de los primeros besos. Madrid es más grande que Sevilla, pero cada barrio de Madrid, «zonas», como dicen allí, es una ciudad diminuta y endogámica en la que todos acaban conociendo a todos. Ponzano, Almagro, Bernabéu, Argüelles, Aravaca..., sitios repletos de amigos de otros amigos que conocen a sus amigas. Quedan en los mismos bares, también veranean en Sotogrande o Cádiz, y tienen los mismos sueños. Ella se enfría cada vez que uno de esos chavales le cuenta su objetivo de ir a trabajar en el Departamento de Marketing en la sucursal de Londres de alguna multinacional o de un banco. En Sevilla le pasa lo mismo, nunca le apetece pasar a mayores con chicos a los que no distinguiría unos de otros. Hasta ha llegado a pensar que es lesbiana, pero, cuando se detiene a imaginarse con una chica, siente algo parecido a miedo y vergüenza, sensaciones que ella identifica con rechazo. Lo de ser «lesbiana» —le asusta hasta la palabra— lo pensó cuando una compañera les contó que se había besado con una chica en el servicio de una discoteca y que esta le había levantado el sujetador y le había comido las tetas. Aquella historia la excitó, y excitarse imaginando esa escena la asustó. Una escena que está alojada en algún lugar de su memoria y que se repite de vez en cuando. Alba tiene las mismas inquietudes que cualquier chica de veintidós años. Tan igual y tan única como todas, con la insatisfacción de no saber lo que quiere y la sospecha de que no será fácil conseguirlo. Simplemente se deja llevar.

15

Gabriela, a la que todo el mundo llama Gabi, es la mejor amiga de Vera. Morena, no muy alta, está haciendo permanentemente alguna dieta que siempre se salta, mona de cara, divertida, con una sonrisa preciosa y pocos pelos en la lengua. Gabi, por encima de cualquier otra característica, es una buena persona. Esa fue su decisión, porque, según ella, ser una buena persona o una *hijaputa* es algo que todo el mundo tiene que decidir en algún momento de la vida. Ser buena persona, dice Gabi, es puro egoísmo, porque es lo más rentable que se puede ser. Ella dice frases contundentes, algunas parecen absurdas y contradictorias, fácilmente rebatibles con un montón de argumentos, pero, después de pensarlas un rato, uno se da cuenta de que casi siempre tiene razón. Es de Triana, que es ser de Sevilla pero de otra manera. Es lo mismo, pero no es igual.

Gabi y Vera se conocieron en un gimnasio dando clase de pilates. Vera podría haber pagado un entrenador personal que fuese a su casa, pero prefirió socializar en clases colectivas porque tenía ganas de gente, de conversaciones diferentes y personas distintas. Deseaba huir de la claustrofobia que le producía su mundo social, impecable y espeso, de cenas con las señoras hablando con las señoras, enfrente de los maridos hablando con los maridos.

Gabi y Vera, tumbadas cada una de ellas en una máquina de pilates, movían con las piernas un carrito arriba y abajo para «fortalecer el core», algo fundamental, según la monitora. Vera lo hacía de manera más sencilla y Gabi mucho más esforzada. «Si yo tuviera ese culo iba a estar aquí fortaleciendo el puñetero core». Esa fue la primera frase que Gabi dirigió a Vera hace ahora unos dos años, y casi desde ese instante se convirtieron en inseparables. Aparentemente tienen poco que ver, un abismo entre ambas clases sociales. A Vera le gusta el flamenco, la música italiana, la clásica, los caballos; Gabi se divierte con la música latina, le gusta bailar sevillanas y no se ha montado jamás en un caballo. La amistad verdadera siempre es una cuestión de interés, esa es otra frase de Gabi, de las que parece fácil rebatir hasta que la piensas bien.

Gabi, a sus cuarenta y cinco años, se ha divorciado tres veces y se ha acostado con cuarenta y dos hombres; Vera, con la misma edad, solo ha estado en la cama con un hombre en toda su vida.

Los nombres de los cuarenta y dos hombres con los que se ha acostado los tiene Gabi apuntados en una libreta con la fecha en la que intimó con cada uno de ellos y al lado un comentario de cómo fue el encuentro. Naturalmente, muchos de los nombres son el mismo, pero pertenecen a hombres distintos, aunque se llamen igual. Ha repetido con muy pocos de esos cuarenta y dos, con los que más, como es lógico, con sus tres maridos, que también forman parte de la lista. Del resto solo le ha merecido estar más de una vez con los que caben en los dedos de las manos. Además, al haber estado casada en casi todos los momentos de su vida, ser infiel no es algo tan sencillo de ejecutar.

Loca, lo que se dice loca en la cama, solo la volvió Antoine, un francés que estuvo viviendo en Sevilla seis meses y con el que Gabi descubrió lo que era realmente el sexo. «La madre que parió al francés, qué cosas me hacía», a Vera le encanta escuchar las historias de Gabi con Antoine. Relatos subidos de tono, casi pornográficos, que cuenta entre excitación y risas.

—Sabía cosas de mi cuerpo que yo desconocía.

—¿Eso cómo va a ser? —preguntaba Vera extrañada.

—Pues siendo. Me tocaba en un sitio por dentro que, chica, yo no sabía ni que tenía.

—¿Qué sitio?

—¿Y yo qué sé? Solo sé que en cuanto tocaba ahí, aquello se desbordaba. Nadie me lo ha vuelto a encontrar, ni yo misma. Y mira que lo intento.

—No entiendo nada, Gabi. Yo creo que te lo inventas.

La primera fecha en la libreta de Gabi es del 94, cuando se acostó con su primer novio, que era de Dos Hermanas. Ella tenía catorce años y el chico diecisiete. «Hoy he hecho el amor por primera vez con Bartolomé. Me ha dolido muchísimo y me ha dado un poco de asco. Al llegar a casa me ha entrado miedo de que mi abuela me lo notara en la cara; mi amiga la Susi me dijo que cuando dejas de ser virgen se te nota en la cara, pero creo que mi abuela no se ha dado cuenta. Me duele un poco todavía ahí abajo y tengo muchas ganas de llorar».

Gabi, de vez en cuando, mira su libreta y se ríe, o llora, o se excita. «En esas hojas está la parte de mi vida en la que estaba desnuda, en la que estoy vestida tiene mucho menos interés», dice orgullosa de tener razón.

—¿Cómo estás, niña? —pregunta Gabi en cuanto Vera entra en su salón.

—No lo sé ni yo. —Tira su bolso encima de la mesa y se deja caer en el sofá.

Vera había llamado a su amiga hacía un rato, nada más recibir la llamada de Borja. «Vente a mi casa, que hoy estoy teletrabajando», le propuso Gabi.

—¿Has comido?

—No, pero no me entra nada. ¿Tienes café?

—Tía, que te vas a quedar en los huesos —le comenta Gabi—. A ver si me llevo yo algún disgusto que me quite el hambre.

Vera se ríe, es algo que su amiga siempre consigue.

—¿Qué vas a hacer?

—No lo sé. Yo lo único que quiero es que se olvide de mí.

Gabi tiene la tentación de decirle que eso no va a pasar, que un hombre como el marqués no la va a dejar en paz, pero prefiere no hacerlo.

—Lo que tienes que hacer es seguir con tus planes y marcharte ya de su finca. ¿Cómo va lo de los pisos?

—He visto un ático en el Arenal que me ha encantado. Borja me ha llamado justo cuando salía de verlo.

—¡Qué oportuno!

—A veces creo que me está mirando. Es una sensación extraña, como si supiera todo lo que hago. Y me siento culpable.

—¿Tú? —pregunta la amiga casi gritando—. ¿Culpable de qué?

—Yo qué sé. —Vera se detiene un momento—. Son demasiados años con Borja.

—¿Y cómo es?

—¿Quién?

—El ático, mujer. ¿Quién va a ser?

—Ah..., es que..., bueno, no sé..., nada, da igual... El ático no es muy grande y hay que reformarlo, pero las vistas son maravillosas. —A Vera se le llena la cara de ilusión—. Desde el balcón se ve la catedral.

—Pues date prisa, niña, no te lo vayan a quitar. —Gabi hace una pausa mientras mira a Vera, que ahora tiene una sonrisa involuntaria instalada en la cara—. ¿Me quieres contar algo más?

—Es que es una tontería —se resiste Vera, aunque se nota que está loca por hablar.

—¿Has conocido a alguien? —Gabi pregunta primero—. ¡Sí, has conocido a alguien! —Y afirma después.

—Sí. —Vera lo dice bajito, como se dicen las cosas que están prohibidas—. Esta mañana nos hemos besado en el ático. Es el de la inmobiliaria.

—¡¿Un vendedor?! —A Gabi le sale un grito entre sorpresa y admiración—. ¿Te has enrollado con el que te está enseñando los pisos?

—No sé cómo ha podido pasar. Es una locura... Además, es demasiado joven.

—Nunca se es demasiado joven. —Gabi se ríe cómplice.

—Le saco diez años, tiene treinta y cinco.

—Una edad perfecta, créeme.

—Gabi, él me debe de ver como una señora.

—Cariño, tú estás buenísima. —Gabi le señala el cuerpo con la mirada—. Y a los jóvenes les atraen las mujeres con experiencia.

—Pues si va buscando experiencia, vaya ojo que ha tenido.

Las dos se ríen. Vera describe a Antonio entre la ilusión y la duda. Lo guapo que es, el beso en la terraza, cuando notó su mano en el culo, lo bonito que va a quedar el ático cuando lo reforme, las vistas a la catedral, las ganas que tiene de todo. Vera se detiene en esa frase. «Ganas de todo», esa es la manera más bonita de estar.

—Llévatelo a comer a alguno de esos restaurantes caros a los que vas tú —le recomienda la amiga.

—Estás loca. Podrían verme.

—Para eso precisamente —sentencia Gabi—. Para que te vean. —Vera pone cara de apetecerle mucho la idea sin atreverse a decirlo—. Tienes que olvidarte de Borja —insiste.

—Es que sé que no me va a dejar en paz.

—¿Tienes miedo a que te haga algo?

Vera tarda en contestar. Más de veinte años viviendo con una persona a la que no conoce del todo. Demasiado tiempo sin mirar lo que no quería ver.

—¿Cómo puedes pensar eso?

—Me vale con que no lo pienses tú.

16

Daba igual que fuese verdad, al menos que lo fuese del todo, pero Vera siempre sentía que alguien mandaba en ella. Primero su padre y después el marqués. No recibía órdenes, no era eso. Podía moverse con libertad, aparentemente. Quedar con amigas, resolver cuestiones sobre la casa, solucionar un problema con el personal de la finca o decidir la compra de un caballo. Vera tomaba todas las decisiones que no tenían que ver con ella. Eligió todo lo que la rodeaba, salvo la vida que quería vivir. Esa sensación de dejarse llevar, la indolencia al saber que todo es como tiene que ser. El colegio, las amigas, el novio primero y el marido después. El mismo y para siempre. La diversión, la risa, la contención y el orden. La carrera de Filología, que terminó ya casada, y que jamás ejerció, porque «para qué». Una vida confortable en la que la inercia te impide equivocarte. Las certezas son más firmes cuanto más miedo se tiene a dudar.

Vera nunca ha cometido errores porque nunca se ha atrevido a equivocarse. Su mundo interior, ese que con frecuencia salía en el lienzo a través de los pinceles, lo apagó echándole encima paladas de arena. Se rindió y no pintó más, quién sabe si por miedo a lo que quería pintar o por simple comodidad. Hasta ahora ha vivido la vida que diseñaron para ella, pero sabe que la única vez que ha acertado es justo en este momento en el que todo ha saltado por los aires. Lejos del marqués y siendo libre para fallar. Antonio puede ser un error, quién sabe. Puede hacerle daño o darle placer. Con él puede reírse o llorar, ya se verá.

La libertad es perder el miedo a equivocarse.

17

Antonio está esperando a Vera en la puerta del restaurante La Isla. Cuando llega ella, dudan si sentarse en la terraza o entrar. También está la opción de comer en alguna de las mesas altas de la barra, que aquí suelen ser de las más demandadas. Finalmente, Vera decide que es mejor en el interior del salón.

—Los propietarios dejan el ático en un millón doscientos mil, dicen que no bajan de ese precio —le informa Antonio nada más sentarse.

—No te preocupes. Me lo voy a quedar.

—Me alegro mucho por ti.

Vera levanta su copa de champán rosé y él choca la suya sonriente.

—Lo único que quiero es que lo vea mi hermana antes de darte el sí definitivo.

Antonio sorbe un poquito de su copa, no le gusta demasiado el champán, el rosé ni siquiera lo había probado. Él hubiera pedido una caña, pero ha preferido decir: «Yo lo mismo».

Él tampoco sabía que el champán se podía beber antes de empezar las comidas, creía que eso pasaba al final. Antonio solo lo bebía en Nochevieja, después de las uvas. Y eso que en su casa llamaban «champán» casi siempre era sidra.

—Me gustaría hablar de lo que pasó el otro día —dice Vera.

—¿A qué te refieres?

—Llevo toda la semana pensando en eso.

—¿En qué? —Antonio no se lo pone fácil.

—En lo que pasó en el ático. No se me quita de la cabeza.

—A mí me encantó besarte.

El camarero de La Isla se acerca con su chaquetilla blanca, Antonio y Vera se callan.

—¿Han decidido ya?

—¿Qué te apetece comer? —pregunta Vera.

—No sé, elige tú.

—¿Qué nos recomiendas? —se dirige Vera al camarero.

Este enumera de corrido con acento andaluz, que Vera identifica de Sanlúcar, los platos con la entonación precisa para que quieras pedirlos todos:

—Gamba blanca de Huelva; carabineros; cigalita terciada, muy sabrosa; langostinos de mi tierra, Sanlúcar de Barrameda. —Vera sonríe—; angulas de Aguinaga, tenemos unas cañaíllas de categoría... Y si quieren unas tortillitas de camarones, espectaculares; ensaladilla casera de gambas, la mejor de Sevilla; el salpicón pa morirse; una ensaladita de atún rojo de almadraba con naranjas, hinojo y vinagreta que quita el sentío... Y para terminar, si les apetece un pescadito rico, merluza, corvina, lubina, lenguado. Todo espectacular.

La Isla, en la calle Arfe, es una de las mejores marisquerías de Sevilla. Vera la conoce bien, ha estado aquí muchas veces con el marqués. Antonio es la primera vez que va. No ha mirado la carta, pero calcula que, con lo que cuesta esa comida, él, en el Día, podría hacer la compra de un mes.

—La ensaladilla, un par de tortillitas, gambas y unas angulas, ¿te parece? —Vera toma la iniciativa.

—Fenomenal.

—Yo después quiero un lenguado —dice ella mirando al camarero.

—Yo lo mismo.

—¿Tomarán vino?

—Yo seguiré con el champán —dice ella.

—Yo lo mismo. —Antonio se rinde definitivamente.

El restaurante se va llenando, hay algunas mesas con hombres de negocios, siempre hay menos mujeres en las marisquerías cuando se cierran o se celebran acuerdos económicos. El resto de las mesas son el paisaje habitual de la clase alta de Sevilla. Señoras mayores arregladísimas, recién salidas de la peluquería de tinte rubio, maquilladas, carmín rojo, collar de perlas y anillos de oro, acompañadas de sus maridos con pantalón de buena lana, chaqueta de punto y corbata con alfiler, impecables los dos, que salen a comerse un pescadito después de las gambas. Esa vida que les fue bien, solucionada desde hace años. Sin solucionar económicamente está la vida de otros comensales, aunque no lo parezca ni por la ropa ni por las maneras. En los sitios bien de Sevilla hay unos cuantos «tiesos» que parecen aristócratas y a veces hasta lo son. No se sabe bien la manera en la que estos personajes con números rojos en la cuenta siempre están en los sitios en los que hay que estar. En los mejores restaurantes, en la Maestranza los días de corrida de farolillos, en las mejores casetas de la feria, el mejor balcón en la Semana Santa, una casa en el Rocío cerca de la ermita, y en verano se bañan en las playas de Marbella, se dejan ver por Sotogrande y pasan unos cuantos días en El Puerto de Santa María. Siempre es una incógnita quién paga todo eso. Bien relacionados, educados, tan de derechas como haya que ser en cada ocasión, pero comprensivos con la evolución de los tiempos. Habilidosos para acoplarse en el sitio más visible de la foto, con buena conversación, graciosos al contar anécdotas propias o ajenas, con la cultura justa pero suficiente para no desentonar en ninguna reunión: conocen los títulos de los libros que hay que conocer y el nombre de sus autores, incluso saben por encima de qué van, aunque, por supuesto, no se han leído ninguno. Son amantes de las tradiciones, aunque presumen de tener una mente abierta, como demuestra el hecho de que tienen algún amigo gay, y cuando se encuentran con alguien, le dicen «mealegromushodeverte» sonriendo abiertamente, en especial a los que saben que van a pagar la cuenta.

—¿Por qué me has traído a este restaurante? —pregunta Antonio.

—Me encanta comer aquí —contesta Vera sin contestar, mientras pela una gamba—. Están buenísimas.

—¡Impresionantes! —Antonio se maneja con menos habilidad quitando las cáscaras—. ¿No te importa que nos estén mirando?

A Vera la han saludado con la mirada algunas personas desde sus mesas, con varios ha coincidido muchas veces en esta ciudad en la que es tan fácil coincidir. Todo el mundo parece saber quién es ella y ella parece conocer a todo el mundo.

—Es una locura —le dice—. Una amiga me animó a que viniera aquí contigo.

—¿Una amiga?

—Sí, se llama Gabi. Todavía no sé por qué le he hecho caso. —Vera se ríe sin ganas de entrar en detalles—. Ya te contaré la historia.

Le explica quiénes son algunos comensales, cuáles son sus negocios y en muchos casos de qué familias provienen. También le habla de la suya propia, de sus tierras, de Casa Caldera y de La Paz, la propiedad de su ex en la que vive y donde están sus caballos. A Vera le apasionan los caballos, quizá lo único por lo que ha sentido pasión a lo largo de su vida. Además de la pintura, aunque pintar siempre le ha dado más miedo que montar.

Antonio se pierde cuando ella le habla de hectáreas; él solo calcula en metros. No sabe muy bien traducir las hectáreas a una extensión visual. Todo le parece inmenso, inabarcable.

—¿Seguirás viviendo en La Paz si compras el ático?

—La Paz es de Borja. Me tengo que ir de allí.

—¿Y los caballos?

—Los llevaré a Casa Caldera, la finca que era de mis padres. Donde yo me crie.

—¡Qué suerte tener tantas fincas! —Antonio se ríe con naturalidad. No hay ni rastro de envidia en lo que dice.

Vera también sonríe, y bebe un trago más de champán. Se da cuenta de que ya lleva unos cuantos.

—¿Podemos hablar ya de lo que pasó el otro día? —Vera retoma la conversación que había interrumpido el camarero.

—Hablamos de lo que tú quieras.

—No me gustaría que pensases que soy ese tipo de mujer. Yo no me voy besando con el primero que me encuentro por la calle. No sé si me entiendes.

Antonio bebe sin apartar la mirada de los ojos de Vera y con una leve sonrisa; le está cogiendo gusto al champán. Se toma su tiempo para contestar; él se desenvuelve mucho mejor que ella en el silencio.

—Vera, tranquila. Yo no soy como esta gente. —Antonio hace un gesto con la cabeza señalando alrededor.

—¿Qué quieres decir?

—Que yo no te juzgo.

Vera vuelve a vaciar su copa de un trago y se concentra en el lenguado, luego arrastra las migas del mantel de un lado a otro con la mano. Antonio coge la botella de la cubitera y le rellena la copa. Ya no queda más champán.

—Te confieso que no soy muy de pescado, pero este lenguado está buenísimo —dice Antonio antes de meterse un trozo en la boca.

—Aquí suele estar muy rico —replica ella desconcertada por el cambio de conversación.

—¿Sabes? Yo los lenguados los tomaba rebozados en harina y fritos, así los hacía mi madre para cenar. Y con toda seguridad no serían lenguados. Sería pescadilla o cualquier otro más barato. La verdad es que yo odiaba el pescado porque estaba lleno de espinas, era muy difícil sacar algún trocito que no las tuviera. Además, siempre me quedaba con hambre. Cuando venía de jugar de la calle hambriento me apetecía cenar filetes empanados o huevos fritos con patatas, cosas así. Era horrible cuando había pescado.

—¿Me estás tomando el pelo? —Vera no termina de entender la historia del pescado en este momento.

—Qué va. —Antonio la mira fijamente sin dejar de sonreír. Vera repara en lo mucho que le gusta su manera de reír. Tiene una sonrisa acogedora que nunca agrede—. Desde que he entrado en este restaurante —continúa—, me he sentido como un niño que se ha colado en el palacio de una princesa y van a venir los guardias a echarle. ¿Conoces esa sensación de estar en un sitio al que no perteneces?

—Sí, supongo.

—En mi vida, el pescado siempre se ha comido lleno de espinas. Y en este sitio hay un señor que te las quita y te deja solo los lomitos. —Antonio hace una pausa—. Lo que quiero decir es que me gusta el palacio y me quiero ligar a la princesa. —Vera hace el gesto de beber de su copa, pero ya no queda ni rastro de champán. Él prosigue—: ¿Te arrepientes de haberme besado?

—No es eso. Es que... —Vera no termina la frase.

—Yo creo que quieres volver a hacerlo. —Vera vuelve a esquivarle la mirada. Él insiste—: ¿Me besarías ahora?

—¿Aquí? Tú estás loco.

—Sí, pero ¿me besarías?

—No sigas por ahí, por favor.

—Vera, voy a levantarme de la mesa y te voy a besar.

—Ni se te ocurra. —Antonio deja sobre la mesa la servilleta que tenía apoyada en las rodillas, echa hacia atrás su silla para ponerse en pie. Ella le pide—: Estate quieto, Antonio, por favor.

Él se levanta, se ajusta despacio el pantalón a la altura de la cintura y se aproxima a ella, que permanece sentada. Baja la boca en busca de la de Vera y le da un beso. Ella responde despacio, él sigue sin despegar sus labios, esta vez abriéndolos y mordiendo suavemente el labio inferior de Vera. Ella cierra los ojos, entregada. Antonio resuelve con un pico que pone fin al beso y vuelve a su silla. A Vera se le han incendiado las mejillas, está nerviosa y contenta, alterada y feliz. Quiere esconderse y que la vean. Todo al mismo tiempo.

—¡Me encanta la princesa!

—Eres un, un... —A Vera le gustaría estar más enfadada de lo que está, en realidad no lo está en absoluto—. ¡Joder, Antonio, nos ha visto todo el mundo!

—No haberle hecho caso a tu amiga.

—¡Eres un provocador! —Se le escapa una sonrisa, muy a su pesar.

—¿Sabes? Yo no puedo pagar esta comida, pero puedo invitarte a un gin-tonic en mi casa. No tengo fincas, vivo en un piso pequeño, pero me encantaría que te vinieras esta tarde conmigo.

—¿Siempre te sales con la tuya?

—¿Podría traernos la cuenta? —Antonio se dirige al camarero, que al instante la lleva a la mesa dentro de una fundita de piel y se la deja al lado de su plato.

Antonio, sin ni siquiera abrir la fundita con la cuenta dentro, la desliza por el mantel hasta la mano de Vera.

—Esto es para ti, si no quieres que acabemos lavando platos.

Vera abre su bolso, saca una cartera y de la cartera una tarjeta de crédito.

—Estás completamente loco.

18

Vera ha hecho este trayecto un montón de veces, pero siempre camino del AVE, sin reparar ni siquiera en el nombre de la avenida José Laguillo, que llega a la estación de Santa Justa. Subirse en el taxi con Antonio camino de su casa es casi un sí definitivo a acabar en su cama. Él apenas habla y cuando lo hace los nervios de Vera le impiden prestarle atención. Ella no puede pensar en nada que no sea el miedo, la vergüenza y el desastre. Miedo a parecer alguien que no es, vergüenza por descubrirse tal cual es y el desastre, inevitable, que se va a producir dentro de un rato a consecuencia de su torpeza e impericia. En su cabeza se agolpan pensamientos e imágenes a modo de flases, que atraviesan su mente como un disparo y luego se difuminan en algún lugar de su cerebro hasta que vuelven a un primer plano con toda nitidez y colorido. Qué bragas lleva puestas, si la goma de los calcetines le habrá dejado una marca indecorosa en las pantorrillas, o que el pantalón haya hecho lo mismo a la altura de la cintura, cómo olerá su aliento después del café que se acaba de tomar, si sabrá comportarse estando desnuda, si se acordará de besar bien, si Antonio la verá demasiado mayor sin ropa, si con la excitación se va a mojar demasiado o, lo que es peor, demasiado poco por culpa de los nervios, si le va a doler, si va a parecer una mojigata dejándose hacer o una cualquiera si toma la iniciativa, si se pondrá encima o debajo. A decir verdad, ella casi nunca se ha puesto encima. Cuando era más joven, porque no se sentía cómoda, y años después, porque el sexo con el marqués se convirtió en un acto breve y conciso en el que no había demasiadas posturas, más que nada porque no daba tiempo.

Vera tiene la sensación de que no va a estar a la altura, está segura de que va a hacer el ridículo y le están entrando unas ganas locas de decirle al taxista que pare para poder bajarse o, por qué no, tirarse en marcha. Este último es uno de esos flases ridículos que se están colando en su mente sin ningún filtro. Piensa en esas escenas de las películas en las que alguien huye tirándose en marcha de un coche en una avenida de Nueva York. Una escena absurda que solo podría protagonizar un hombre, esa idea nunca pasaría por la cabeza de una mujer, ni siquiera por la imaginación de un guionista de Hollywood. Pensar en ella rodando por el asfalto de una calle de Sevilla después de arrojarse del taxi le hace gracia, es la imagen que menos nerviosa le pone de todas las que se acumulan en su cabeza.

—¿En qué piensas? —Antonio le coge una mano entre sus dedos.

Las manos de Antonio la vuelven loca. La conformación de sus dedos, largos y estilosos, pero duros y masculinos. Unas manos suaves sin exceso y fuertes. Manos que al verlas moverse deseas que te toquen. Sus manos son como él.

—En nada —dice Vera.

—¡Es aquí! —le advierte Antonio al taxista justo enfrente del portal.

Vera sale primero, su puerta es la más cercana a la acera, y espera a que él salga después de pagar.

—Antonio, no puedo.

—¿Cómo que no puedes?

—No puedo subir a tu casa.

—¿Qué te pasa?

—Me parece demasiado pronto.

—Vale, no te preocupes. Solo quiero que subas si quieres subir.

Vera podría haber esperado cualquier respuesta menos esa.

—Es que sí quiero subir...

—... pero te da miedo —termina él la frase.

—Llevo más de dos años sin hacer el amor con nadie.

—Pues ya va siendo horita. —Antonio se ríe de forma educada y se acerca a Vera cogiéndola de la cintura para besarla.

—Eres odiosamente guapo —le suelta Vera con un tono de rendición absoluta.

—¡Odiosamente guapo! —repite él sin dejar de sonreír—. Eso debe de ser muy bueno.

—Solo he estado con un hombre en toda mi vida.

—Vera, ¿crees que esta conversación es para tenerla en plena acera?

El ascensor es el más lento de todos los ascensores imaginables, tarda una eternidad en llegar al tercero. El edificio es horrible, de esos de finales de los setenta, el suelo del descansillo es de terrazo blanco con manchas negras amorfas, o quizá al revés, la baldosa es negra y las manchas blancas. La pintura de la pared mantiene, a saber desde cuándo, un gotelé beige clarito y la barandilla es del mismo color caoba que las puertas —A, B, C y D— que se enfrentan en el rellano. En la de Antonio, la B, hay atornillada una chapa con la imagen de una virgen irreconocible por la suciedad del metal. Al abrir, Vera comprueba que el suelo del descansillo se prolonga por todo el piso, el color caoba de la puerta de la entrada es idéntico al de las interiores y al del resto de los muebles. Las paredes mantienen, cómo no, el gotelé beige clarito. «Es horrible», piensa Vera mientras se dirige a la salita de estar siguiendo a Antonio.

—Es horrible, lo sé. —Antonio lo dice en voz alta.

—Bueno, no está tan mal —replica ella con poca convicción.

—Si quieres, te dejo algunos muebles para tu ático. —Los dos se ríen—. ¿Qué quieres beber?

Antonio se quita la chaqueta, la corbata, desabrocha los dos botones de su camisa más pegados al cuello y se remanga los puños de la camisa hasta casi los codos.

—Agua.

—¿Agua?

—Sí, agua.

—¿Fría?

—Del grifo.

Antonio vuelve de la cocina con dos vasos de agua del grifo y le da uno a Vera, que solo bebe un sorbo antes de dejarlo encima de la mesa. Antonio la coge de la mano y la lleva hasta la habitación, que deja medio a oscuras bajando la persiana casi hasta el final. Comienzan a besarse a los pies de la cama. Vera libera solo a ratos su cabeza, que va y viene, a veces se impone el deseo y otras vuelven los nervios que la atenazan. Se desnudan de manera lenta y torpe, descompasada y desordenada. El pantalón ceñido de Vera tarda mucho en salir de sus piernas y más aún en deshacerse el enredo de una de sus cadenitas con un botón de la blusa. Antonio es paciente y cariñoso, incluso divertido, hasta que por fin los dos se tumban en ropa interior en las sábanas de algodón limpias, pero no demasiado nuevas, que cubren la cama de Antonio. La habitación, como el resto de la casa, es fea con rotundidad, pero sus cuerpos casi desnudos, iluminados por la luz a rayas que entra por la persiana medio bajada, componen una imagen mucho más bella que todo lo que los rodea. Antonio desabrocha el sujetador de Vera con la pericia de alguien que ha repetido esa operación más veces de las que puede recordar. Vera se queda con el pecho desnudo, Antonio la empuja hacia atrás invitándola a tumbarse boca arriba y le coloca los brazos detrás de la nuca con las manos debajo de la almohada. La inmoviliza sin inmovilizarla, sutil. Ella le deja manipular su cuerpo quedándose casi inerte para que él lo mueva a su antojo. Vera decide dejarse llevar y él desliza las manos por la cintura hasta llegar a las bragas, que baja quitándoselas por los pies para dejarlas cuidadosamente a un lado de la cama. Vera —abierta de brazos y de piernas— tiembla desnuda de deseo, de nervios, de vergüenza y de dudas.

Nota cómo Antonio va a besar su ombligo cuando le inmoviliza la cabeza deteniéndole con las manos. Vera necesita parar. Será por estar sintiendo este deseo que la supera, o por los nervios o por miedo a perder el control..., o por las tres cosas a la vez.

—No puedo.

—¿Qué ocurre?

—No lo sé. Quiero que pares. —Vera se siente ridícula—. Lo siento.

—No te preocupes —dice cariñoso.

Antonio obedece y se tumba a su lado.

—No sé qué me ha pasado —intenta justificarse ella mientras sale de la cama un poco avergonzada en busca de su ropa—. Tengo que marcharme.

Vera se viste sintiéndose pequeña, absurda, comportándose como una adolescente de cuarenta y cinco años. Antonio la mira desde la cama sin hablar.

—Estarás enfadado —dice ella mientras se termina de abrochar el pantalón.

—No.

—Yo lo estaría.

—Pues yo no lo estoy. A mí me ha encantado.

—¿Te ríes de mí?

—Vera, me gustas mucho.

—Pero ¿tú de dónde has salido?

A Antonio le hace gracia la pregunta, pero ella la ha hecho en serio. No puede basarse en su propia experiencia, pero tiene la certeza de que no existen hombres así. De repente, siente ganas de volver a besar a Antonio y seguir justo donde lo ha dejado, pero ya es demasiado tarde teniendo los pantalones puestos. Él se levanta y se viste para acompañarla hasta la puerta. Por el pasillo bromea de nuevo sobre lo espantoso de la decoración, sin el menor atisbo de enfado por que Vera haya decidido huir de su cama. Con la puerta abierta se besan otra vez antes de que ella se marche por las escaleras con ese espantoso suelo de terrazo negro con manchas blancas, o al revés, el gotelé color beige y la horripilante barandilla color caoba. Da igual, Vera siente que se está yendo del lugar más bonito del mundo.

19

Vera se tumba desnuda en su habitación y abre el ordenador. La piel tiene memoria y el deseo contenido de esta tarde en la cama de Antonio sigue ahí. Como su olor y el roce de las sábanas limpias y desgastadas mientras él la besaba. Teclea en el buscador el nombre de una página porno y se abre el menú de cuerpos desnudos en ventanitas pequeñas. Gabi le habló de esas páginas y le escribió en un mensaje los nombres que tenía que teclear para que no se le olvidaran. «Hay de todo, ya sabrás buscar las escenas que más te gusten».

—¿Y a ti cuáles son las que más te gustan?

—Las que son verdad.

Vera posa una mano inmóvil encima de su pubis y pincha con la otra en un vídeo en el que un hombre tiene su boca entre las piernas de una chica morena. La ventanita se hace grande rellenando toda la pantalla del ordenador.

Vera abre las piernas mirando a esa chica morena que gime ruidosa mientras el hombre la acaricia con la lengua justo ahí. Hay algo de envidia en ella, la vergüenza de querer ser y la de no atreverse a ser la chica del vídeo. Vera mueve sus dedos pensando en Antonio, en sus hombros, en su espalda, imaginando que la mano con la que se toca es la de él. El disfrute de la chica que se retuerce de placer en la pantalla parece inalcanzable, pero le gusta imaginar que es la imagen de un espejo en el que no se refleja su culpa. Seguramente esa chica no conocería a ninguna monja de su colegio, y mucho menos a sor Milagros. «¿Sor Milagros habría sentido deseo a lo largo de su vida, alguna vez se buscaría con la mano por dentro del sayo para darse placer, le habría gustado algún hombre, quizá una mujer?». Pensar en aquella monja de pelos negros como púas de erizo en la barbilla que reprimía a las niñas con sus lecciones de decencia distrae a Vera, la desconcentra de lo que está haciendo, ha dejado de mover la mano sin darse cuenta.

El vídeo de la chica morena ha terminado. A Vera se le ha ido la cabeza a otra parte, pero no va a parar. Quiere llegar hasta el final. Esta vez sor Milagros no se va a salir con la suya. El menú de la web ofrece nuevas ofertas. Ahora pincha en otro vídeo en el que una mujer con una coleta rubia está a cuatro patas mientras un chico bastante más joven la penetra con fuerza desde atrás. Vera vuelve a centrarse en la pantalla. Se mete dos dedos en la boca para humedecerlos y vuelve a acariciarse. Mira la escena, le impresiona la potencia del chico y por un momento le da la sensación de que ella es la mujer de la coleta. Ya no hay vuelta atrás. Acelera el movimiento de sus dedos, mira la pantalla y mira su mano dándose placer, abre más las piernas, expuesta. Fantasea que ella misma podría ser la protagonista de uno de esos vídeos. «Si me viera el marqués, no me reconocería... ¿Y si me viera Antonio?»; imaginar que la está mirando la excita.

La rubia de la coleta está a punto, Vera también. Moja por última vez sus dedos, casi por instinto porque ya no es necesario, y los mueve presionando aún más. Un segundo, dos, tres, cuatro... Vera se contrae entera, cierra las piernas atrapando su mano, y un gemido ronco inevitable se escapa de su garganta. Detiene el movimiento de sus dedos, su vientre se relaja y desaparece poco a poco el temblor de sus muslos. Para el vídeo, cierra la pantalla del ordenador y se acurruca en la cama. Esta noche le apetece dormir desnuda.

20

Borja Manuel debe su primer nombre al empeño de su madre y el segundo, Manuel, a la memoria de su abuelo paterno, el primer marqués de Villaecijilla por la gracia del mismísimo Franco. A pesar de tener un nombre compuesto, desde niño todo el mundo le llamó solo Borja, obviando el Manuel, que aparece únicamente en los documentos oficiales de sus empresas y en las escrituras de sus propiedades. Su madre quiso ponerle Borja porque en el año 1970, cuando el niño nació, ese nombre era casi exclusivo de la gente de alta sociedad. Un nombre de abolengo, de hombres con prestigio, en definitiva. Eso, como tantas cosas, cambió con el tiempo. Incluso, a principios de los noventa, todos los que se llamaban Borja lo pasaron mal por culpa de una parodia en Televisión Española de los humoristas Martes y Trece, que ridiculizó el nombre identificándolo con el de un pijo absurdo. Las audiencias de aquellos programas, con casi solo una televisión, eran millonarias. Ni siquiera se medían, pero daba igual. Lo que salía lo veía todo el país. En aquella parodia el dúo cantaba unas sevillanas cuya letra empezaba: «Pochola y Borjamari, fíjate, se fueron a esquiar [...] y dejaron a los niños, fíjate, con los papás de él». Casi todo el mundo ha olvidado ya aquellas sevillanas, pero los que se llamaban Borja en aquellos años las tienen muy presentes. Superado aquel momento de chufla mediática, todos los Borjas volvieron a la normalidad.

Su segundo nombre, Manuel, desapareció pronto en todo lo cotidiano, salvo cuando pasaban lista en el colegio o cuando su madre se enfadaba con él. El de la regañina era el único momento en el que ella le llamaba con su nombre completo, Borjamanuel, todo junto. Pero si el Manuel no estaba presente en su vida, sí lo estaba el abuelo al que debía ese nombre, al menos su impronta a la hora de educar y de transmitir su idea de cómo era el mundo, algo que marcó a su hijo y más tarde a Borja, su nieto, en vida y mucho más después de su muerte.

El abuelo Manuel sabía bien lo que era el poder del miedo. De darlo, no de sentirlo. El poder que se tiene cuando eres temido y la manera en la que se anulan los hombres que sienten miedo. La forma de entender el mundo del abuelo Manuel era en sí misma una antítesis. Los poderosos y los débiles, los que poseen y los que carecen, los que están arriba y los que están abajo, los ricos y los pobres, los que ganan y los que pierden.

El abuelo Manuel, marqués, terrateniente, señorito andaluz y devoto del Gran Poder, donaba habitualmente dinero para ayudar a los más desfavorecidos. Sin embargo, despreciaba a los pobres: «No los odio —argumentaba—, simplemente, no me merecen respeto». Y, además, razonaba con cierto orgullo ese desprecio. «Los pobres lo son generación tras generación. Son hijos, nietos, bisnietos y tataranietos de pobres, y así durante siglos. Y la mayoría nunca ha hecho nada por cambiarlo, se limitan a asumir su condición. Ni siquiera nos obligan a defender lo que es nuestro, se someten a trabajar nuestras tierras, a limpiar los caballos que montamos y a recoger las perdices que abatimos. Así, generación tras generación. Les falta orgullo, honor y cojones para cambiar las cosas. Por eso, yo les doy limosnas, pero no pueden contar con mi consideración». El abuelo Manuel era un hombre inteligente, culto y malvado a partes iguales.

El orgullo, el honor y los cojones eran los principales valores que el abuelo Manuel intentó inculcar a todos los Laguía.

Borja siempre ha querido ser digno de su estirpe, aunque de una manera más civilizada, al menos en las formas. Es otra época y ahora los terratenientes juegan a ser campechanos. A él no se le ocurriría decir que desprecia a los pobres, esas cosas ya no se pueden mencionar, ni siquiera pensar, aunque se sientan.

Borja pasea por su salón. Da vueltas a la idea del orgullo, que aparece continuamente en su cabeza, le obsesiona haberlo perdido. Le golpean pensamientos sobre los que ganan y los que pierden, sobre los que dan miedo y los que lo tienen. La estirpe. Ayer le contaron que vieron a Vera comiendo en La Isla y estaba con otro. Le dijeron que se reía mucho, también que el chico la besó; era bastante más joven que ella. «Dice mi mujer que era muy guapo, yo de eso no entiendo», le comentó un amigo. Borja intenta controlar la ira. Sabe que él la dejó marchar, incapaz de defender lo que era suyo. Se siente débil y humillado, en la antítesis de lo que debería ser: está en el lado de los perdedores. Qué pensaría su abuelo de él.

Hacía mucho tiempo que el amor se había acabado, a Borja ya le daba igual no tenerla. Sin embargo, ahora le atormenta la idea de que la tenga otro. Mira el móvil, duda si cogerlo para hacer la llamada. Sigue paseando por el salón, mirando las paredes llenas de historia, la de su familia de ganadores, de gente con honor, con orgullo y con cojones. Esto no va a quedar así. Definitivamente, Borja coge el móvil y marca.

21

Alba se siente más cerca de su hermana desde que se fue a estudiar a Madrid. Hay algo en esa distancia que las acerca, puede que nunca hayan sabido estar juntas. Echarse de menos era algo que necesitaban, entre otras cosas, para saber quién es una para la otra. Madre e hija, o hermanas, o las dos cosas a la vez, o ninguna de las dos. Alba salió del hospital en los brazos de su hermana, como si fuera su madre. Vera sintió a su hermana como una hija que nunca tuvo. El parentesco no define su manera de quererse, ni de relacionarse ni de comprenderse ni de alejarse. Depende de la época, ha habido veces que se han querido o se han detestado como una hija con su madre, y otras, como dos hermanas. Aunque no siempre de manera coordinada. En ocasiones, cuando Vera ejercía de madre, Alba prefería ser su hermana. O al revés. Alba tiene ahora más o menos la edad de Vera cuando ella nació. Una ya no es una niña, y la otra todavía no es tan mayor.

Antonio las espera a las dos en el bar Taquilla. Su actitud es la de un vendedor a punto de enseñarle la casa a una posible compradora que viene acompañada de su hermana pequeña, a la que aún no conoce. Vera, por su parte, también intenta comportarse como una clienta que ha traído a su hermana para ver el piso que está pensando en comprar: «Antonio, esta es Alba; Alba, él es Antonio, el vendedor de la inmobiliaria», uno y otra se saludan con un par de besos.

—Encantado de conocerte. —Antonio combina su mirada y su sonrisa encantadoras—. La verdad es que tenéis un aire.

—Ella es más guapa —dice Vera, orgullosa, mirando a Alba.

—Eso no es nada fácil. —Antonio vuelve a sonreír tras el piropo a la hermana.

—Anda, calla.

A Alba la descoloca un poco ver a Vera en esta actitud mientras toman café antes de visitar el ático. Hablan de forma superficial de los estudios de Alba en Madrid y del ambiente especial de Sevilla en Semana Santa. Alba se da cuenta de que el vendedor pone nerviosa a su hermana. Se ríe a destiempo, quiere ser desesperadamente simpática con él y contesta tarde a cualquier pregunta insignificante.

—¿Quieres azúcar?

—¿Eh? —dice después de tres segundos.

—Que si quieres azúcar.

—Sí. Bueno, no.

Antonio paga los cafés y se marchan camino del ático, él un par de pasos por delante de las hermanas.

—¿Lo conocías de antes? —le pregunta Alba a Vera refiriéndose al vendedor.

—Pues de la otra vez que me enseñó el ático. ¿De qué le voy a conocer? ¿Qué pregunta es esa?

Hace calor, la primavera ha llegado de repente a Sevilla y en el ambiente hay una alegría propia de esta ciudad que los más cursis definen con un «ya huele a feria».

—Tú no eres de aquí, ¿verdad? —le pregunta Alba a Antonio.

—No, yo soy de Madrid.

—Qué raro vender casas en Sevilla sin ser sevillano.

Dos señoras salen de una cafetería justo en el momento en el que Vera, Antonio y Alba pasan por la puerta; dos señoras que hace unos días habían comido con sus maridos en La Isla: Sevilla es a veces demasiado pequeña. «Alba, ¿cómo estás? Te hacía en Madrid», dice la que lleva el teñido más rubio de las dos y un cardado inverosímilmente alto al ver a la chica justo delante de sus narices. «Ah, si tú también estás aquí», dice la otra señora, menos rubia, pero con más bótox, al descubrir a Vera. Las cuatro se besan entre sí. «¿No nos vas a presentar?», le dice la del cardado a Vera refiriéndose a Antonio. «Este es el chico tan joven con el que estabas el otro día comiendo en La Isla, ¿no?», comenta la otra poniendo todo el énfasis que puede en la palabra *joven*. «Encantado», dice Antonio, fingiendo un poco de timidez, y Vera balbucea algo parecido a que deben irse porque tienen mucha prisa. Los tres se alejan de las señoras, que se van cuchicheando camino del paseo de Colón. Vera prefiere no decir nada: el tono malicioso de aquellas dos le produce una especie de satisfacción irreconocible, como si en esa maldad corroborase que ella está haciendo algo bien. Antonio también se calla: no se atreve a compartir la ilusión que le ha provocado que esas señoras den por hecho que Vera y él están juntos. Y a Alba se le escapa una risa cómplice antes de decirle a su hermana tres palabras: «Cuánto me alegro».

22

Sevilla es su presente, a veces fantasea un futuro con Vera, pero todo lo demás es pasado. Su barrio, su madre, sus amigos y, en ocasiones, hasta su hermano. Madrid entero es un sitio que quiere dejar atrás. Cuando Antonio abre la puerta y ve a Diego siente que ese pasado le ha alcanzado una vez más. «Hola, chache», dice el chico desde el umbral de la puerta. A Antonio le gustaba que Diego de niño le llamase «chache». Los hermanos en algunos barrios de Madrid se llamaban entre sí de esa manera, aunque ya casi no se use esa palabra. «Pasa», Antonio le da dos besos con cara de resignación nada más entrar en la casa. Diego lleva colgada una mochila de grandes dimensiones con la que es difícil no golpear las paredes al girarse. Antonio le enseña la otra habitación que tiene la casa, además de la suya. La ventana da a un patio de luces, que no hace honor a su nombre por su poca luz, y consta de una cama individual, una silla y una mesita de noche.

—Deja tus cosas ahí. No es muy grande, pero es lo que hay —dice Antonio.

—¿No hay armario? —pregunta Diego dejando la mochila en el suelo.

—Si quieres te reservo una habitación en el Alfonso XIII —le suelta.

—¿Eso qué es?

Antonio sonríe y se va al salón. Diego le sigue, como los perros a sus amos, después de dejar la mochila encima de la cama sin posibilidad de sacar sus cosas.

—¿Qué tal por Sevilla? —pregunta el pequeño por intentar hablar de algo.

—Diego, ya te dije que aquí no te puedes quedar mucho tiempo.

—¿Y cuánto tiempo vas a dejar que me quede?

—Dos o tres días.

—Pero, chache, es que no tengo adonde ir.

Antonio intenta no sucumbir a la ternura que le está provocando su hermano. Compasión, más bien. Le dan ganas de abrazarle, pero se contiene.

—¿Por qué has tenido que salir de Madrid? —Diego se limita a encogerse de hombros sin contestar—. ¿Estás metido en algún lío? —pregunta Antonio temiendo la respuesta.

—Bueno, ya sabes que el barrio es complicado.

—¿Has tenido problemas con la policía? —insiste el hermano mayor.

—Chache, si te preguntan por mí, ¿tú puedes decir que llevo aquí un par de semanas?

—¡No me jodas, Diego! —Antonio se desespera—. Cuéntame qué has hecho.

Diego le explica lo de la farmacia, lo hace nervioso y titubeante, pero sin ocultar los detalles. «Dicen en el barrio que al Negro le trincaron porque se le había olvidado quitarse el pasamontañas». A Antonio se le escapa la risa.

—No solo robas, sino que robas con un subnormal.

—Ahora me da miedo que el Negro largue a la pasma y me busquen.

—Y te vienes aquí para joderme a mí.

—Bueno, chache, a ti no te va a pasar nada. Solo tienes que decir que estoy en Sevilla desde hace dos semanas.

—¡¿Cuándo cojones vamos a aprender?!

Antonio exclama su pregunta mirando al techo. Está solo con su hermano pequeño, pero utiliza un plural que incluye a su pasado entero, un plural universal lleno de cosas de las que quiere huir. Un plural del que él mismo forma parte, del que más le cuesta alejarse. Mira a su hermano pequeño y se ve a sí mismo hace unos años. Le da miedo que Diego no tenga tanta suerte y pague caro sus errores. A él, el juez de los juzgados de Plaza de Castilla le dejó en libertad a la espera de juicio y no tuvo que entrar en prisión por el atraco a la cafetería. Su señoría también podría haber hecho lo contrario, pero, al ver que tenía solo diecinueve años, se apiadó de él y lo soltó con la obligación de presentarse en los juzgados todas las semanas. La condena final fue menor a los dos años, y Antonio se libró de la cárcel. Ahora tiene sentado en el sofá de su casa de Sevilla la viva imagen de su pasado. La cara de Diego es un espejo que le devuelve un reflejo de sí mismo que le entristece, un sopor melancólico y doloroso.

Su hermano Antonio era la única persona a la que Diego admiraba cuando era pequeño. Para Antonio, su hermano Diego era un niño a quien no quería querer. El mismo padre y madres distintas, aunque iguales. Un padre ausente que abandonó a Antonio por Diego y a Diego lo ignoró sin excusa. Dos hogares que estaban rotos antes de serlo. La madre de Antonio, Teresa. La de Diego, Encarna. Las dos empezaron a vivir con el padre cuando se quedaron embarazadas y las dos acabaron consumidas por ese hombre gris, incapaz de actuar, de asumir nada. Sin energía, sin alma. Un hombre que parecía bueno por su cobardía para ser malo, pero incapacitado para dar cariño, para besar a un hijo por instinto, negado para amar. Un minusválido emocional que no provocaba ni miedo ni pena. Un psicópata inmóvil. Era un hecho que comía, respiraba, dormía y cagaba, pero no había diferencia entre ese hombre y un muerto en medio del salón.

Comparadas con el padre, las madres estaban más vivas, al menos hacían ruido con sus gritos y su histeria. Ellas sí acariciaron a sus hijos, los besaron por instinto y a veces fueron confortables en el abrazo. Eso pasó, ellos lo recuerdan, pero en las dos siempre se imponía la ira. Eran la misma mujer sin apenas conocerse. Ambas con la misma rabia de una mala vida que no te daba motivos para querer salir de la cama. Una vida en la que la risa también era amarga y la belleza algo inútil. Incultura, incomprensión, dolor y ruido. Teresa y Encarna fueron diluyéndose detrás de sus ojeras mientras Antonio y Diego crecieron solos.

Diego mira debajo de la tele y ve la Play5 Pro. Antonio se da cuenta de que a su hermano se le ilumina la cara al ver la consola.

—¿Quieres un colacao? —le dice mientras va hacia la cocina.

—¿De los tuyos? —pregunta Diego con el entusiasmo de un niño pequeño.

El mayor sonríe y al rato vuelve portando una bandeja con dos tazones de colacao repletos de grumos.

Antonio no tuvo a nadie y Diego tampoco tuvo a Antonio, que estaba lejos para poder protegerle de lo que él mismo había padecido. No había oportunidad de demostrarle a su hermano pequeño lo mucho que le quería. Ahora lo hace a su modo y, aunque nunca se lo ha dicho, mataría por él.

—¡Tienes el *FIFA 25*! —exclama Diego mirando la carátula del juego al lado de la consola—. ¿Jugamos una partida?

—Chache, contigo no tengo ni para empezar —dice Antonio mientras saca el segundo mando de un cajón.

Los dos saben que se tienen el uno al otro, pero hay demasiados besos pendientes.

23

Gabi lleva una cajita de yemas de San Leandro escondida en el bolso como si fuera una traficante pasando el control del aeropuerto. No es lo que más le conviene a su madre, según dice la médica de la residencia que controla sus análisis, pero las enfermeras miran para otro lado cuando Gabi la saca a pasear por el jardín y coloca la silla de ruedas detrás de un árbol para darle un par de yemitas. «Eso no le puede hacer mal a nadie», opinan. A Gabriela se le ilumina el rostro cuando su hija abre la cajita y le ofrece coger una yema. Su cara de ilusión es la de una niña, que es en lo que se convierte cada vez más a menudo por una cabeza caprichosa que cambia a su antojo de década. Gabriela, con ella nadie utilizó el diminutivo por el que se reconoce a su hija, no tiene alzhéimer, sino un mecanismo de defensa que la aleja de vez en cuando del sitio donde se encuentra. De lunes a viernes, Gabi va todas las mañanas a verla antes de irse a trabajar, la peina y pasa con ella una media hora mientras Gabriela desayuna. Después entran las enfermeras para limpiar la habitación y ayudarla a ducharse y a vestirse. Hay días en los que Gabriela se esfuerza más por ser autónoma, pero otros se rinde y no saca fuerzas para arreglarse ella sola. Los sábados y los domingos es cuando Gabi pasa casi toda la mañana con ella, la saca a pasear por el jardín y se salta los consejos médicos trayéndole las yemas que compra en el mismo convento de San Leandro.

Hay algo en la mirada de Gabriela que cuenta de ella mucho más que sus palabras. A veces hay dolor. Otras, ilusión, felicidad en el recuerdo o resignación por lo que le sucedió. Gabi ha aprendido mucho de esa mirada que a veces la hace sufrir y otras le explica que la vida, a pesar de todo, puede ser un lugar maravilloso. Gabriela se quedó viuda con treinta y tres años cuando Gabi tenía seis, por culpa de un cáncer de páncreas que se llevó al hombre de la familia en menos de cinco meses. Gabi no sabe si los recuerdos que tiene de él son reales o la mezcla de lo vivido, las fotos, algún vídeo que se grabó en super-8 y lo que su madre le ha ido contando de aquel padre sonriente que siempre parecía feliz y con cierta tendencia a engordar: dos cosas que dejó a su hija como herencia. A través de los recuerdos, aquel hombre era para Gabi una figura casi mitológica, seguramente a consecuencia de su ausencia. Gabriela, todavía una mujer joven, intentó buscarle en otros hombres, que pasaron por su vida fugazmente al no encontrar en ellos la misma sonrisa. Gabi conoció a alguno a través de la ventana cuando su madre se arreglaba y ellos la esperaban en la puerta. Gabriela nunca le presentó a la niña a ninguno de aquellos amigos, novios o lo que fueran; quería mantenerla al margen. Gabi, lejos de sentir celos de aquellos señores por pasar tiempo con su madre, le gustaba ver a Gabriela «ponerse guapa» y salir ilusionada de casa para ir al cine, a cenar o a lo que fuera. A veces la ayudaba a elegir la ropa, y jugaban en la habitación cuando la niña imitaba a la madre maquillándose igual o robándole sus collares.

Un día, Gabriela no llegó a casa. Gabi no se enteró porque su abuela la había acostado sobre las diez, ya que al día siguiente había cole. «Cuando llegue mamá entrará en la habitación y te dará un beso», le prometió la abuela. «Que me lo dé en la frente, ¿vale?». La niña se durmió tranquila.

Gabriela llevaba saliendo con aquel hombre un par de meses, se habían visto cuatro o cinco veces en ese tiempo. Él era muy atento, en ocasiones excesivo en la adulación, pero, más o menos, dentro de la normalidad de alguien que quiere conquistar a una persona que le gusta. En uno de los encuentros, Gabriela notó en el hombre demasiada obsesión por ella, empezó a hablarle de matrimonio y de querer pasar juntos el resto de sus vidas. Gabriela, que no tenía ninguna intención de semejante cosa, le sacó de su error diciéndole que ella no quería una relación seria con nadie. Esa noche, al despedirse pensó en no volver a verle, pero el tipo insistió y ella le dio una nueva oportunidad. Quedaron para cenar unas raciones en un bar del barrio de Los Remedios, pero antes de llegar al postre a Gabriela se le atragantó la cena escuchando frases que ella no vivió como halagos, sino como algo completamente absurdo. «Eres la mujer de mi vida» o «Sin ti me voy a volver loco».

Puede que fuese mala suerte o puede que su exceso de confianza no le hiciera percibir lo que estaba pasando o tan solo que las buenas personas son menos precavidas. El hombre le propuso ir a su piso a tomar la última copa, que Gabriela, naturalmente, no aceptó: «Yo ya me voy a mi casa, que estoy cansada». «Al menos déjame que te lleve yo», le sugirió él. Gabriela tendría que haber dicho que no, ella quería haberle dicho que no. «¿Por qué no le dije que no?», esa pregunta la ha perseguido todos estos años, cuando su cerebro dañado le recuerda el momento en el que se montó en el coche.

Gabriela nunca le pudo contar a Gabi lo que había pasado en ese coche. El relato lo hizo la policía, ayudada de algunos testigos y de la confesión de aquel hombre perturbado con aspecto de buena persona. Unos cien metros después de arrancar el tipo paró en un semáforo en rojo, sacó de la guantera una navaja multiusos y apuñaló dos veces a Gabriela en el cuello, una le rozó la carótida y otra la zona cervical. El hombre salió del coche con la navaja en la mano y se puso de rodillas en el suelo dando voces. La policía llegó de inmediato y, tras ella, una UVI móvil que logró reanimar a Gabriela y salvarle la vida.

Gabi se despertó aquella mañana ajena a que su madre no le había dado su beso prometido. La abuela, que tampoco sabía nada de lo que le había pasado a su hija, no transmitió su preocupación a la niña, y la llevó al cole diciéndole que mamá se había tenido que ir a trabajar un poco más temprano. Aquel día fue el último día normal en la infancia de Gabi. Su madre nunca volvió a casa. Pasó meses en cuidados intensivos, después casi un año en planta y de allí a la residencia en la que a ratos se la ve feliz y otros con una sombra de miedo cuando escucha y cuando mira. La puñalada en las cervicales le afectó a la médula y la pérdida de sangre le ocasionó problemas cognitivos y del habla. A veces se expresa mejor y comprende lo que sucede. Otras, solo emite sonidos incomprensibles y lleva su mente a algún lugar que parece muy lejano.

Gabi va a verla todos los días, llega con la alegría con la que ha decidido vivir, sin rabia, a pesar de ese dolor que no desaparece nunca de la boca de su estómago. Peina a su madre, la acaricia y hace que se ría cuando los fines de semana le da unas yemas de San Leandro furtivas detrás de un árbol. Gabi besa a Gabriela cada mañana y pide a su madre un beso en la frente, como aquel que no pudo darle la noche que no volvió a casa.

24

A Vera le apetecía celebrar la compra del ático montando a caballo. Nada más recibir las llaves en el notario después de firmar, ha tenido esa necesidad. Cuando Vera monta siente que se parece mucho a quien quiere ser. A veces piensa que los momentos más felices de su vida han sido encima de un caballo, eso le parece bonito y triste al mismo tiempo. Nunca ha tenido con ninguna persona la misma conexión que con algunos de los animales mientras monta. Solo con una, su padre.

La primera foto encima de un caballo se la hicieron cuando tenía una semana de vida. En realidad, está en brazos de su padre y este a lomos de un caballo llamado Hemingway. Vera piensa en don Luis cada vez que monta; él fue el que le transmitió el amor por ese animal, su pasión por estar encima de la montura, esa sensación de que pisando el suelo no se podía ser feliz del todo. La felicidad para Vera cuando era niña siempre tenía que ver con un caballo y con su padre.

Da igual si al paso, al trote o galopando: cabalgar es una cuestión de ritmo y compás. Montar una mañana en la dehesa es para Vera una relación íntima con el animal, la entrega de los dos al mismo tiempo. Es una intuición de lo que hay que hacer, de lo que quieres y de lo que él te pide. Ojalá acertara de la misma manera a la hora de relacionarse con las personas.

El padre de Vera era don Luis Luque de la Laguna, hijo y nieto de terratenientes sevillanos, que en su vida trabajó muy poco y viajó, leyó, comió y bebió mucho. Las últimas cuatro cosas son consecuencia de la primera, para él innecesaria, pues había rentas suficientes por lo heredado para no tener que dar nunca un palo al agua. Con un refinado sentido de la estética, se convirtió en un hombre culto, amante de la pintura, la filosofía, los clásicos de la literatura, el toreo, la gastronomía y el buen vino. A Vera le inculcó su amor por el arte, por la buena comida, así como su escasa ambición y su ausencia de competitividad. «La gente competitiva siempre es infeliz», sentenciaba. A su hija, que montaba de maravilla desde los cuatro años, le propusieron participar en concursos de doma y de saltos, pero su padre se negó en rotundo. «No hay ninguna necesidad de que mi niña sepa lo que es perder», argumentaba.

Don Luis murió hace casi veinte años, solo tres después de quedarse viudo. La tristeza y la desolación, que realmente tenía, por haber perdido al gran amor de su vida podrían haber sido razones emotivas, dignas de una novela romántica, para explicar su muerte, pero lo cierto es que esta no tuvo nada que ver con la de doña Remedios. Claro que la quería, claro que echaba de menos a su mujer, pero no es tan fácil morirse de amor. A los pocos meses de fallecer su esposa, don Luis decidió retomar su vida ahí donde la había dejado. Es decir, sus caballos, sus comidas, sus lecturas, sus vinos, sus toros y sus amigos. No soportaba transmitir tristeza, para él la pena siempre era un fracaso. Don Luis era, en esencia, una buena persona. Se esforzó toda la vida para ser feliz e intentar que lo fueran sus amigos, su mujer y sus hijas cuando estaban con él. Con Vera lo consiguió, pero con Alba no le dio tiempo. Ella no le recuerda, solo tiene de él el amor que le ha transmitido su hermana y las fotos. Una de ellas es idéntica a la que se hizo con Vera cuando era un bebé montando a Hemingway. Y veintidós años después, don Luis con Alba en sus brazos encima de otro caballo llamado Galdós. Las dos fotos están en el salón de Casa Caldera, una pegada a la otra.

Don Luis murió de un ataque al corazón mientras estaba durmiendo. Es la muerte que desea todo el mundo y él decía que estaba seguro de que la suya iba a ser así. Acertó, aunque nadie esperaba que pudiera ser tan pronto. Vera se quedó definitivamente sola a cargo de Alba, y esta, huérfana. El marqués podría haber ejercido de padre, pero nunca supo mirar a la niña con cariño. La percibió como un estorbo en su matrimonio, y seguramente tenía razón. Vera nunca le reconoció a Borja que Alba le quitó las ganas de ser madre, bastante tenía con la niña, que era su hermana y su hija al mismo tiempo. Él no sabía quién era aquel bebé que de repente asaltó su vida. Una hija que no era de su sangre, una cuñada con pañales. Incluso llegó a pensar que Vera le engañaba; no podía ser que, si todas las pruebas estaban bien, nunca se quedara embarazada. Quizá tomaba la píldora a escondidas, quién sabe si hubo algún aborto furtivo. Nunca se atrevió a contarle sus sospechas, se limitaba a mirarla con desprecio los días posteriores a confirmarse que ese mes tampoco iba a ser. Él se daba cuenta de que el disgusto de Vera era falso; ella ya tenía a su niña. Alba era la culpable. Borja no podía disimular su antipatía por la pequeña, y cuando se mostraba cariñoso con ella siempre era de una manera forzada, se le notaba que no era verdad, como se les notan las mentiras a los malos actores.

Don Luis se llevaba bien con Borja, porque no se permitió llevarse mal. Era el hombre que había elegido su hija, y él le aceptó de la misma forma que se llevan con optimismo las tormentas. Vera imagina, mientras galopa, a su padre con Antonio. Probablemente se lo hubiera llevado a comer a algún restaurante bueno y hubieran hablado y reído bebiendo vino. Los separaba un abismo generacional, económico, social, dos mundos, pero hay algo de su padre que Vera ve en Antonio. Puede que sea la risa, la pasión por vivir, la mirada. Está segura de que su padre también le hubiera comprado una casa.

Don Luis Luque de la Laguna había montado a caballo aquella mañana. Tal vez habría pensado en sus hijas y se habría acordado de doña Remedios, como todos los días. Después comió en su casa, fue a los toros, y más tarde se había reído muchísimo cenando con unos amigos en Casa Robles antes de irse a la cama. Ya no se volvió a despertar. Aquel día, Alba se quedó sin saber lo que era el abrazo de un padre y Vera supo lo que era perder.

25

«¡¿Que te levantaste y te fuiste?!», Gabi pregunta y exclama al mismo tiempo a mitad del relato de Vera. «¡Tú estás tonta!», ahora exclama sin preguntar. Vera se ríe, aunque no le hace mucha gracia escucharse a sí misma contar lo que pasó con Antonio. Y mucho menos que Gabi exprese en voz alta el motivo por el que se fue: «Te escapaste porquc tenías miedo a que te gustase demasiado». Vera no piensa contradecir el diagnóstico de su amiga: «Sí, soy tonta, ya lo sé».

Cuando Vera empezó a buscar pisos en Sevilla no le contó nada a Gabi de lo guapo que era el vendedor que se los estaba enseñando. Podría haberlo hecho después de la primera visita a un apartamento en la plaza de Cuba, pero no fue así. Tampoco en las siguientes, cuando la expectativa por encontrar piso era tanta como la de ver al vendedor que los mostraba. Con cada una de aquellas visitas, Vera iba aumentando la ilusión por estar un rato con Antonio. Incluso sentía celos imaginándolo con otras, porque, observándole, era imposible que no hubiera otras. A menudo prolongaba innecesariamente una conversación por WhatsApp sobre las características de alguna vivienda que no tenía ninguna intención de comprar. No le contó nada a Gabi porque se sentía un poco ridícula al comportarse como una adolescente pensando en él mientras escuchaba una canción, imaginándolo como el protagonista de alguna película que veía o de un libro que estaba leyendo. Todo eso sin ni siquiera haberse rozado.

Ahora quiere compartir con ella eso que le pasa con Antonio tan difícil de explicar, algo irreconocible para ella, indefinido, bonito y emocionante.

—¡Creo que me estoy enamorando!

Vera se entusiasma hablándole a Gabi de Antonio, que la escucha cariñosa y paciente. Su físico arrebatador, su personalidad, su seguridad, su mirada y su sonrisa... Lo de la mirada y la sonrisa lo repite sin parar. A Gabi le gusta ver a su amiga ilusionada, así que prefiere contenerse antes de transmitirle sus dudas. Más que dudas, sospechas.

—Estoy deseando conocerle.

—Creo que te encantará.

—Y encima, mucho más joven.

—Diez años. Tú misma me dijiste el otro día que nunca se es suficientemente joven.

—Es verdad que lo dije, aunque me refería al sexo. Mejor que tenga diez años menos que diez años más.

—Antonio es muy maduro.

—De eso estoy segura. —A Gabi se le escapa el sarcasmo en cada sílaba de la frase, pero Vera sigue a lo suyo.

—Y tiene una mirada que...

—Ya me has dicho, ya.

—Parezco una cría, ¿verdad?

—No, tonta, es bonito estar así de feliz. —Gabi sigue cariñosa con Vera, dando confianza a la presa antes del mordisco—. ¿Y él sabe quién eres?

—¿Cómo que si sabe quién soy?

—Quiero decir que si conoce tu situación, que estás recién separada y eso...

—Pues claro. Le he contado todo. Y sabe que nunca me había acostado con nadie que no fuera Borja hasta que el otro día me acosté con él.

—Bueno, acostarte, lo que se dice acostarte... —Gabi se ríe con complicidad.

—La verdad es que soy idiota.

—¿Y dices que no se enfadó cuando decidiste parar? ¿Nada?

—Todo lo contrario. Fue comprensivo y cariñoso.

—Dice mucho de él. Y bueno. Los hombres se saben la teoría, pero cuando llega un momento así, la mayoría se cabrean.

—Él no es como los demás.

Gabi tiene la tentación de decirle que ella no puede comparar, pero se reprime.

—¿Y cómo es que un madrileño se viene a vender pisos a Sevilla?

—Eso mismo le preguntó Alba, no sé qué le veis de

raro. Se lo propuso la empresa y aceptó trabajar en la sucursal de aquí.

—Sí, visto así... —Gabi parece convencida por un momento, pero al poco se lanza a hacerle la pregunta que de verdad quiere hacerle desde el principio de la conversación—: Vera, ¿Antonio sabe que eres millonaria?

—¿Y eso a qué viene?

—A nada. Simplemente digo que...

—Mejor no sigas por ahí —la interrumpe Vera.

—Vale, pero es que cuando se está así es muy fácil equivocarse.

—¿Así cómo?

—Enamorada, como dices tú. O encoñada, que es como yo creo que estás... —Vera no contesta. Mantiene fija la mirada en Gabi, pero es una mirada tierna, sin el más mínimo atisbo de enfado. Parece haber entendido de repente de qué la está previniendo su amiga. Al menos así interpreta Gabi el silencio de Vera y esto la anima a continuar—: Cuando se está así de encoñada, o enamorada, como tú dices..., que, por cierto, yo creo que son dos cosas que se confunden muy fácilmente —Gabi coge carrerilla—, en especial las mujeres, que no somos capaces de diferenciarlas, porque, como tú muy bien sabes, nos han educado para no dejarnos encoñar, que es algo maravilloso, pero que es lo que es y no tiene nada que ver con el amor. Bueno, a lo que iba —retoma el discurso, dándose cuenta de que su teoría ahora no viene al caso—, que cuando se está de esa manera no se distingue muy bien a la persona que se tiene enfrente. Y todo eso que te parece maravilloso a lo mejor no lo es tanto. Y tú, Vera, eres muy golosa para según qué moscas. Tienes que ser consciente de eso.

—¿Golosa? —pregunta Vera.

—Quiero decir que tú tienes mucho dinero y puede haber algún golfo que quiera aprovecharse de eso.

Vera vuelve a quedarse callada, sin dejar de mirar a Gabi. Descruza la pierna derecha, que tenía encima de la izquierda, y coloca esta encima de la derecha, invirtiendo la posición anterior. Mete las manos por detrás de la melena colocándola sobre los hombros mientras emite un suspiro, como de contener el cabreo.

—¿Y...? —pregunta sin apartar los ojos de Gabi.

—¿Cómo que «y...»? —contesta la amiga un poco aturdida.

—¿Que qué pasaría si Antonio es un golfo que se quiere aprovechar de mi dinero?

—No entiendo lo que quieres decir. —Gabi está desconcertada.

Vera vuelve a callarse, esta vez por menos tiempo, el justo para tomar aire y continuar.

—Gabi, sé que me quieres y que lo que insinúas sobre Antonio lo haces para protegerme, pero la verdad es que no has entendido nada. —Ahora es Gabi la que se queda callada, no se le ocurre nada que decir ante la contundencia de la última frase de Vera—. Me he pensado mucho si contarte lo que de verdad me está pasando con Antonio. Me alegré de que me animaras a comer con él el otro día y luego a meterme en su cama —continúa—, pero eso en ti es previsible. Lo que me daba miedo era contarte lo que estoy sintiendo por él por si pasaba justo lo que acaba de pasar, por si decías justo lo que acabas de decir. Temía que fueras así de obvia, tanto como lo sería cualquiera, y efectivamente es lo que ha ocurrido.

—Yo es que...

—Tú es que te crees que soy imbécil —sigue Vera contundente, aunque con tono tranquilo, sin ninguna crispación—. Me estoy enamorando de Antonio, sí. Y encoñándome, también. En eso te doy la razón. Y más que lo voy a estar cuando me atreva a quitarme todas las tonterías que tengo en la cabeza sobre lo que pueda pensar de mí. Hacía siglos que no sentía nada igual, si es que lo he llegado a sentir alguna vez. No, ya te digo yo que no lo he sentido nunca. A mí no me preocupa el dinero, ni si Antonio siente por mí lo mismo que siento yo por él, o que vea a otras. Seguramente sea así, ¿y qué? Él me hace sentir guapa, me hace sentir especial, me hace estar viva y quiero seguir sintiéndome así.

Vera hace una nueva pausa mientras descruza la pierna izquierda, que ahora tenía encima de la derecha, y coloca esta encima de la izquierda, volviendo a la posición de hace un rato. Decide eliminar con mucha parsimonia una arruguita que se ha creado en la parte del muslo de su falda antes de proseguir.

—Yo sé que le gusto, pero también sé que le gusta mi dinero porque mi dinero también forma parte de mí.

—A Vera ya no hay quien la frene—. Y te diré más, creo que a Antonio le gusta que yo tenga dinero tanto como a mí me gusta que él no lo tenga. Eso le hace más atractivo para mí. Es el primer hombre que he conocido en mi vida que no necesita el dinero para estar seguro de sí mismo. —Gabi asiente con la boca un poco abierta, en sentido figurado. Y literal, este sin darse cuenta—. El dinero me da igual, a mí lo único que me preocupa es que esta historia se acabe —concluye.

No lo dice, pero a pesar del repaso que le acaba de dar, Gabi se siente muy orgullosa de su amiga.

—Pues a mí lo que me preocupa —dice Gabi bromeando— es que la próxima vez te lo folles hasta el final y no salgas corriendo.

—¡Lo haré! Me cueste lo que me cueste.

Vera se ríe, aunque sin estar del todo segura de que Gabi haya entendido el doble sentido de su última frase.

26

Son las tres y media de la mañana y a estas horas es muy difícil encontrar un sitio abierto para seguir tomando copas. Alba y su amigo salen del Groucho, uno de los bares clásicos de la noche en Sevilla. Han bailado, han reído, han bebido y se han tocado disimuladamente mientras se besaban, antes de que encendieran las luces del local invitando a todo el mundo a que se fuera marchando para poder cerrar. Ella lo había visto discutiendo con el portero, que no le dejaba pasar, justo cuando Alba iba a hacerlo con su grupo de amigas.

—Tronco, no me jodas, solo quiero tomarme una copa —decía elevando demasiado la voz.

—Que te he dicho que no. Y márchate, no te vaya a caer una hostia.

—No tienes cojones —contestó desafiante mirando al portero a los ojos.

—¡Luis, no! —interrumpió Alba con un grito, justo en el momento en el que el portero iba a pasar a la acción—. Perdona, él viene conmigo.

Su cara le resultaba familiar, sin saber de qué le sonaba. Un chico guapo, pero vestido de una manera distinta a la fauna habitual de los bares bien de Sevilla. Llevaba una camiseta negra con un estampado de Iron Maiden, un vaquero comprado en algún chino y unas zapatillas Kalenji, las del Decathlon, de diecinueve con noventa y cinco euros.

—¿Estás segura? —le preguntó el portero conteniéndose.

El tal Luis, con cara de pocos amigos, desenganchó el cordón granate que colgaba de dos palos metálicos dorados haciendo de barrera y le dejó pasar.

—Tu amigo tiene un par o está completamente loco —le dijo a Alba.

—Las dos cosas, tío —soltó el chaval con una media sonrisa mientras entraba en el local.

Una vez dentro, siguió a Alba y a su grupo de amigas, que se abrieron paso hasta llegar a una de las esquinas de la barra.

—Gracias. ¿Por qué lo has hecho?

—Me suena tu cara, y no sé de qué, ha debido de ser un impulso. —Alba le dijo la verdad.

—Si nos conociéramos, a mí no se me habría olvidado. —A él le salió un piropo sin pretenderlo.

—Luis es un buen tío, pero te la has jugado —le advirtió Alba.

—Y él —dijo el chico un poco para impresionar, ahora que había pasado el peligro.

Se presentaron, se contaron por encima qué hacían allí y se aislaron en ese rincón del Groucho como si no hubiera nadie más. Hablaron poco porque con la música casi no se oían. A ella le divirtió estar con un chico tan distinto a todos con los que estaba acostumbrada a quedar. Lo era por cómo iba vestido, lo era al moverse, al mirar, al bailar sin levantar los pies del suelo, con un ritmo un poco antiguo. Era completamente imprevisible, además de guapo. Un guapo que a cada minuto que pasaba lo era aún más. A él le pareció milagroso que esa pijita tan estupenda se fijase en él y, naturalmente, se dejó llevar. Ella no paraba de preguntarse de qué le sonaba, intentando acordarse de dónde le había visto antes. Quizá le recordaba a alguien, tal vez de la tele o a un actor. «Aunque los actores no suelen llevar vaqueros del chino», pensó. Ya averiguaría a quién, ahora solo quería seguir besándose con él. Las amigas no paraban de mirarla, tratando de descubrir el motivo por el que se había enrollado con un chico como ese: «La verdad es que es mono, pero menudo macarra»; «Sí, es guapo, pero a mí me da un poco de miedo»; «Yo, desde luego, me lo cruzo por la calle y no sé si me cambiaría de acera»; «¿A ver si le va a hacer algo?»; «¿En plan...?»; «No sé, algo, en plan, atracarla o eso»; «Pues yo la veo encantada»; «Es que hay que reconocer que guapo, lo que se dice guapo, sí que lo es»; «Sí, eso ya lo has dicho»; «Ya, es que si no te fijas en la ropa, está bastante bueno»; «¿Le decimos algo?»; «¿En plan...?»; «No sé, en plan, que tenga cuidado».

El Groucho ya ha cerrado. Las amigas discuten en la puerta dónde continuar la noche, si en Uthopía o en Antique, dos discotecas que están abiertas hasta las seis de la mañana.

—Si quieres podemos ir a tu casa —le susurra ella al oído mientras sus amigas se deciden.

—A mi casa no puedo ir —se lamenta él.

—Oye, ¿no tendrás una novia esperándote?

—Qué va. En Sevilla vivo con mi hermano.

Si la posibilidad de que cualquiera de nosotros llegue a nacer no supera una entre más de trescientos millones, si la presencia de cualquier persona en el planeta Tierra es una descabellada casualidad, si el azar está presente en el universo entero, encontrarse con alguien en concreto en la puerta de un bar de copas tampoco puede considerarse un milagro. Y mucho menos en Sevilla.

—¿Qué pasa? ¿Por qué pones esa cara? —pregunta él.

—No, por nada —dice Alba pensativa—. Es que...

—¡Eh, vosotros! —interrumpe la conversación una de las amigas—. Nos vamos al Antique.

—A mí no me apetece —responde Alba.

Otra de las amigas se le acerca y le susurra al oído.

—Tía, ten cuidado —le dice con tono de preocupación—. En plan, no le conoces de nada.

—Tranquila, mañana te llamo.

Las chicas se van en busca de un taxi para ir a la discoteca mientras ellos se alejan en dirección contraria.

—¿Y a tu casa no podemos ir?

—No, yo también vivo con mi hermana.

Él se lamenta de no llevar suficiente dinero en el bolsillo para proponer que vayan a un hotel. Le quedan diez euros después de pagar un par de copas en el bar, no le da ni para una pensión cutre. Y esta chica, desde luego, no es de ir a una pensión. En eso piensa él mientras caminan sin un rumbo por una calle desierta de Sevilla.

—¿Sabes? —dice Alba deteniéndose—. Acabo de descubrir por qué me sonaba tu cara.

27

Dos tipos corpulentos merodean el portal de la avenida José Laguillo, Antonio no repara en ellos cuando va a abrir la puerta para entrar en su edificio. Pasa confiado hacia el rellano para llamar al ascensor cuando sin darse cuenta los dos hombres han entrado detrás y ya los tiene a su espalda. «Hola», dice asustado volviendo la cabeza. Uno de los dos hombres, el más corpulento, pone la mano en la nuca de Antonio y aprieta haciendo pinza con el pulgar en un extremo del cuello y los otros cuatro dedos en el otro, una mano que parece de hierro, inmovilizando por completo la cabeza de Antonio. El otro le da un puñetazo en el costado y otro en la boca del estómago que le deja sin respiración y le hace caer al suelo. «No tengo nada», dice Antonio mientras intenta coger algo de aire para poder respirar. «Cállate, hijo de puta, o te jodo esa cara bonita que tienes», dice uno de ellos, que tiene acento de algún país del Este, pero mezclado con andaluz. Antonio finge que está a punto de desplomarse para que los dos hombres se confíen, y de manera inesperada le da un cabezazo a uno de ellos en la nariz, de la que empieza a manar abundante sangre. El otro reacciona golpeando a Antonio en la mandíbula, que no puede hacer nada cuando se echan los dos encima de él. Una vez en el suelo, la emprenden a patadas en las costillas hasta que Antonio deja de resistirse. Al encenderse la luz del portal y oírse el ruido del ascensor al que algún vecino ha llamado desde un piso superior, los dos asaltantes deciden marcharse. La sangre de la nariz del que ha recibido el cabezazo se mezcla con la de Antonio en su ropa y en el suelo sin que sepa diferenciarlas. Los dos ladrones no se llevan ni el reloj ni los setenta euros que tiene en la cartera.

28

Diego entra en casa a mediodía. La noche se acabó, llegó el alba y después un sol implacable que agredía sus pupilas dilatadas. Solo quiere dormir, ojalá pueda. Al atravesar el pasillo oye a alguien en la habitación; es raro, porque Antonio debería estar trabajando desde hace algunas horas.

—¿Qué te ha pasado? —Diego se asusta al ver a su hermano en la cama.

Antonio es incapaz de moverse sin que en su gesto se refleje el dolor.

—Hoy me he tomado el día libre —intenta disimular—. ¿Y tú qué? ¿Qué horas son estas de llegar?

—Déjate de hostias, chache. ¿Qué te ha pasado?

—Anoche unos tipos me quisieron atracar.

—¡Hijos de puta! ¿Y qué te han quitado?

—Nada, pero me dieron fuerte.

—¿Te pudiste defender?

—Creo que a uno le rompí la nariz de un cabezazo.

Antonio se incorpora trabajoso en la cama sin quitarse la mano del costado. Le cuesta hasta respirar.

—¿Te llevo a urgencias?

—Déjate de urgencias y vete a dormir, anda. Que vaya ojitos traes.

—Son de sueño, chache, te lo juro.

Antonio manda a la cama a su hermano. Por supuesto no tiene pensado ir al médico. Él ya conoce el diagnóstico sin necesidad de hacerse una radiografía: tiene una costilla fisurada o rota, posiblemente sean dos. Se dio cuenta en el mismo momento en el que uno de los tipos le pegó en el costado. Sabía hacerlo. Antonio está seguro de que esos dos sabían pegar, esas cosas se notan. Con antiinflamatorios y calmantes, dentro de unos días estará mejor de las costillas y al cabo de cuatro o cinco semanas se habrá recuperado casi del todo. No hace falta ser médico, simplemente que te las hayan roto más veces en otras peleas. Está dolorido, esta mañana le ha dicho a Isabel que se había caído y que no iría a trabajar. «Tómate un par de días, tranquilo», ella lo entendió sin creerse demasiado lo que Antonio le contaba. Piensa llamar a Vera, pero no sabe muy bien qué contarle. Un atraco, una paliza en el portal, hay algo que le avergüenza al verse vulnerable. Como cuando era niño, Antonio sigue sin ser capaz de ser débil.

Se prepara un café en la cocina al que acompaña con un Enantyum mientras Diego es incapaz de quedarse dormido en la habitación de al lado. Está agitado, dando vueltas, o medias vueltas, en su cama estrechísima, recordando la noche que acaba de pasar con

Alba. Piensa que nunca ha estado con una chica como esa, le invade una especie de sensación de triunfo. En el barrio se ha enrollado con las más guapas, y saliendo por ahí de marcha suele tener éxito, pero, claro, con otro tipo de chicas. Nada que ver. «Alba es tan bonita...». Diego sabe que «bonita» es una forma muy incompleta de definirla, pero le falta vocabulario para expresarlo de otra manera más precisa. Mira al techo de gotelé de su habitación sin armario pensando en ella: «Fina, con clase, estilosa, nada que ver con las del barrio. Ni siquiera con la Maite, que llegó a estudiar hasta segundo de Educación Infantil en la universidad... Cómo me gustaba follarme a la Maite en su cama llena de ositos de peluche cuando no estaba su vieja en casa..., a esa sí que le gustaba la fiesta. Alba es diferente, ni siquiera me entendió cuando le pregunté si le gustaba la fiesta... Es tan elegante... Y encima está buena. No lo parecía tanto con ropa, pero desnuda es...». Más o menos en ese momento, recordando el cuerpo de Alba, los pensamientos que invaden la mente de Diego van difuminándose, perdiendo fuerza ante el peso de sus párpados. El efecto de la coca que compartieron Alba y él hace unas horas en la mesa de la habitación de hotel ha ido desapareciendo hasta que se ha impuesto definitivamente el sueño.

Anoche, Alba no le contó a Diego la verdad sobre su experiencia con las drogas, que básicamente es ninguna.

Pensó que era lo mejor que podía hacer para no parecer una niña pija sin mundo. Así que decidió jugar a ser quien no es.

Después de salir del Groucho caminaron un rato por el centro de Sevilla parando en cada esquina para besarse. A Alba le parecía que estar con ese chico con un acento tan cheli, lleno de jotas que salían a destiempo en medio de las palabras, pero irremediablemente guapo a pesar de ir vestido de una manera tan horrible, era una aventura que rayaba el delito. Comprendió a Vera al comprobar el parecido físico de Diego y Antonio.

Cuando el chaval metió una mano entre las piernas de Alba mientras se besaban apoyados en un coche, ella sintió una excitación que no se parecía en nada a lo que le había sucedido con otros chicos.

—Vamos a algún parking —dijo él.

—¿Cómo que a un parking?

—Sí, a los baños de algún parking, allí no nos verá nadie.

Por la manera en la que Diego proponía ese plan daba la sensación de que le parecía lo más normal del mundo. Para Alba era algo completamente descabellado, además de darle miedo hacerlo en un sitio público, por mucho que él dijese que nadie podría verlos.

—Mejor vamos a algún hotel.

—Es que no tengo ni un pavo.

—Tranquilo, yo sí.

Caminaron hacia el hotel Plaza de Armas, esta vez deteniéndose mucho menos en las esquinas. Lo mejor era llegar cuanto antes. Cerca del hotel, en la calle Marqués de Paradas, en la acera de enfrente del restaurante Las Piletas, se cruzaron con dos chicos que miraron a Diego. «Tengo de todo», creyó oír Alba a uno de ellos. A los pocos metros de haberse cruzado, Diego paró.

—¿Cuánto dinero tienes?

—¿Por...?

—¿Te sobra para un poquito de fiesta?

—¿Fiesta? ¿Quieres ir de fiesta ahora?

—Mujer, fiesta —dijo él tocándose con el dedo índice una aleta de la nariz mientras aspiraba.

—¡Ah, sí, fiesta! ¡Claro!

—Dame cincuenta euros, mañana te los devuelvo.

Alba los buscó en el bolso, mientras él silbaba a los dos chicos con los que se acababan de cruzar.

En la habitación, Diego preparó las dos primeras rayas en la mesa que había enfrente de la cama y pasó a Alba su billete de diez perfectamente enrollado invitándola a que fuese la primera en probarla. Ella esnifó de la misma manera que había visto en las películas, sin estar muy segura de estar haciéndolo bien. Por supuesto, no compartió con Diego el miedo que tenía a sufrir un infarto y acabar muerta en esa habitación de hotel. Había visto en la tele que mucha gente moría de un ataque al corazón después de esnifar cocaína, pero, en su empeño de mostrarse como una chica con mucha noche, intentó comportarse con toda la naturalidad de la que fue capaz.

Alba también da vueltas en su cama de la casa de La Paz. Esa mañana llegó en un taxi y se metió en la habitación sin que nadie la viera. Cuando Vera se marchó al ático para recibir los muebles, pensaba que su hermana llevaba varias horas durmiendo.

Alba cree que ha pasado la noche más extraña de su vida. No se reconoce al recordarla, puede que a consecuencia de la euforia que todavía mantiene en su cuerpo. Con Diego ha hecho cosas en la cama a las que nunca se había atrevido. Y mucho menos en la primera noche. Ha hecho y se ha dejado hacer. Con el resto de los chicos le importaba lo que pensaran de ella. «Si se la chupas a las primeras de cambio creen que eres una guarra y luego lo van contando», opinaban sus amigas al hablar de sexo.

«Qué distinta ha sido esta noche con él —piensa mientras da vueltas en su amplia cama con dosel—. Y es que Diego no se parece a nadie... Bueno, se parece a su hermano, por eso le he conocido. Y yo a mi hermana, eso dicen...».

Los párpados de Alba, por fin, se van desvaneciendo y ya no piensa con claridad. Su mente se abandona sin censura y surgen imágenes sin los reproches habituales de la conciencia. El azar de encontrarse con Diego, acostarse con él después de saber quién era, la cocaína trepando por su nariz, sentirse rebelde..., el parecido de Diego y Antonio... Un instante antes de quedarse del todo dormida siente que esa noche ha estado más cerca que nunca de su hermana.

29

Rosita y Jacinta están tardando en acoplarse a la casa de la Palmera. No por el sitio, ni por el trabajo, sino por el marqués, que cada vez está «má jartible», según lo define Rosita con su suave acento de El Puerto de Santa María. El único que no se queja es Agustín, que, como es habitual, hace sus labores de seguridad, chófer y hombre para todo por sus conocimientos en electricidad, fontanería y albañilería que permiten tener la casa siempre en perfecto estado. Una bombilla que se funde, el grifo que no cierra, una puerta que no encaja, un azulejo despegado o el tirador de un armario que se ha roto son sustituidos de inmediato o reparados por Agustín para que todo sea óptimo. El marqués se pone muy nervioso cuando algo no funciona correctamente, es incapaz de olvidarse de la avería y pensar en otra cosa. No es necesario que algo esté roto, basta con que esté desordenado para que don Borja sufra ansiedad, una angustia moderada en apariencia, para que nadie piense que el trastorno es grave. No grita, ni hace aspavientos, es una inquietud que va por dentro de forma silenciosa, absorbiéndole la energía y desgastándole desde el estómago hasta las extremidades. Ahora está consumido. Piensa en la paliza a Antonio y en esos búlgaros estúpidos que no le han dado el recado. La idea era mejor en su cabeza, en las películas todo es más sencillo. Al final, ha sido una amenaza sin amenazar, inútil. Por un momento piensa en su abuelo riéndose de él.

Agustín lleva trabajando para Borja desde antes de que este se casase con Vera, era lógico que después de la ruptura fuera con él al chalet de la Palmera mientras Vera se quedaba temporalmente en La Paz hasta decidir si volvía a la finca de su familia o buscaba algún otro sitio en Sevilla. Agustín, natural de Castilleja del Campo, es un hombre robusto, de manos y pies grandes, que camina desgarbado. Moreno, de piel curtida y rojiza, casi color caldero, es de esos hombres a los que parece que siempre les acaba de dar el sol, aunque haya niebla. Aunque se empeñase en fingir, su mirada de ojos brillantes delata que es una buena persona. Este año cumplirá sesenta y siete y pretende jubilarse dentro de unos meses para volver con Jacinta al pueblo a cultivar su huerto. Todavía no le ha contado sus planes al marqués, no sabe cómo se lo tomará.

Nada es lo mismo desde la separación de los señores. Vera era capaz de mantener el equilibrio de todas las cosas, de la casa, del servicio y del marqués. Jacinta y Rosita comentan que don Borja está demasiado inquieto desde que se separó de la señora. Y cada día que pasa con más manías y una enfermiza obsesión por el orden.

Rosita le ha diagnosticado a su manera, tan poco científica como precisa: «¡Tiene un TOC que pa qué!».

Los cuadros de la casa se cuelgan con total precisión, no solo para que estén completamente rectos, sino también para que la distancia entre uno y otro sea exactamente la misma que con el tercero. La simetría es otra fijación para el marqués. Siempre que sea posible, lo que existe en el margen izquierdo de un espacio debe ser idéntico en el derecho. La pared de enfrente de su cama tiene un armario en la parte izquierda y otro exactamente igual en la derecha. En el medio de los dos, un mueble donde se apoya la televisión y a cada lado un jarrón idéntico al otro. Más o menos así están estructuradas todas las estancias de la casa en la distribución de los sofás, las mesas, las sillas, los cuadros o los marcos de fotos. Desde que Vera decidió separarse, el marqués siente que ha perdido la simetría en su vida. Ella era la parte que completaba su existencia. El otro lado de la cama, el otro cubierto en la mesa, la otra mesilla de noche, la otra pila del lavabo. Sin Vera, la vida del marqués es asimétrica y desordenada. Como un par de zapatos del pie izquierdo, una silla coja, una foto torcida dentro de un marco, que provoca desasosiego y a ratos hace que le falte el aire. No era amor, sino geometría.

30

Están subiendo al ático los muebles de la habitación de Vera. También los de la terraza, que es la única parte de la casa que no necesita reforma. Hasta que no pase la feria, o quizá hasta después del verano, no se quiere meter en obras para dejar el resto del piso como ella desea que quede. De momento, una empresa lo ha limpiado para meter algunos muebles y que ella pueda ir cuando quiera. Vera lleva toda la mañana esperando a los transportistas de cada una de las tiendas en las que ha comprado lo necesario para acondicionar mínimamente su nueva casa. El sofá, una mesa con cuatro sillas, la cama, una vajilla de seis cubiertos, sábanas y unas toallas. Lo imprescindible para estar a ratos hasta que pueda instalarse de forma definitiva. Quiere poner el ático a su gusto, y eso necesita tiempo. Se lo va a tomar con calma para pensar muy bien la reforma; es probable que derribe casi todos los tabiques para que los espacios sean grandes, la mayoría diáfanos. Dejará solo su habitación, que será enorme, y otra más pequeña, por si se quedan algún día su hermana o Gabi. Para qué más. Rehabilitará los suelos, que son maravillosos a pesar del desgaste, sustituirá todas las puertas, aprovechará los radiadores de hierro y renovará por completo los baños. Se quedará todo lo que le sirva y se deshará de aquello que no merezca la pena. Vera siente que este ático se empieza a parecer mucho a ella.

Es primavera, hace calor, el sol se mete por la terraza en el ático iluminándolo. Sevilla se ha puesto en mangas de camisa en esos días que preceden a la Feria de Abril. Se respira alegría en toda la ciudad. Vísperas de ilusión por lo que tiene que venir, que con frecuencia suele ser mejor que lo que termina viniendo, al menos para Vera. Ella siempre había preferido los preparativos de la feria que la propia feria. La ilusión de hacerse los vestidos de flamenca era muy superior a la de lucirlos en las casetas. La de preparar las monturas para pasear por el Real era mucho mejor que hacerlo. Casi siempre había más sol los días previos que la semana de feria, o por lo menos ella tenía esa estadística personal que aseguraba que en feria llueve más. Esas verdades incontestables, pero sin ningún rigor, que están incrustadas en nuestra mente, indestructibles, aunque la realidad nos demuestre que no tiene por qué ser así. De hecho, casi nunca es así.

Dos operarios están terminando de montar un mueble en la habitación, mientras otros se disponen a instalar el rúter para el wifi. La mañana está siendo un trajín que, a pesar del cansancio que supone atender a tanta gente, a Vera le está divirtiendo. Podría haberse traído a algún empleado de La Paz para que la ayudase, pero prefiere hacerlo ella sola. Sale a la terraza y mira hacia la catedral, que parece ponerse de puntillas para asomarse a ver lo que sucede dentro de su ático.

Siente ilusión por lo que tiene que venir, una especie de revuelo de cada órgano de su cuerpo. La misma emoción que tienen los niños la noche antes de salir de viaje a un lugar nuevo y desconocido. Vera no sabe cómo es ese sitio al que va, solo sabe que quiere ir.

Cuando Vera le abre la puerta, Gabi recorre con la mirada lo que alcanza a ver del ático desde la entrada. «Está bien», dice, sin poder disimular la decepción en el tono, antes de saludar a su amiga con dos besos. «Lo imaginaba de otra forma, no sé». Reitera la idea de su sorpresa fijando la mirada en el papel oscuro de la pared.

—Pasa, pasa. —Vera la invita a que se adentre por el pasillo.

—¿Y para qué quieres tú tantas habitaciones?

—Todo esto será parte del salón, ya te dije que tenía que reformarlo entero.

Vera le explica por encima cómo quedará la nueva distribución sin que Gabi sea capaz de visualizarla, a pesar de asentir con la cabeza. Después del *tour*, llegan al salón y de ahí salen a la terraza.

—¡Qué pasada! —A Gabi le cambia la cara—. Aquí podrías poner un bar de copas.

A Vera le entra la risa.

—Estoy segura de que de todas las personas que van a ver este piso tú eres la única a la que se le ocurriría ese comentario.

—Me alegro mucho por ti, cariño. —Gabi se abraza a su amiga cuando regresan al salón.

—Lo único que tengo es café; si quieres otra cosa, habrá que bajar, porque no he hecho la compra.

—Café está muy bien, el mío solo.

Vera prepara en su cafetera de capsulitas dos cafés solos y los lleva en una bandeja a la mesa de centro del salón.

—¿Cuándo vas a empezar la reforma? —pregunta la amiga.

—Después de la feria, aunque a lo mejor me espero a septiembre.

—No te imagino viviendo en el centro.

—A mí me apetece mucho, aunque iré y vendré.

—Claro, aquí no te puedes traer a los caballos —se ríe—, pero a Antonio... —Vera sonríe y da un sorbo al café sin decir nada—. ¿No me irás a decir que ya ha estado aquí y no me lo has contado? —ataca Gabi.

—Claro que ha estado aquí, él me vendió este piso. —Vera intenta hacer la gracia sin demasiado éxito—. No, aún no ha venido.

—Pues no sé a qué esperas.

—Bueno, ¿y tú qué tal? —Vera cambia de tema.

—Yo, bien. ¡Cuarenta y tres! —dice riendo.

—¿Cuarenta y tres qué? —pregunta Vera, que tarda un poco en caer—. ¡Ah, sí, cuarenta y tres! Cuenta, cuenta.

—Pues, chica, si quieres que te diga la verdad, un desastre.

—¿Quién es?

—Y yo qué sé, uno que conocí en un restaurante.

—Estás loca. ¿Y por qué fue un desastre?

—Anda, ponme otro café y te cuento. También te digo que, sabiendo que venía yo, podrías haber comprado un poquito de whisky, que así se habla más a gusto.

Vera no hace caso al reproche y le pone otro café a su amiga.

—Me fui con unas chicas del trabajo —empieza Gabi su relato—. El caso es que a mí el cuerpo me pedía esa noche estar con alguien, lo sé porque me puse ropa interior roja. Yo me conozco mis impulsos y el impulso esa noche fue coger del cajón el tanga y el sujetador rojos...

—¿Te pones un tanga y un sujetador rojos para salir a cenar? —Vera se contiene la risa—. ¿En serio? Creía que nadie se ponía eso si no es Nochevieja.

—Pues a mí me gusta, es como que me da *pogüer* cuando voy a lo que voy.

—¿«Pogüer»? ¿Has dicho «pogüer»? —Vera vacila un poco a su amiga—. ¡Perdón! Sigue, sigue.

—El caso es que en la mesa de al lado del restaurante había unos chicos celebrando algo. Ninguno era gran cosa, pero yo me fijé en el que me pareció más mono. A lo que voy. —Gabi decide abreviar—. El chico salió a la puerta a fumar con otro de la mesa y yo salí detrás.

—Pero si tú no fumas.

—Ya lo sé, joder, pero si no salía en ese momento, se me podían escapar. Me puse a hablar con ellos en la puerta, sobre todo con el que me había gustado más, que, de cerca, ya no era tan mono. Demasiado musculado para mí. Al rato, el otro amigo volvió a entrar y el musculitos se quedó conmigo. Después de un poco de conversación, nos besamos... Y la verdad es que besaba bien, pero yo noté algo raro.

—¿Algo raro?

—Sí, que olía a fresa.

—¿Olía a fresa?

—Tía, te juro que olía mogollón a fresa.

A las dos les entra la risa.

—Total, que cuando llegamos a su casa —continúa Gabi— me ofreció una copa de vino de una botella que tenía abierta en la nevera. Un poco cutre sí que era, eso se ve en los detalles, pero me dio igual. Ya que estaba allí, no pensaba irme.

—¿Y seguía oliendo a fresa?

—Mucho. Pero espera... Después de besarnos un rato en el sofá y meternos mano, yo ya estaba sin la falda y con la blusa desabrochada, el tío me dice que tiene que ir un momento al baño. Pensé que sería urgente, pero se tiró un buen rato dentro, yo no sabía qué hacer ahí medio desnuda con mi tanga rojo, sentada en el sofá. Se me hizo eterno, hasta que se abre la puerta del baño y aparece completamente desnudo, depilado del todo y embadurnado de una crema hidratante con muchísimo perfume a fresa.

—¿Y qué hiciste? —Vera intenta evitar la risa sin conseguirlo.

—Chica, ya que estaba allí, pues me acosté con él... Te juro que resbalaba con la crema, los músculos le brillaban con tanta hidratación y el puñetero olor a fresa. Llevo una semana oliendo a fresa en todas partes.

—¿Y cómo terminó la cosa?

—Decidí fingir para que acabara antes y poder salir de allí. Me puse a gritar un montón como si estuviera disfrutando muchísimo, y así aguantó muy poco. Hay que ver lo que le pone a un tío creerse que folla bien.

—Si tú lo dices... —comenta Vera.

—Todos se creen que son fieras en la cama, pero casi ninguno lo es. Salvo Antoine, ya te he hablado de él.

—Sí, unas mil veces.

—Y, hablando de Antoine, ¿qué pasa con tu Antonio? —Gabi se hace gracia a sí misma al incidir en la analogía nominal.

—Nada, todo bien.

—¿Seguro que no te pasa nada? Perdona, que me pongo a hablar de la tontería del olor a fresa y no te he hecho ni caso.

—Hace unos días que no le veo.

—¿Y eso?

—Ha tenido un accidente y se ha roto un par de costillas.

—Vaya. ¿Y cómo?

—Dice que se ha caído por las escaleras, pero no sé... —Vera se queda pensativa.

—¿Qué es lo que no sabes?

—Gabi, yo creo que pasa de mí.

—¿Por qué dices eso?

—Dice que prefiere que no nos veamos estando tan dolorido.

—¿Y...?

—No sé —Vera duda sin saber contestar—, es que ni me llama por teléfono.

—Tía, las costillas rotas duelen muchísimo. No puedes ni respirar.

Vera no puede contradecir eso. Por un instante piensa que Gabi tiene razón, y que son las costillas el motivo real por el que Antonio no queda con ella. Pero solo por un instante.

—Yo creo que está con otra.

—Me dijiste que seguramente Antonio veía a más mujeres, y que eso no te importaba.

—¿Cómo no me va a importar? Esas son cosas que se dicen. —A Vera le entra un poco la risa al escucharse.

—¡Estás celosa! —afirma Gabi.

—¡Como una mona! —corrobora Vera.

Las dos se echan a reír.

—¿Por qué se dirá que las monas son celosas?

—Y yo qué sé, Gabi. Porque lo serán. —Después de la risa, Vera hace una pausa antes de retomar la conversación—: Es normal que pase de mí.

—¿Por qué va a pasar de ti? Eso no tiene sentido.

—Pasará de una tía de cuarenta y cinco años que se va de su cama porque se pone nerviosa como si fuera una niña. A mí me parece un motivo más que suficiente.

—Pues a mí no me cuadra. Es más fácil que un hombre te deje después de acostarse contigo que antes de hacerlo.

—Gabi, no todos los hombres son iguales.

—Para algunas cosas sí —asegura rotunda—. Para eso, concretamente, sí.

31

Gabi no teme a los hombres, aunque cada mañana que va a visitar a su madre recuerda lo que son capaces de hacer algunos de ellos. Con los años ha aprendido a conocerlos nada más mirarlos, o eso cree ella. Si son más o menos sinceros, graciosos, inteligentes o buenos amantes, si bien en esto último se confunde a veces a consecuencia de su desbordante optimismo previo. En lo que Gabi no falla es en diagnosticar a los hombres posesivos, esos que confunden el amor con el control; a los que no diferencian querer estar contigo con la necesidad de saber dónde estás; los que aseguran que si no eres celoso no quieres de verdad. Esos, antes o después, en mayor o menor grado, acaban siendo peligrosos.

Antonio abre la puerta y se encuentra a una mujer sonriente.

—¡Hola!

—¡Hola!

—¡Coño! Pues es verdad que eres muy guapo. —Le sale de dentro.

—¿Tú quién eres?

—Yo soy Gabi, una amiga de Vera.

—¡Ah, sí! Ya me habló de ti. ¿Y qué haces aquí?

—Quería hablar contigo, si no te importa.

—¿Le ha pasado algo a Vera? —se alarma Antonio.

—Qué va. Ella está perfectamente.

Gabi no para de sonreír plantada en el felpudo.

—Pasa, pasa. —Antonio hace un gesto con el brazo invitándola a cruzar el umbral—. No te quedes ahí.

Él cierra la puerta y avanza por el pasillo un poco dolorido con Gabi detrás, camino de la salita.

—¡Coño, qué bueno está! —susurra Gabi, aunque no lo suficientemente bajo.

—¿Cómo dices?

—Nada, nada.

Al llegar a la salita, Antonio separa una silla de la mesa invitando a Gabi a sentarse. Él lo hace con algo de dificultad justo enfrente.

—¿Y dónde está Vera?

—En su piso nuevo, el que tú le vendiste.

—Veo que estás bien informada.

—De Vera lo sé casi todo.

—Ella habla mucho de ti.

—Está un poco inquieta porque no te ha visto estos días.

—¿Y te manda a ti a buscarme?

—Ella no tiene ni idea de que estoy aquí. Si se entera, me mata.

—¿Cómo has conseguido mi dirección? —Antonio intenta comprender.

—Se la sonsaqué a Vera con malas artes. —Gabi se ríe con naturalidad—. Ella es un poco inocente para algunas cosas.

—Ya veo que tú no lo eres tanto —replica Antonio—. ¿Y qué quieres decirme?

Gabi se siente absurda por un instante. Le entran dudas de que haber ido haya sido una buena idea.

—¿Qué tal tus costillas? —improvisa un poco—. Ya me contó Vera que te caíste.

—Duelen bastante, sí.

—Pero las costillas no te impiden verla, ¿no? —Gabi se da cuenta de que lo que acaba de decir es una tontería, pero ya está dicho y no hay vuelta atrás.

—No creo que a ti te tenga que dar ninguna explicación. —Él hace un amago de enfadarse.

—Discúlpame. Tienes toda la razón.

Gabi se calla por un momento y se queda observando a Antonio. Hay algo en él que le hace cercano y al mismo tiempo, con su manera de mirar, le sugiere que hay que estar prevenida. Ahora entiende a Vera. Antonio no es solo guapo, puede que eso sea lo de menos, es de esos hombres que acaban siendo adictivos.

—En realidad, he venido para pedirte algo —se sincera ella por fin.

—Te escucho.

—No le hagas daño, por favor. Vera es demasiado vulnerable, y tú sabes mucho. No hay más que verte.

Antonio no tiene muy claro si lo último que le acaba de decir Gabi es un halago o un insulto.

—Hablas de ella como si fuera una niña.

—Tienes razón. Y sé que esta visita es absurda. —Gabi se derrumba un poco—. Bastante paciencia estás teniendo para no echarme a la calle.

Antonio se ríe. En el fondo, le enternece que Gabi haya venido a verle para proteger a su amiga.

—Puedes estar tranquila, no tengo ninguna intención de hacerle daño a Vera.

Después de hablar con él, Gabi ya sabe que Antonio no es de esos. Los malos de verdad no miran a los ojos de esa manera.

—¡Y que no me entere yo de que no la tratas bien! —Gabi hace una pausa y se ríe antes de rematar—: ¡porque te corto los huevos!

A Antonio le resulta graciosa la amenaza, que es en broma, pero no lo es.

—¿Quieres tomar algo? —le pregunta.

—Tranquilo. —Ella se levanta de la silla—. Yo ya me marcho.

—¿Sabes? Sigo sin saber para qué has venido.

—Necesitaba mirarte a los ojos. —Gabi se detiene un momento—. Cosas mías.

—Pues no te preocupes, que llamaré a Vera en cuanto me recupere —dice él tocándose el costado.

—Más te vale. —Gabi sonríe mientras junta y separa los dedos índice y corazón imitando el movimiento de unas tijeras.

Él se ríe y se levanta para acompañarla. Gabi va por delante por el pasillo para marcharse, Antonio va detrás de ella.

—¿Te puedo hacer una pregunta? —dice Gabi antes de abrir la puerta.

—Sí, claro.

—¿Tienes en la casa algún ambientador con olor a fresa?

—¿Cómo? —Antonio no sabe si ha oído bien.

—No te preocupes. Es una tontería.

32

«Limpio y con estos muebles parece otra cosa». Antonio está sentado en el sofá del salón mientras Vera prepara dos gin-tonics con la ginebra y la tónica que ha comprado él de camino.

—Casi mato a Gabi cuando me enteré de que ayer fue a verte.

—Si te soy sincero, todavía no he entendido por qué lo hizo —asegura él.

Vera duda si mencionarle lo de la madre de Gabi, pero decide no hacerlo. Ya se lo contará ella cuando quiera.

—¿Qué te dijo exactamente? —pregunta Vera.

—¿De verdad quieres saberlo? —Antonio le pone algo de intriga—. Que me cortaría los huevos si me porto mal contigo.

—Le pega mucho esa frase. —Vera se ríe—. Y probablemente no lo decía de broma.

—Le debes de importar mucho —continúa él.

—Nunca he tenido una amiga así.

—¿Y ella qué te dijo de mí?

—Tú lo que quieres es que te regale los oídos.

—Eso es que habló bien.

—Resumiendo, dijo que eras muy guapo. —Vera se acerca a Antonio en el sofá—. Y tiene razón.

Los dos dejan sus gin-tonics en la mesa y empiezan a besarse. Es un beso largo, que Vera no quiere que acabe. Desde que besó a Antonio por primera vez el día que le enseñó este ático, nunca quiere que se terminen los besos. Concentrarse en los labios, las lenguas mezclándose, la saliva, evadirse de lo que la rodea, imaginando un beso eterno. No recordaba haber besado así nunca. Con Borja siempre era un trámite, cuanto más breve mejor. Los besos que deseas que se acaben terminan doliendo un poco.

—¿Cómo van las costillas?

—Todavía me duelen cuando toso o me río.

—Te confieso que dudé que fuese verdad que te habías roto las costillas.

—Es que yo te engañé un poco —confiesa él—. No me caí por las escaleras. Fueron dos atracadores que me robaron en el portal.

—¿Y por qué no me lo contaste? —Vera le acaricia el costado.

—No lo sé, me dio vergüenza no haber podido defenderme un poco más.

—¿Lo denunciaste en comisaría?

—¡Qué tontería! No los van a pillar nunca.

Los dos gin-tonics se han acabado entre besos que solo terminan para volver a tener ganas del siguiente.

Cuantos más besos, más excitación, y cuanta más excitación, más temor. Vera está nerviosa. Empieza a tener una sensación muy parecida a la de la última vez en casa de Antonio. No quiere ni pensar que vuelva a suceder lo mismo, que ese instinto absurdo la obligue a huir. Que el ardor que se mueve dentro de ella como lava, descendiendo desde la cabeza hasta los pies, sea tan incontenible que la asuste de nuevo. Ganas de perder el control y miedo a descontrolarse. En algún momento se pone a temblar. Seguramente de deseo, pero a saber. Él nota sus nervios y le da un respiro levantándose del sofá.

—Te voy a proponer una cosa.

—¿Qué? —pregunta Vera inquieta.

—Tú no tienes que hacer nada —dice Antonio con una solvencia casi insultante—. Déjame a mí.

—Me parece un buen plan —admite confiada—, pero solo al principio.

—Hasta que tú quieras.

De pie, con la cama a su espalda y Antonio delante, Vera cierra los ojos y respira hondo mientras él le desabrocha los botones del pantalón vaquero. Hay algo que parece casto en los primeros besos de Antonio. Ella quiere acelerar, ir al paso siguiente, un ansia difícil de frenar. «Despacio», él la contiene mientras le acaricia suave el pecho por encima de la blusa. Vera no sabe muy bien qué hacer, así que decide no hacer nada, como él le ha propuesto. Hay cierto desorden en los movimientos de Antonio, una coreografía desconcertante para ella, acostumbrada al sexo metódico de su marido. Por lo que recuerda, claro. Ha pasado mucho tiempo, pero la boca del marqués emprendía su recorrido siempre de arriba hacia abajo y siempre en el mismo orden. Boca, cuello, tetas y coño, aunque ahí no se detenía demasiado tiempo. Había algo de escrúpulo en él, que ella también asumía. Los dos sentían algo parecido, eso no le debería gustar a ninguno de los dos. Ni a él hacerlo, ni a ella disfrutarlo. Cuando era Vera la que se lo hacía a él, pasaba lo mismo, y además había después cierto poso de culpabilidad. El hombre sí podía disfrutar, claro, aunque de manera menos contenida cuando la mujer es cualquier otra que no sea la suya. A los hombres, si son hombres, eso les tiene que gustar, pero una mujer que disfrute haciendo sexo oral la sitúa en un lugar moralmente dudoso: esa maldita educación sobre la decencia se aloja en los cerebros como un veneno sin antídoto.

Antonio y Vera no paran de besarse mientras él la va desnudando antes de tumbarla en la cama. Desde ahí, Vera mira cómo él se quita la ropa de pie enfrente de ella. Al verle completamente desnudo, fuerte y rígido, se contrae en la cama sin apartar la vista de él. Ahora ya está segura de que hoy no ocurrirá lo de la otra vez. Antonio le separa las piernas y se coloca entre ellas. Le acaricia los muslos por dentro con una mano en cada pierna comenzando por las rodillas, subiendo lento hacia las ingles. En ellas se detiene un momento y las masajea con los dedos, buscando los labios para recorrerlos de arriba abajo y de abajo arriba. Humedece sus dedos en el sexo mojado de Vera. Ella sabe que si sigue acariciándola así va a tener que contenerse para no acabar demasiado pronto. Recuerda que muchas veces ha buscado un orgasmo que casi nunca llegaba y ahora tiene que esforzarse para retrasarlo; darse cuenta de eso la pone contenta. Vera detiene las manos de Antonio y se reincorpora empujándole el pecho hacia el colchón invitándole a tumbarse. Él apoya la cabeza en la almohada y Vera baja la suya en busca del sexo duro de Antonio. Vera lo está deseando y la hace feliz desearlo. Por un momento duda si sabrá hacerlo bien, pero la reacción de placer de él le da seguridad. Notar el latido de Antonio dentro de su boca la excita y hace que por instinto acelere el movimiento. Él tensa los muslos y ella encuentra la pierna de Antonio para rozarse, primero de manera sutil y después más consciente. Todo se acelera, también la respiración de él, que prefiere detenerla antes de un final precipitado. Ella lo entiende, a pesar de sentirse plena haciendo lo que estaba haciendo. Antonio toma ahora la iniciativa tumbándose encima de ella. Vera le abraza y él va en busca de su pecho con la boca. El arrebato con el que le come las tetas hace que se sienta tan deseada que más que placer experimenta emoción. Esa manera desmedida de besarlas, chuparlas, agarrarlas, morderlas... Lo hace como si se tratase de la última vez que lo fuera a hacer en la vida. O la primera. Así es la pasión con la que Antonio lo hace todo en el sexo. Con el mismo deseo de quien no lo ha hecho nunca o de quien lo va a hacer por última vez. Besa el ombligo de Vera y recorre con más besos el camino hacia su pubis. Y sigue bajando hasta acariciarla suavemente por dentro con su lengua antes de volver a subir a besar sus pezones. Baja de nuevo para estar más rato con su boca entre las piernas de ella y vuelve a subir hasta su boca para besarla. Ella se acuerda por un momento de Borja, «Bendito desorden de movimientos, qué emocionante es lo imprevisible en una cama».

Vera y Antonio se miran a los ojos mientras él le separa y le eleva las piernas, sujetándolas con los brazos. Ella intenta no retirarle la mirada mientras siente la desnudez de Antonio, rozándola, a punto de entrar sin hacerlo..., hasta que por fin lo hace. Despacio, abriéndose camino lentamente, suave y sin violencia, como un tacón que se hunde por el peso en la hierba mojada, de manera inevitable.

Vera no se da cuenta del volumen de su grito cuando él le levanta aún más las piernas empujándoselas para juntar, casi, las rodillas con los hombros. Volcado sobre ella llega tan adentro como Vera no se podía imaginar que se pudiera llegar. Antonio se mueve cada vez más rápido y empuja más fuerte, a Vera le excita el sonido que hacen las dos pelvis al chocar una y otra vez. Sabe que ella no va a resistir mucho más, no es capaz de aguantar. Antonio nota que Vera está a punto y acelera aún más los movimientos. El ruido de los dos sexos chocando es el de una ovación con las manos empapadas. «Mírame —dice Antonio—, quiero ver tu mirada mientras te corres». Esa frase excita tanto a Vera que acaba definitivamente con su voluntad de aguantar un poco más. Todo su cuerpo tiembla descontrolado, un orgasmo largo, lento, irreconocible para ella por su intensidad. El grito es la única vía de liberación mientras va desapareciendo la vibración de su cuerpo. «Termina dentro —le pide Vera—, quiero notarlo». Al escucharse no se reconoce y al mismo tiempo siente que esa es realmente ella. Antonio tarda pocos segundos en acabar y algo más en recuperar la respiración, desplomado encima de Vera.

El sudor hace que los cuerpos brillen tumbados en la cama; la humedad en las sábanas y el olor a sexo se apoderan de la habitación. Los dos se recuperan en silencio durante un buen rato cogidos de la mano mirando al techo hasta que Antonio se levanta para ir al baño. Ella le observa desaparecer desnudo en busca de la ducha. Vera se queda sola en la habitación esperando a que vuelva a la cama.

«Era esto», piensa con una sonrisa instalada en su rostro.

33

Es extraño echar de menos lo que todavía no ha sido nuestro, no se explica la necesidad de estar con quien apenas has estado, da miedo acostumbrarte a lo que todavía no ha pasado.

Vera ha quedado con Antonio para tomar un aperitivo en la calle Albareda. Él ha ido a una visita esta mañana de viernes con unos clientes que querían mirar un piso, pero tiene toda la tarde libre. Ella ha montado en la finca un caballo nuevo de un criador portugués y está pensando en comprarlo. Es un caballo vivo y sensible, de mucha alzada, imponente y guapo. Su padre siempre hablaba de caballos guapos cuando le gustaban mucho. Era algo más que definir su belleza física, cuando decía «guapo» se refería a lo que le transmitían. Bonito, elegante, con nervio, bien hecho, armonioso, con presencia, fino..., todo eso y algo, invisible e indefinible, que lo convertía en guapo. Vera montaba mientras Antonio enseñaba un piso cerca de República Argentina a un constructor de un pueblo de Córdoba y a su mujer que quieren comprarlo para su hija, que se viene a estudiar a Sevilla. El señor, mucho más solvente económicamente de lo que aparentaba por sus formas, estaba muy interesado en cuánto dinero en B podría aportar a la operación de compraventa. Esta mañana de viernes, soleada y prometedora, Vera pensaba en Antonio mientras montaba a caballo y Antonio en Vera mientras se esmeraba en enseñar los fantásticos acabados del piso al constructor y a su esposa. Los dos viven deseando estar con el otro en cada momento, imaginando que le mira y que puede compartir lo que siente. Montando un caballo guapo en una dehesa o contándole con una sonrisa encantadora a un señor corrupto que él no tiene ninguna información sobre dinero en B.

«Me encantaría que estuviera aquí» es la frase más sencilla para definir lo que es estar enamorado.

Los dos llegan a la vez al bar de Albareda sin que a ninguno se le ocurra decir que ha estado pensando en el otro toda la mañana. Incluso intentan disimular para no ser descubiertos: esa contención temerosa de los sentimientos y del deseo. Se sonríen en la puerta, se dan un par de besos y pasan al bar los dos a la vez. «¿Para comer?», pregunta el camarero desde la puerta. «No, picamos algo en la barra», le responde Vera, y Antonio asiente con la cabeza. Una caña, un vermut, un poco de carne mechada, media ración de ensaladilla, una tapa de *papasaliñás*, otra caña y otro vermut más.

—Parece que tienes prisa —dice Antonio.

—Es que quiero que me acompañes a un sitio.

—¿A qué sitio?

—Es que no sé si te va a gustar mucho.

—A ver...

—De compras —dice Vera, entre temerosa e ilusionada—. Me gustaría ir de compras contigo.

El último plan que Antonio habría imaginado para esta tarde de viernes es ir de compras, pero, si es con ella, se convierte en el mejor plan del mundo. Él solo concibe comprar por necesidad. Si necesitas un abrigo, vas y te lo compras. Si te hacen falta unas zapatillas de deporte, vas a la tienda, te pruebas las que te gustan y te las compras. Y así con los jerséis en invierno o los bañadores en verano. No tiene demasiado sentido ir de compras si no es necesario. Vera se ríe cuando Antonio le dice: «Es que yo no necesito nada». Él ha invitado a las tapas, las cañas y los vermuts sin que ella haya tenido intención de pagar. Salen del bar y Vera le propone dar un paseo hasta Palazzo Belli, una tienda multimarca de ropa que hay en la calle O'Donnell. Todavía es de día, pero ya se ha ido el sol, las calles del centro están abarrotadas y la mayoría de las tiendas, llenas. Vera y Antonio se mezclan entre la gente, que va y viene cargada de bolsas. Hay grupos de chicas adolescentes ruidosas que caminan al mismo tiempo que teclean en su móvil con excitación; parejas mayores cogidas del brazo viendo el ambiente con esa sensación de no comprender lo que los rodea; padres y madres desbordados con niños pequeños inquietos. Entre el ruido y la gente, Antonio roza su mano con la de Vera y ella le devuelve el gesto con suavidad, animándole a entrelazar los dedos. De repente se ven caminando, cogidos de la mano, como una pareja más entre la gente que inunda el centro de Sevilla. Antonio mira a Vera y le sonríe mientras aprietan los dedos, les parece que toda la emoción del mundo está en esas dos manos entrelazadas. Camino de Palazzo, Vera le habla del caballo que ha montado esta mañana y él del constructor cordobés al que está a punto de venderle un piso. La normalidad les parece un acontecimiento.

—Quería hacerte un regalo —le dice Vera al entrar en Palazzo—. Si no te importa, claro.

—¿Cómo me va a importar? —replica sonriente—. ¿Qué es?

—Luego te lo digo.

Vera se detiene delante de un bolso y le pide al dependiente que le quite la alarma para probárselo. A Antonio le hace gracia que un bolso pueda probarse. «Claro, igual que cualquier otra cosa», dice ella mientras se mira en el espejo ensayando posturas con el bolso en diferentes posiciones. Primero, colgado del hombro; después, agarrándolo por las asas, cambiándoselo de hombro y de mano, mirándose de frente, de lado y casi de espaldas. Antonio la contempla fascinado, y ella se gusta mientras él la mira. «Me lo voy a pensar», le dice Vera al dependiente devolviéndole el bolso, y se va en busca de una percha de donde cuelga una cazadora vaquera.

—Mira qué bonita —dice descolgándola y poniéndosela delante del pecho sin quitarle la percha.

—A ver cómo te queda. —Antonio la invita con la mirada a que se la pruebe.

Vera se quita la chaqueta que lleva para ponerse la cazadora vaquera. Por un momento se queda con una camiseta blanca de tirantes de la que asoma la tira de un sujetador azul. A Antonio le excita la imagen, la que ve y la que imagina al pensar en que lleva unas bragas del mismo color. A lo mejor no, pero su mente la acaba de visualizar en ropa interior.

—¿Te gusta? —dice ella refiriéndose a la cazadora.

—¡Me encanta! —contesta él refiriéndose a saber qué.

—Esta creo que sí me la voy a llevar.

—Te queda fenomenal —afirma él, que ahora sí está pensando en la cazadora.

Vera le pide al dependiente, el mismo del bolso, que estaba al acecho, que se la aparte para después.

—¿Quieres que vayamos a la planta de hombre? —le propone Vera.

—Prefiero verte probándote cosas.

No es un cumplido, es que nada le apetece más que mirar a Vera. Su amor por la belleza, la importancia que le da a lo bonito solo por el hecho de serlo. Es tan distinta a la mayoría de las mujeres que ha conocido y tan alejada de su mundo pequeño y tosco... Siente que mirarla es aprender.

—Venga, vamos —le apremia ella sin hacerle caso.

Antonio la sigue, como un turista a su guía visitando un templo egipcio. Una chaqueta de pata de gallo con los cuadros rojos, negros y beige llama la atención de Vera: «Qué bien te quedaría». La americana, que tiene los botones dorados, a Antonio le parece una excentricidad. «¿Y adónde voy a ir yo con eso?», pregunta. «Pruébatela, por favor», le pide ella descolgando de la percha la talla 52. Antonio se quita la chaqueta de su traje de siempre y la obedece. No lo recuerda bien, pero nunca se ha puesto una americana que no fuera azul, quizá ha llevado alguna gris o negra, pero de pata de gallo con cuadros negros, beige y rojos y botones dorados tiene la certeza de que no. «Estás guapísimo», dice ella, mientras él imita divertido los movimientos de un modelo profesional. Al abrirse la chaqueta, al tiempo que atraviesa la pasarela imaginaria, ve de reojo el precio en la etiqueta que cuelga del bolsillo: «Ah, mira, no está mal, cuesta ciento veinticinco euros». Vera se ríe, y Antonio se ve guapo en el espejo. Se da cuenta de que, de no ser por Vera, él jamás se hubiera probado una chaqueta como esa. «Estoy contento, y me la voy a llevar», dice. «¿Estás seguro?», se extraña ella. «¿No dices que estoy guapísimo?», pregunta él. «Ya, pero ¿has visto el precio?», insiste ella. «Claro que lo he visto —afirma él mientras vuelve a abrirse la chaqueta en busca de la etiqueta—, ciento veinti... ¡Hostias! —exclama—. ¡No puede ser!». Lee con más detenimiento la etiqueta: «Mil doscientos cincuenta euros». Antonio se ríe de su ignorancia, pero también de incomprensión. No había visto el último cero no solo por despiste, sino porque no podía concebir que existiera.

Desde ese momento, Antonio comienza a mirar los precios de todas las prendas, mientras Vera le habla con normalidad de las marcas que venden un jersey negro a seiscientos cincuenta y cinco euros. Un jersey negro normal, negro sin nada más, negro y ya. «Ese es de Tom Ford», le informa ella, que se queda fascinada ante el interés sin complejos de Antonio. «Es uno de los diseñadores más importantes del mundo», le cuenta. Antonio vende casas caras en Sevilla, pero una casa es otra cosa. Allí se vive, se come, se duerme, hay una tele para ver películas y el fútbol. Si lo tuviera, él también viviría en una casa de un millón de euros, está seguro. «Y a lo mejor también te comprabas un jersey de Tom Ford de seiscientos cincuenta y cinco», le dice Vera, que sabe de lo que habla. «Yo creo que un jersey no puede costar más que la lavadora donde se lava», contesta Antonio, que también sabe de lo que habla.

—¿Vamos a por tu regalo? —pregunta ella sin esperar respuesta.

Vera lo coge de la mano y lo lleva hasta la sección de zapatería.

—Los vi el otro día y pensé que eran para ti. —Le señala unos zapatos negros.

—Son preciosos, pero...

—Pero nada —le interrumpe—. ¿Qué número tienes?

—Un cuarenta y seis —contesta Antonio.

—¡Un cuarenta y seis! Ahora lo entiendo todo —dice Vera sonriendo.

A Antonio también le entra la risa, con cierto orgullo un poco adolescente.

—Yo creo que los míos todavía están bien. —Y señala sus zapatos marrones con la puntera desgastada.

—Los tuyos están para tirar a la basura —dice Vera mientras se va en busca del dependiente con uno de los zapatos en la mano—. ¿Tienen el cuarenta y seis?

—Estos son italianos y dan mucha talla, ¿seguro que es un cuarenta y seis?

—Seguro, seguro —afirma Vera con media sonrisa.

El dependiente se marcha en busca de los zapatos. Antonio coge uno de los expuestos y mira el precio en la suela.

—¡Su puta madre! —exclama.

—Los zapatos no se meten en la lavadora, así que... —bromea Vera.

El dependiente viene con una caja roja, típica de la marca. En el interior hay papel de seda, unas bolsas de tela para llevarlos cuando se va de viaje y en el fondo los zapatos con más papel dentro. El dependiente despeja el interior de la caja hasta liberar el zapato derecho y se lo da a Antonio para que se lo pruebe. Después de confirmar que es su número, el dependiente le da el izquierdo, y Antonio se pone a caminar por la tienda.

—Son cómodos de cojones —le sale sin filtro.

—Sí, son de un enorme confort. —El dependiente le da la razón a su manera.

Vera, sentada en uno de los sillones, mira a Antonio caminando feliz por esa moqueta algo resbaladiza. Tan duro y tan tierno, tan seguro de sí mismo y tan inocente, tan seductor y tan niño. Es el vértigo y las ganas de saltar. Mirándole, ella se desordena entera.

A ella le asusta engancharse, pero siente que nada podría ser mejor si él no está. Todo eso le pasa mientras le ve caminando por la tienda con sus zapatos nuevos.

Vera le propone que se los lleve puestos y meta los suyos en la caja de los nuevos. «Y cuando llegues a casa te deshaces de ellos, por favor», le dice después de pagarlos con el móvil en un datáfono portátil que le ofrece el dependiente.

Antonio coge de la mano a Vera, ahora de manera premeditada. «Ven conmigo», le dice tirando de ella, que se deja llevar. De vez en cuando, Vera se detiene ante alguna prenda que le gusta, aunque Antonio ya no presta demasiada atención. Al girar en uno de los pasillos, hay una puerta gris que Antonio atraviesa arrastrando a Vera. «¿Qué haces? ¿Estás loco?», dice nerviosa al ver cómo Antonio cierra el pestillo del probador en el que se acaban de colar. Él deja la bolsa con la caja de los zapatos en el suelo y acerca su boca lentamente a la de Vera para besarla. Ella corresponde mientras él mete las manos por las solapas de la chaqueta de Vera para quitársela. La chaqueta cae al suelo y ella se queda con la camiseta blanca de tirantes de la que asoma la tira de su sujetador azul. Antonio la empuja levemente hacia la pared del probador sin dejar de besarla, tocándole las tetas por encima de la camiseta. Ella se nota húmeda al sentirle duro rozándose con ella. Él recorre con su mano el cuerpo de Vera hasta encontrar el botón de su pantalón para desabrocharlo. Después del botón, la cremallera hasta abrirla y dejar al descubierto las bragas, también azules, tal y como él había imaginado. Ella se contrae al notar la mano de Antonio, siente que está fuera de sí mientras él le besa el cuello y sigue buscándola, ahora dentro de las bragas. «Para, por favor», susurra sin ninguna convicción al notar los dedos de Antonio acariciándola. Él no hace caso y comienza un movimiento suave e intenso, entre la presión y la caricia, que provoca que Vera empiece a gemir, olvidando dónde está. Antonio acelera el ritmo de la mano y tapa la boca de Vera con la suya. Ella sabe que está muy cerca de terminar; han sido suficientes menos de dos minutos con la mano dentro de su ropa para llevarla a ese sitio en el que ya no hay vuelta atrás. «Sigue, por favor, sigue», le pide ahora totalmente entregada. Antonio presiona algo más fuerte las yemas de los dedos moviéndolos también más rápido. Bastan unos segundos a ese ritmo para que Vera termine con un gemido tenue y prolongado, las piernas se le tensan atrapando entre ellas la mano de Antonio. El temblor y las sacudidas involuntarias le arrebatan durante unos segundos el control de su cuerpo, como si no le perteneciera. Antonio detiene el movimiento de la mano, y Vera intenta recobrar el ritmo normal de la respiración mientras su cuerpo va dejando poco a poco de vibrar. «¡Joder!», es la primera palabra que dice antes de que le venga una risa nerviosa y divertida, parecida a la que te entra después de la primera bajada en una montaña rusa. Se abrocha el pantalón y recoge su chaqueta del suelo, entre tímida y feliz. «No sé qué haces para ponerme así». Los dos se besan antes de abrir la puerta del probador.

34

Diego le ha dicho a Antonio que quería ir a Madrid a ver a su madre y volver al barrio a ver cómo andan por allí las cosas. El Negro ya está fuera y quiere darle las gracias por no contarle a la policía quién era su socio en el atraco a la farmacia. Está pensando en quedarse en Sevilla, buscar algún trabajo allí y alejarse del barrio, como hizo Antonio. Fantasea con la idea de convertirse también en vendedor, quién mejor que su hermano para enseñarle cómo se hace. Piensa que es un gran paso que en los últimos días su hermano no le haya dicho ni una sola vez que se tiene que marchar. Todas las noches Antonio prepara un colacao repleto de grumos y juegan a la Play. Diego se quedaría con su hermano toda la vida, aunque no tenga armario, pero de momento no se ha atrevido a contárselo.

Alba está con unas amigas en una terraza de Ponzano, en Madrid. Ponzano es una calle del barrio de Chamberí, pero muchos jóvenes llaman así a la zona que incluye la propia calle y las de alrededor. Por Ponzano abundan los bares, restaurantes y terrazas, que cuando hace buen tiempo se abarrotan de gente bien de Madrid. Chicos y chicas de los barrios acomodados de la capital o de las afueras, Pozuelo, Aravaca, Majadahonda, que confluyen allí para mezclarse unos con otros. Una mezcla ficticia, al menos en lo estético, pues todos y todas se parecen demasiado entre sí. Beben cañas, miran el móvil mientras hablan, vapean y no paran de introducir palabras en inglés en todas las conversaciones.

Alguna concejalía del Ayuntamiento, la de Cultura, Asuntos Sociales o vete a saber cuál, ha puesto en el descampado del barrio de Diego en el que antes se aparcaban los coches unas mesas de pimpón, una red para jugar al vóley y ha asfaltado una de las zonas para colocar dos porterías de fútbol y detrás un par de canastas para baloncesto. Los cambios en el descampado que hay enfrente del bloque de Diego han poblado el lugar de familias, casi todas ecuatorianas o colombianas, aunque cada vez hay más peruanos, paraguayos o salvadoreños, que pasan allí la mayoría de las horas del fin de semana. Son matrimonios con sus hijos pequeños; los adolescentes se quedan en las casas durante esos dos días en los que los padres y los hermanos menores se apropian del lugar para formar una comunidad nostálgica de los países de donde vienen. El ambiente es bueno, rara vez hay peleas, y cuando las hay es por cosas del partido que estén jugando y nunca pasan a mayores. Llevan mesas y sillas portátiles, y comida, merienda y cena en tápers para compartir con las otras familias entre partido y partido. Locro de papa, llapingachos, bandeja paisa, empanadas, arepas, sancocho y dulces acompañados de cervezas de un litro, refrescos de dos y equipos de música portátiles donde suena salsa, cumbias, merengue y rumbas. Los domingos, cuando anochece, desaparecen hasta el siguiente sábado por la mañana.

A partir del lunes y hasta el viernes, al descampado bajan por la tarde los adolescentes del barrio, con sus sudaderas gigantes, capuchas, tatuajes, *piercings* y cortes de pelo de futbolista. La mayoría ya nacieron en España, aunque la genética marque su procedencia, y conviven con los chavales de padres españoles. Salvo en las facciones, no hay ninguna diferencia entre unos y otros. Les gusta el mismo reguetón, trap, hiphop o flamenquito, idénticos gustos musicales y el mismo futuro incierto, sin la esperanza de que nada pueda mejorar. Alguno sueña con hacer esa música, componer un tema «que lo pete» y hacerse rico como sus ídolos latinos, esos que un día fueron igual que ellos y ahora tienen un *jet* privado. Mientras se cumple el sueño, les quedan las tardes en el banco del parque, el trapicheo con droga, dar algún palito a los niños pijos en el centro comercial para quitarles el dinero o el móvil, y el gimnasio para estar fuertes, por si hay que pegarse en la discoteca.

El Negro y Diego chocan las manos haciendo fuerza

el uno contra el otro hasta juntar sus hombros opuestos; es la forma en la que se abrazan los chicos del barrio, un abrazo de medio lado, sin entrega, más de respeto que de cariño. «¿Qué tal, bro?», Diego mira a los ojos al Negro y el Negro le sonríe: «Me alegro de verte, Dieguito, cabrón».

Alba se ríe sin demasiadas ganas bebiendo cervezas con sus amigos. Están comentando las incidencias de un *reality* de la tele en el que en una isla se provoca que los concursantes sean infieles para que el público los critique por serlo. Todos opinan sobre cuernos, sobre las relaciones de pareja, y cada uno de ellos dice lo que haría si eso le pasase. Lo de la infidelidad, se entiende, porque nadie de ese grupo participaría en un programa de televisión semejante. Su futuro está en otro lado, quizá como directivos de ese canal o CEO de alguna empresa que patrocine el programa, pero los que salen exhibiendo sus miserias son de otra condición. Alguien propone ir a cenar a un italiano que hay en Velázquez y que ahora está de moda.

El Negro le está contando a Diego que los meses que ha estado en la cárcel no han sido para tanto. «Si no te metes en líos, se lleva bien». Hay un aire de superioridad en la manera en la que el Negro le cuenta a Diego su paso por prisión, como si allí se consiguieran las acreditaciones de tipo duro, un estatus en la delincuencia muy superior al del barrio. A Diego le dan ganas de corregirle, porque eso que su colega llama «meses en prisión» han sido menos de tres semanas. «Vamos a celebrarlo, bro —le propone el Negro—, esta noche hay que pegarse una buena fiesta».

Alba hace rato que ha desconectado de lo que hablan sus amigos, que han cogido una mesa en la partc de arriba del restaurante y están decidiendo si quieren compartir un plato de tomate con burrata y una pasta con trufa antes de ir a Gabana a tomar algo.

Diego camina con el Negro por el barrio saludando a los amigos, un par les han propuesto unirse a ellos esa noche. Van a ir a los bajos de la Cubierta de Leganés, donde el fin de semana pasado conocieron a unas chicas en uno de los locales y hoy han quedado con ellas. «Hay un par que son muy estrechas, pero hay otras tres que son un poco guarras y se dejan».

Alba está en la barra con un chico de pelo rizado y granos en la barbilla, secuelas de un acné tardío o mal solucionado. El chaval habla a voces para hacerse oír acercándose a ella, que sonríe forzada y asiente con la cabeza a lo que quiera que sea que le esté contando. El Negro trae otros dos Jägermeister a la esquina de la discoteca donde Diego aparenta interés por una esteticista del grupo de chicas, no sabe si es de las estrechas o de las otras. «Yo paso, tío», Diego devuelve el vaso al Negro. «No seas mierda, Dieguito», le contesta este. Diego siente que está en deuda con el Negro por su silencio ante la policía, así que cede y se bebe el segundo Jäger fingiendo diversión.

En el bolsillo trasero del pantalón le vibra el móvil. Es Alba: «¿Cuánto te queda?». A Diego se le ilumina la cara con la luz del móvil. Ve cómo el Negro está tonteando con una de las chicas y tocándole el culo, no hay duda de que pertenece al grupo de las que se dejan. Dentro de un rato podrá marcharse sin que se le eche mucho de menos. Alba se aleja del chaval del pelo rizado y acné mal curado, interrumpiéndole a mitad de un relato en el que le contaba con mucho entusiasmo que iba a empezar a trabajar de prácticas en la sucursal de un banco en Berlín. El Negro está bailando pegado a la chica de antes, que sonríe con una copa en la mano. Diego escribe a Alba: «Nos vemos cuando quieras».

La Cubierta de Leganés y Gabana están a una media hora de distancia y a un abismo estético. Dos universos entre la camisa de rayas y la sudadera de chándal, entre los castellanos y las Air Jordan, los coches tuneados y los *audisatrés*.

Alba y Diego entran en el apartamento de ella. Se besan nada más cerrar la puerta, ni siquiera encienden la luz. Solo se separan mínimamente para ir desnudándose. Los dos se sacan la ropa por la cabeza de manera arrebatada. La respiración de Alba se acelera cada vez más y se entrecorta cuando se juntan las bocas. Diego se quita las zapatillas con sus propios pies, apretando el talón con la puntera, y se desabrocha el cinturón y los botones del pantalón, que cae al suelo deslizándose por sus piernas. Ella hace lo mismo, aunque el suyo, más ajustado, se mantiene en su sitio. Alba va hacia el salón y Diego la sigue. Ella se tira en el sofá y levanta las piernas para que Diego le quite los pantalones. Después de hacerlo, él se queda de pie mirando a Alba, que solo está cubierta por un diminuto tanga de color malva. Ella espera que se tumbe encima para seguir besándose, pero Diego no se mueve de delante del sofá. Coge una mano de Alba para incorporarla suavemente hasta dejarla sentada con el rostro justo a la altura de su entrepierna. Él mismo se baja los calzoncillos mostrándosela tan cerca que llega a rozar la cara de Alba. Ella se excita al sentir cómo Diego la coge del pelo, improvisándole una coleta con la que empieza a manejar su cabeza. Ya lo hizo antes con otros chicos, pero con ellos fue un trámite y le daba igual que se le notara la impericia; en realidad, con los otros le daba igual todo. Diego es otra cosa. Le excita su ropa, su acento macarra, sus andares retadores, el aura de peligro que desprende. Le excita que sea distinto a todo lo que la rodea. «Mírame a los ojos mientras lo haces»; la petición de Diego parece una orden al tirar levemente de la coleta de Alba hacia atrás para que ella levante su mirada.

Los pensamientos llegan a veces de manera inoportuna, nunca se sabe por qué invaden la mente y se imponen a lo que sea que estés haciendo. Quién sabe el motivo por el que una imagen se filtra en tu cerebro llevándote a otro lugar lejos de donde estás. A Alba se le ha aparecido la imagen de su hermana haciéndole a Antonio lo mismo que ella le está haciendo a Diego. La imagina sentada en un sofá como el suyo, quizá sea el mismo, satisfaciendo al vendedor de pisos con su boca, entregada a él, que está de pie frente a su cara, de la misma manera que Diego se encuentra frente a la suya. Su hermana es ella. Igual que Antonio es Diego, mezcla las caras y las sensaciones, también el placer. Hay morbo en ver a su hermana abandonándose al deseo, dejando de ser su hermana para ser simplemente Vera. Diego le pide que pare, si sigue no podrá aguantar mucho. Alba está excitadísima sintiendo toda la dureza de Diego dentro de su boca, la misma que imagina que debe de sentir Vera con Antonio. La mente es ingobernable y caprichosa como una niña consentida y Alba se ha convertido en Vera sentada en ese sillón. «¿No quieres parar?», Diego avisa, seguramente por última vez. Alba no para y mete los dedos por dentro de su tanga malva para acariciarse, nota que está empapada. Ella tampoco va a aguantar demasiado, se conoce bien y no va a necesitar mucho movimiento de su mano para terminar. Nota cómo a Diego le tiemblan las piernas y su gemido es cada vez más fuerte, suena casi como una lamentación; en el sexo se confunde el ruido del placer y de la pena, del dolor y de la alegría. Alba aprieta todavía más su mano entre las piernas y aumenta la velocidad del movimiento de sus dedos, deteniendo un momento el de su boca. Prefiere disfrutar de su final antes de provocar el de Diego. Apenas unos segundos hasta que siente cómo su cuerpo se contrae un instante con espasmos involuntarios, fuertes e incontrolados los primeros, cada vez más suaves los siguientes. Antes de que su cuerpo se afloje, vuelve con su boca a por Diego, al que aún le queda un halo de lucidez para prevenirla: «¿La quieres dentro?». La frase asusta a Alba y la excita de igual manera. Nunca lo ha hecho, no ha experimentado ese sabor, ni siquiera lo ha imaginado. Solo recuerda que una vez le oyó decir a una amiga que sabía un poco salado. Diego inclina su cuerpo hacia delante en el último gemido, derramándose en su boca. Alba nota los latidos de él en la lengua y el paladar inundados. «¡Uf!», exclama Diego prolongando la efe hasta quedarse sin aire, como cinco o seis efes más, y Alba, todavía temblorosa, se va deprisa al baño para escupir en el lavabo. Al levantar la vista, se mira en el espejo y cree ver la imagen de su hermana, aunque ahora ya no está tan segura. No sabría decir quién es quién.

35

«No es mi hija, es mi hermana». Desde el mismo día que Vera salió del hospital con Alba en sus brazos tenía que deshacer el malentendido casi a diario. En el pediatra, paseando en el parque, comprando ropa a la niña o en los primeros días de colegio. A veces le daba pereza aclarar la confusión, pero nunca la dejaba pasar. Especialmente cuando Vera y Alba iban con Borja, al que todo el mundo solía identificar como el papá de la niña. El marqués se limitaba a sonreír forzado, pero no podía soportar el error. Lo peor era cuando alguien, en su empeño por agradar, decía que la niña se parecía mucho a él.

Para el marqués, una familia no era una familia si el matrimonio no tenía hijos. Alba, para Vera, era una hija sin serlo, y por su culpa abandonó la idea de ser madre de verdad. «Por su culpa», se repetía Borja. Esa niña que lo descolocó todo, desordenó sus planes y le quitó una parte de su mujer.

Alba sí quería tener una madre. De pequeña, decía que Vera era su mamá. Al fin y al cabo, no había ninguna diferencia con las de sus amigas. Vera la bañaba, le leía cuentos, la vestía, la acompañaba al colegio cada mañana, la regañaba, la llevaba a los cumpleaños de sus amigas, al médico cuando era necesario, le tomaba la temperatura tocándole la frente, hacía con ella guerras de cosquillas y le daba besos eufóricos a destiempo. Vera era su madre. Hasta los cuatro o cinco años no se daba cuenta, y a partir de los quince hizo como que no le importaba, pero, durante demasiado tiempo, Alba se encerraba a llorar cuando oía que su madre era su hermana.

La adolescencia de Alba, como todas las adolescencias, complicó la relación entre las dos, como les sucede a todas las relaciones entre madre e hija. Llegaron los reproches que convertían quererse en despreciarse y el beso en grito. Siempre había una cuenta pendiente.

—Desde que naciste, todo lo he hecho por ti.

—¿Y qué es lo que has hecho tú por mí?

—Perder demasiadas cosas.

—Yo no pedí nacer.

—Ni yo ser tu madre.

En ocasiones, los pensamientos salen sin el filtro de la conciencia y te descubren como la peor persona del mundo. Vera se odiaba cuando sentía que, si Alba no hubiera existido, su madre no habría muerto y su vida habría sido más fácil. Se odiaba por sentirlo, pero a ratos lo sentía. Alguna noche al acostarse o montando a caballo en soledad se imponía sobre su mente ese pensamiento, del que no se podía librar.

36

Tito amplía las fotos, las mira con detenimiento. Algunas son antiguas, otras de no hace tanto; al parecer, las subieron a tres grupos distintos de Telegram. «¿Esta no era tu novia?», un amigo se las pasó a Tito por WhatsApp. Las fotos están hechas en una de las habitaciones de La Paz y en el baño, él reconoce el lugar. En varias aparece con pijama, otras en ropa interior. El amigo también le ha pasado dos vídeos cortos en uno de los grupos: «Seguramente habrá más», le dice. Uno sentada en la taza del váter haciendo pis y el otro saliendo desnuda de la ducha. En uno no se le ve la cara, pero es ella. Hay webs y grupos de Telegram a los que se suben imágenes de chicas en la intimidad, es excitante el morbo de mirar de manera furtiva a quien no sabe qué está enseñando. Alguna foto tiene varios años, pertenece a cuando ellos fueron novios. Le aterra pensar que a él también lo grabaran alguna de las veces que estuvo con Alba en esa habitación. Tito da vueltas buscando la manera de decirle a Alba lo que acaba de descubrir. Tiene que hacerlo, aunque sabe que esto a él también le va a complicar la vida. Su novia, celosa del pasado; sus padres; sus amigos. Si Alba lo denuncia, habrá más gente mirando, aunque solo sean los policías que investiguen. Él también estuvo en esa habitación y en ese baño. A Tito le cuesta respirar. La vergüenza tiene el poder de robarte el aire, da igual que no hayas hecho nada malo. A veces es mejor no saber para no tener la tentación de huir ni la obligación de ser valiente.

37

La luz azul de las sirenas de tres coches de la Policía Nacional y uno de la Municipal de Sevilla iluminan el asfalto y los edificios de la calle con su movimiento nervioso. La ambulancia con las puertas abiertas centellea en naranja y una hipnótica mezcla de colores inunda toda la calle. Los vecinos, detrás del cordón policial, intentan adivinar lo que ha ocurrido. Una lona azul portátil que han desplegado dos policías cubre la puerta del edificio de la avenida José Laguillo. Los más privilegiados se asoman a algunas ventanas cercanas desde las que puede verse, a través de algunos huequecitos de la lona, a los sanitarios de rodillas rodeando a un cuerpo inerte. Si están ahí es que aún no está muerto. Se intuye la tensión dentro del portal, fuera hay silencio. La gente comenta susurrando, especula sobre la identidad del hombre al que están atendiendo. Puede que sea una mujer, pero alguien asegura que ha alcanzado a verle los pies y eran de hombre.

—¿Está descalzo? —le pregunta un señor gordo que ha bajado a la calle en bata para averiguar qué ha pasado.

—No, pero las zapatillas que lleva son de hombre —contesta un señor pelirrojo, que es el que se supone que ha visto los pies. O a lo mejor solo ha oído a otro que dice que los ha visto.

—Si son de deporte, no puede saberse, porque las zapatillas de hombre y las de mujer son iguales —interviene una señora con gafas de pasta rojas que tiene cara de ardilla.

—Sí, pero parecían grandes —dice el pelirrojo, que empieza a dudar un poco.

—Hay mujeres que tienen los pies grandísimos —afirma una señora de rizos negros, pequeños y abundantes, como si se hubiera hecho una permanente de las que se llevaban a principios de los ochenta.

—Mi hija, sin ir más lejos, calza un cuarenta y dos, casi —apostilla la que tiene cara de ardilla.

—Ya, pero eso es porque es de otra generación —interviene el señor de la bata.

—Eso digo yo —dice el pelirrojo, que ve una tabla de salvación a la credibilidad de su relato.

—¿Y cómo vamos a saber de qué generación es si solo le han visto las zapatillas? —pregunta en voz alta la de la permanente.

El movimiento de gente continúa dentro del portal, ahora de otra manera al que se intuía hace unos minutos. Los sanitarios entran y salen, pero, de repente, todo parece más pausado. Los policías hablan entre sí en voz baja, se dan información unos a otros casi al oído. Un enfermero lleva un maletín de plástico duro y tras él otro empuja una camilla vacía que introduce en la ambulancia, en la que ya no va a ser necesario trasladar a nadie, y cierra las puertas, que seguían abiertas. Una mujer de unos cuarenta años se quita los guantes azules de plástico y los arroja al suelo antes de salir de allí, parece que es una de las médicas por su protagonismo, hay algo de autoridad en ella sobre sus compañeros uniformados. Hay más guantes similares, gasas desparramadas, empapadores llenos de sangre, botellas de plástico seguramente con suero y restos de material sanitario esparcidos por el portal. «¡Está muerto!», informa una mujer que ha visto desde su ventana que el cuerpo tiene ya cubierta la cabeza con una de esas sábanas siniestras de papel de aluminio dorado.

—¡Está muerto! —repite la señora desde la ventana.

—O muerta, que no se puede saber —corrige la señora de gafas rojas con cara de ardilla, a la que tener razón le parece lo más importante de todo lo que está sucediendo.

—Deberían irse a casa —propone un policía de paisano con una placa colgada al cuello—, aquí no hay nada que ver.

Una furgoneta de la funeraria se acerca al portal de la avenida José Laguillo. Otro policía retira uno de los coches para dejarle hueco lo más cerca posible del portal. De momento, tendrá que esperar a que llegue el juez para proceder al levantamiento del cadáver. Cuando este lo disponga llevarán el cuerpo al Instituto de Medicina Legal de Sevilla.

38

Agustín les abre la puerta a dos hombres.

—Don Borja está descansando.

—Déjanos pasar, es urgente.

Los hombres hablan español con un acento extranjero indefinido. Deben de llevar aquí mucho tiempo porque al final de las palabras hay una espccie de deje andaluz. Uno de ellos aparta a Agustín con el brazo como si fuera la hoja de una puerta batiente y se meten los dos hasta el salón. El otro tiene las ojeras entre malvas y amarillas, como de un golpe que no termina de desinflamarse, y un apósito blanco en el centro de la nariz. Se les nota nerviosos.

—¡Avísale, ya!

—¿Quiénes son ustedes?

—Dile que ha venido Nicola.

—¿Y quién más?

—Deja de preguntar y llama al marqués de una puta vez —dice el del apósito en la nariz.

Agustín va a la habitación de Borja, mientras oye

cómo los dos hombres hablan en su idioma, que le suena de algún país del Este.

Antonio se había parado en un chino de la calle Lope de Vega. El supermercado ya estaba cerrado, así que fue a esa tienda de ultramarinos que está antes de doblar la esquina de José Laguillo para comprar algunas cosas que le faltaban en casa. Café, un rollo de papel de cocina, colacao, bolsas de basura y atún y queso rallado para ponerle a la pasta que pensaba hacerse esa noche para cenar. Tenía mucha hambre y llevaba fantaseando con los espaguetis desde que había salido de la inmobiliaria, era un antojo. La primavera había dado marcha atrás en Sevilla y después de unos días con calor casi veraniego había vuelto el frío. Antonio se abrochó la chaqueta hasta el cuello.

Nicola y Alexander le esperaban merodeando cerca del portal. Ya habían estado allí, ahora había que darle más fuerte y estar atentos para que no pudiera defenderse como la última vez, que de un cabezazo le había roto la nariz a Alexander. «O se entera por las buenas o por las malas», ese era el encargo.

A Liang, que así se llamaba el chino que atendía en el ultramarinos, no le quedaba atún, y el queso rallado que tenía no era parmesano, sino uno para gratinar en el horno, con mucho menos sabor. Antonio pensó en echarle alguna otra cosa a los espaguetis, pero solo le apetecían con queso y atún.

Agustín le cuenta a su mujer que no le gustan los dos hombres que han venido a ver al marqués.

Borja baja al salón y los encuentra discutiendo a gritos en su idioma.

—¿Qué pasa? —los interrumpe.

—No sé, creo que este se ha pasado —dice Nicola señalando a Alexander.

—¿Esta vez le disteis el recado? —pregunta el marqués.

—Y tanto. —Alexander mira al techo.

—¿Cómo que «y tanto»? —replica Borja.

—A ver, es que el tipo se resistió mucho y, bueno...

—Nicola, ¿quieres hablarme claro? —se impacienta el marqués.

—Al final le dio una patada en la cabeza y creo que...

—¿Qué?

Antonio se acordó de que había otro chino dos calles más abajo y decidió ir en busca de los ingredientes para la pasta. Latas de atún hay en todas esas tiendas, y aunque no tuvieran parmesano, podía comprar una cuña de queso curado y rallarla él mismo. El antojo se había convertido en un empeño.

Los dos hombres estaban encendiéndose un cigarro cuando le vieron doblar la esquina y venir hacia el portal. *«Toŭ e!»*, «¡Es ese!», dijo Nicola en búlgaro. Alexander sacó del bolsillo un puño americano y se lo ajustó en los nudillos. Se separaron para abordarle cada uno por un lado, sin que se diera cuenta. En cuanto metió la llave en la cerradura, los dos hombres le sorprendieron por la espalda y le empujaron al interior del portal sin dejarle encender la luz.

—¡Ahora sí que no te escapas, cabrón! —gritó uno de los agresores.

No le dio tiempo a responder antes de que un puño le estallase en la boca y otro directo en la sien. Aturdido, pero todavía consciente, logró darle una patada en el pecho a Alexander y después un codazo, pero Nicola le agarró del cuello inmovilizándolo. Alexander se levantó con furia y le golpeó sin medida con el puño americano mientras su compañero seguía sujetándole. Al cuarto golpe se desplomó. *«Cnpu!»*, gritó Nicola para que parara, pero Alexander no se detuvo. Ya con el cuerpo inerte en el suelo le pegó una patada en la cabeza que retumbó en el portal con un crujido seco, y comenzó a sangrar por un oído. El cuerpo convulsionó, tensándose entero como una columna, y las piernas comenzaron a temblar descontroladas.

—Lo importante ahora es que no nos relacionen. —Borja abre la puerta del salón señalándoles la salida—. Marchaos y escondeos durante unos días.

—Sí, pero falta la mitad del dinero —dice Nicola—. Nosotros hemos hecho el trabajo.

Borja abre un cajón y saca mil euros en billetes de cien.

—De momento, solo tengo esto en efectivo. Ya me pondré en contacto con vosotros para daros el resto, pero aquí no volváis.

De repente se oye un ruido detrás de la puerta del salón, parece que hay alguien que está escuchando. El marqués sale a ver quién es y encuentra a Agustín alejándose de la puerta.

—¿Nos ha oído alguien? —se alarma Alexander.

—No te preocupes, no había nadie —los tranquiliza Borja—. Marchaos de una vez.

Antonio cogió un *pack* de tres latas de atún y se le abrieron los ojos cuando vio las cuñas de queso parmesano en la vitrina del frío. De paso, cogió un par de latas de cerveza y el café, las bolsas de basura y el rollo de papel de cocina que le hacía falta. Metió todo en una bolsa verde de plástico que el chino le vendió por diez céntimos y que a Antonio le pareció carísima. Daba igual, por fin podía irse a su casa para hacerse la cena.

—*Toŭ e!* —dijo Nicola.

El hambre de Antonio, su antojo de los espaguetis con atún, que Liang hubiera vendido en su tienda las últimas latas, la repentina bajada de temperatura esa noche en Sevilla y su parecido físico... Todas esas circunstancias, irrelevantes por separado, juntas provocaron que uno llegase tarde al portal y le confundiesen con el otro, que llevaba puesta la capucha de su sudadera para protegerse del frío.

La policía tuvo que sujetar a Antonio cuando quiso entrar en el edificio de José Laguillo gritando de rabia para abrazar a su hermano Diego, muerto debajo de una sábana de papel de aluminio dorado del que asomaban sus zapatillas blancas.

39

Solo están ocupadas tres filas de la capilla del tanatorio SE-30. La sala casi vacía amplifica el sonido del llanto, de los susurros, de la madera brillante de los bancos, de las pisadas en el suelo de mármol y del eco de alguna tos aislada. Hasta las miradas parecen hacer ruido. Un cura, indeterminado y anónimo, llena el vacío con palabras parecidas a las que dijo en el muerto anterior y dirá en el siguiente, una rutina, un trámite en el consuelo del dolor tres o cuatro veces al día que nadie parece escuchar.

Encarna, la madre de Diego, se apoya en el hombro de un hombre que la ha acompañado a Sevilla. Quizá sea su pareja, aunque a Antonio se lo ha presentado solo con su nombre sin añadir parentesco. El Negro y otros dos amigos han venido de Madrid en un autobús y están en el banco de detrás. A su lado, Isabel y otros tres compañeros de la inmobiliaria. Antonio fija la vista en la puntera impecable de los zapatos que le regaló Vera. Sentado al lado de Encarna, de tanto en tanto cruza una mirada con ella, a la que conoció de niño cuando su madre le llevaba a ver a Diego.

Cuando se encontraron, la mujer le dijo que el padre de Diego había muerto hacía un año. Antonio no sintió nada. Incluso al escuchar las palabras «el padre de Diego» tardó un instante en darse cuenta de que ese señor también era su padre. Llevaba demasiado tiempo sin pensar en él. Al mirar a Encarna piensa en su madre, Teresa, que quería venir, pero él mismo le quitó la idea de la cabeza.

Antonio ve a su madre al mirar a Encarna y se ve él dentro del ataúd de su hermano, que el cura está terminando de bendecir antes de que lo lleven a incinerar. Antonio siente miedo al sospechar que podría haber sido al revés, y pena porque podría haber sido al revés, y rabia, y dolor, y también alivio sabiendo que debería haber sido al revés. Es difícil saber lo que se siente cuando se siente todo a la vez.

Vera está sola detrás de los compañeros de Antonio, tiene justo delante la melena rizada de Isabel, que no puede parar de llorar. Vera se enteró de la muerte de Diego al mismo tiempo que supo que Antonio tenía un hermano, todavía no le había hablado de él. Mira a Antonio, que está de espaldas, y hasta en los hombros se le nota el dolor.

Un atraco, un ajuste de cuentas, «la violencia cada vez más presente en nuestras calles», dijeron en la tele. Las frases hechas de algunos comentaristas de la sección de sucesos.

Vera recuerda el abrazo de Antonio, su dolor sin consuelo y su soledad al contarle que habían matado a su hermano. Ella le recomendó contarle a la policía que a él le había pasado lo mismo hacía poco en el mismo portal. «Me parece demasiada casualidad. Tienes que contárselo al inspector que está investigando la muerte de Diego», la duda se instaló en los dos.

Alba se enteró por la tele. Estaba tumbada en el sofá de su casa después de terminar las clases cuando hablaron en un programa de un joven llamado Diego asesinado en un portal de Sevilla. «Querían robarle y el chico se resistió más de la cuenta». Eso decía un periodista que había tenido acceso a parte de la autopsia. «Al parecer, se trataba de un joven de fuera de Sevilla», especulaba el reportero, que había hablado con algunos vecinos del bloque. «Ninguno le conocía, aunque se cree que podría estar visitando a su hermano, que vive en este edificio desde hace un año», concluía la información. La presentadora dio paso entonces a la sección de corazón para hablar de que no sé qué futbolista se había separado de su mujer después de cinco años de matrimonio y dos hijos en común. Alba apagó la televisión y se tumbó en el sofá con mucha pena y un poco de miedo.

Los tres amigos de Diego protestan ante un empleado del tanatorio porque quieren llevarse las cenizas de su amigo hoy mismo. Los ha enviado Encarna, que quiere regresar a Madrid esta misma noche con los restos de su hijo. El funcionario se encoge de hombros después de explicarles que, hasta mañana, o pasado, no habrán finalizado los trámites para poder entregárselas.

Antonio se abraza a Encarna cuando unos hombres se llevan el ataúd de Diego hacia el crematorio. Los dos lloran sin hablar en la sala de al lado. Encarna sabe que no fue una buena madre y Antonio que no se esforzó lo suficiente por ser su hermano. No hay en ese abrazo consuelo para el remordimiento por haberle fallado. Los dos se sienten culpables de que Diego haya muerto y los dos creen que tienen razón. Ahora mismo, darían lo que fuera por volver atrás y poder quererle mejor.

SEGUNDA PARTE

40

Gabi no puede comprender por qué no le abrocha el vestido de flamenca que se encargó hace dos meses para ir a la feria, y mira desairada a la modista. Esta le dice que las medidas son las que son y que es ella la que se ha puesto unos cuantos kilos encima. «Usted no ha medido bien», se enfada Gabi con la cremallera de la espalda negándose a subir ni un centímetro más. «Pues el vestido de su amiga lo he medido perfectamente», dice la señora mirando a Vera, a la que el traje de flamenca le queda perfecto. «Solo hay que sacártelo un poquito», dice Vera por apaciguar. La modista se va resoplando a atender a otras clientas.

—¿Tú crees que he engordado? —le pregunta Gabi metiendo tripa delante del espejo.

—A lo mejor un poco. —Vera intenta no entrar en detalles.

—Yo tendría que haber sido valenciana, joder —se lamenta.

—¿Valenciana?

—Sí, porque al traje de fallera le caben todos los

cuerpos. ¡Qué gusto esa falda tan ancha! —Vera se ríe contemplando a su amiga, que tiene el traje a medio abrochar y está un poco acalorada—. ¡Y a ti qué bien te queda, *hijaputa*!

Gabi mira a Vera, que este año se ha encargado un vestido con mangas largas, volantes asimétricos y de color azulina. Esta temporada son tendencia los colores vivos, como este, el fucsia o el naranja, que ha sido la opción de Gabi.

—¡Parezco una puta calabaza! —protesta—. Yo así no quedo con este tío.

«Este tío» al que se refiere Gabi es Francisco Ortega, al que conoció en un bar de copas en Sevilla y con el que quedó en verse en el *pescaíto*, la cena que hay antes del *alumbrao*, la noche que se inaugura la feria.

—Mujer, si le sacan un par de centímetros te va a quedar como un guante. —Vera la intenta animar.

—Tengo que perder por lo menos cuatro kilos en una semana. Me voy a pasar los siete días chupando piña.

Gabi le ha pedido a Vera que la acompañe a la cena del *pescaíto* en la caseta en la que ha quedado con Francisco Ortega la primera noche de feria. Estará él con otros amigos, eso le dijo a Gabi hace unos días cuando le conoció tomando copas. También le contó que era torero, aunque ella no le creyó. El chico debe de tener unos treinta y cinco años, unos diez menos que ella, pero a Gabi le pareció muy mayor para ser torero. En realidad, le da igual lo que sea, aunque eso de que sea torero «me pone», dice. No hay ninguno en su lista de cuarenta y tres. A Gabi le dan igual los toros, pero, según comentan en los programas del corazón, los toreros deben de ser buenos en la cama.

—¿En qué programas has oído tú eso? —le pregunta Vera.

—A lo mejor me lo he imaginado —responde—. Y este tiene pinta de serlo. Te lo digo yo, que esas cosas las huelo.

A Vera le gustaría que Antonio la acompañara algún día al Real. Ni siquiera sabe si a él le gusta la feria, ni las sevillanas; puede que le horroricen, es algo que le pasa a mucha gente. En el fondo, eso da igual. Ella está segura de que la feria la puede ayudar a olvidarse un poco de su dolor. Ver felices a los desconocidos desespera a las malas personas, pero sana a las buenas: la risa de los demás solo molesta a los envidiosos.

Vera está deseando que Antonio vuelva de Madrid, a donde ha ido a llevar a Encarna las cenizas de su hermano y de paso a visitar a su madre. Antes de irse le pidió que le ayudara a recoger la ropa de Diego. Él todavía no se había atrevido a entrar en el cuarto donde dormía. Allí estaba la cama sin hacer, parte de su ropa mal doblada esparcida encima de un par de sillas y el resto dentro de una mochila enorme, desordenada como la de un adolescente de campamento. «No le puse ni un armario», Antonio se sentó desolado encima de la diminuta cama donde dormía Diego. Entre los dos recogieron la habitación y metieron la ropa en la mochila para devolvérsela a su madre. Antonio se quedó con algunas camisetas de recuerdo y las llevó a su habitación, pensó que algún día le apetecería ponerse una de ellas. Vera consoló a Antonio esa tarde, hablaron, se abrazaron, se besaron y hasta rieron. Tanta pena, tanta entereza, tantas ganas de superarlo y tanto deseo por recordar.

Gabi se mete en el probador para quitarse el vestido color mandarina, que está a punto de estallar. Vera se mira con el suyo de color azulina, y se ve guapa. Por supuesto, no lo comparte con su amiga para no hurgar en la herida, pero no hace falta decir nada para darse cuenta de lo evidente. «Si no te quisiera tanto, te odiaría», dice Gabi después de mirar a Vera radiante con su vestido.

Este año es el primero en el que Vera no irá a la caseta del marqués, la misma en la que ha estado siempre desde que le conoció y que pertenece a la familia Laguía desde hace décadas. No se acuerda de cómo es una feria sin él y sin las mismas caras de todos los años. Los amigos y socios de Borja junto a sus mujeres, escrutándose unas a otras de arriba abajo, y los invitados ocasionales, que no tienen nada de ocasionales porque siempre son los mismos. Como es el mismo baile por sevillanas con Borja, todas las noches de la feria, fingiendo una pasión en el movimiento y en el cruce de miradas que era pura ficción. Y los mismos grupos de rumbas siempre versionando a Sabina, y el fino y la manzanilla y el Macallan y la borrachera casi diaria llegando a casa, inventándose la alegría para tapar el desasosiego, el cansancio de las risas forzadas y la falta de ilusión sabiendo que ya nunca volvería a ser divertido. Era muy deprimente aquella obligación de tener que pasárselo bien. A veces, no hay nada más triste que estar de fiesta.

41

Teresa abre la puerta de su casa y le da dos besos a su hijo. Hace cinco meses que no se ven, aunque Antonio la llama al menos una vez por semana para ver cómo está. Nunca hablan más de cinco minutos. Ella le pregunta siempre por el tiempo que hace en Sevilla y le da el parte médico sobre sus dolencias de todo tipo, que se van alternando entre las rodillas, la cabeza, la cadera, los riñones..., y a menudo tiene un dolor que le sube y le baja por los brazos, o por las piernas, o que le recorre cualquier parte del cuerpo. El dolor «que me sube y me baja» o «que me recorre» es propio de todas las madres del mundo a partir de los setenta años. En todo caso, no hay que preocuparse demasiado porque, que se sepa, nadie se ha muerto nunca de un dolor itinerante que sube y baja. Otra característica de Teresa, que comparten casi todas las madres del mundo, es que apenas duermen y comen poquísimo. Dicen que nunca cenan y que ya no se vuelven a dormir cuando se desvelan de madrugada.

Antonio y su madre se besan; en el abrazo de ella va el pésame por la muerte de Diego, sin llegar a pronunciarlo.

Teresa se va a la cocina a poner una cafetera y él la sigue para preparar las tazas. A Antonio no le gusta el aspecto que tiene su madre. Lleva un chándal rosa imitación de terciopelo tan desgastado que da la impresión de estar sucio, sin que Antonio pueda asegurar que no lo esté. En su pelo corto, las canas le han ganado todo el espacio a un tinte castaño del que solo queda algún residuo por las puntas. Desde la coronilla hasta la nuca el cabello está hundido, con la forma del cojín donde apoya la cabeza para dormir esas siestas que dice que nunca duerme.

—¿Cuánto hace que no vas a la peluquería?

—Tenía hora la semana pasada para el tinte, pero se me pasó.

—Pues pide otra cita.

—Ni que me fuera a ver alguien.

—Te estoy viendo yo.

—Tú nunca vienes.

Las persianas están casi bajadas y en la tele está puesto un canal local con el volumen altísimo y mala calidad de imagen, en el que una señora con una túnica morada y un pañuelo azul en la cabeza echa las cartas en una mesa camilla para predecirle el futuro a una chica que quiere saber si su novio va a volver con ella. En la pantalla aparece un número de teléfono por si quieres hablar en directo con la vidente.

—¿Qué estás viendo?

—Es Fe Carmona, una vidente que adivina muchísimo.

Antonio prefiere no contradecir a su madre sobre los

poderes de la tal Fe, pero le pide que apague la tele o ponga un canal normal. Teresa, un poco a regañadientes, opta por apagarla. Antonio se levanta a abrir del todo la persiana de la salita.

—¿Te apetece que vayamos a dar un paseo y a tomar un café?

—Yo tengo café aquí.

—Ya lo sé, mamá. Es para que te dé un poco el aire. Venga, si quieres te llevo a una peluquería a que te pongan guapa.

—¡Qué perra has cogido tú con la peluquería!

Mientras su madre se va a arreglar, Antonio mira la salita, a la que llamaban «cuarto de estar», que no ha cambiado desde que él era un niño. Salvo la tele nueva y un sofá articulado que le compró a Teresa, todo lo demás sigue igual. El mueble, con los mismos adornos que hace veinticinco años, las mismas fotos en los mismos marcos, las sillas oscuras de asiento redondo y la mesa rectangular, más grande de lo que merecería la salita, concebida para un salón de mayor importancia, y que su padre compró de segunda mano en un rastrillo. La mesa, que hay que esquivar constantemente para moverse por el cuarto, tiene encima un cristal grueso con una grieta en una de sus esquinas que lleva allí desde el día que la trajeron y que nunca nadie tuvo la más mínima intención de reparar.

—Ya estoy lista —dice Teresa, que está exactamente igual que antes, pero con unas zapatillas de deporte con un poco de cuña en el talón.

—¿No te cambias el chándal?

—¿Qué le pasa al chándal?

—No sé... —Antonio duda si decirle que parece sucio, pero se calla.

Antonio y Teresa pasean por la avenida de Monte Igueldo porque a ella no le apetece subir la cuesta de la avenida de la Albufera, dice que tiene un dolor que le recorre la pierna. Vallecas, cerca del puente, ha cambiado mucho desde que Antonio era pequeño, pero a él le parece que todo está igual que hace veinticinco años. Madre e hijo se sientan a una mesa, al lado de la ventana de una cafetería que han abierto hace poco. Él se pide uno solo y ella una manzanilla, porque no se encuentra muy bien del estómago.

—¿Cuántos días te vas a quedar en Madrid?

—Me voy hoy en el último tren. He venido a verte y a traer las cenizas de Diego.

—Ah, es verdad, que habías venido a eso —comenta con malicia.

—¿Qué quieres decir?

—Pues eso, que siempre que vienes a verme es porque tienes que hacer otra cosa.

Cuando hace un par de horas Antonio venía en el metro a ver a Teresa imaginaba cariño, sonrisas y algo de emoción en el reencuentro. Todo se ha ido desvaneciendo desde que llamó al timbre, imponiéndose la realidad desoladora y frustrante.

—Yo tenía muchas ganas de verte —se defiende él.

—Pues no se te nota. —A Teresa le cuesta ceder.

—¿A mí?

—Sí, a ti. Que si el pelo, que si el chándal...

—Lo digo porque quiero verte bien.

—Lo dices porque te avergüenzas de mí.

—Eso es mentira. —Antonio lo niega con la contundencia con que se niegan las cosas que son verdad.

Los dos se quedan en silencio sin mirarse a los ojos. Observan lo que los rodea en el bar, que básicamente son dos señoras mayores tomando un café, un hombre desaliñado con una copa de coñac que consume a sorbitos cortos y espaciados para que no se le acabe, una máquina tragaperras parpadeante que de vez en cuando emite una musiquita reclamando atención, y un camarero gordo que está detrás de la barra, que da la impresión de no ser alguien contratado, sino el dueño del establecimiento.

—¿Quieres un cruasán? —Antonio intenta reconducir la situación.

—Vale, aunque no tengo mucha hambre —Teresa acepta la paz a su manera—, por lo del estómago.

Antonio le pide al camarero que le ponga dos cruasanes a la plancha, otra manzanilla y otro café.

—¿Y cómo estás tú con lo de Diego?

—Prefiero no hablar de Diego.

—¡Pobre chico! No le veía desde que era un niño, cuando os juntábamos su madre y yo de pequeños. Era muy guapo...

—Sí, lo era.

—¿Y la policía ha dicho algo de cómo fue?

Antonio niega con la cabeza, sin hablar. «Aquí está esto»; el camarero con pinta de dueño pone los dos cruasanes a la plancha en el lado de fuera de la barra, sin salir de ella. Antonio se levanta a recogerlos para llevarlos a la mesa.

—He pensado que te podrías venir algunos días conmigo a Sevilla —dice mientras corta su primer trozo de cruasán.

—¿Y qué voy a hacer yo en Sevilla?

—Pues nada, ver Sevilla.

—La verdad es que... —Teresa amaga con mostrar un poco de ilusión—. Dicen que es muy bonita.

—Mucho.

—¿Tú sabes que yo sabía bailar sevillanas? —dice sonriendo por primera vez desde que hace un par de horas abrió la puerta a su hijo.

—¿De verdad? —se ilusiona él al verla contenta.

—Sí, aprendí de cría. Teníamos una vecina andaluza que nos enseñó a las niñas del barrio. Y a mí se me daba muy bien. ¿Sabes que hay cuatro?

Antonio quiere escucharla, así que finge que no lo sabe y ella le explica que hay una primera, una segunda, una tercera y una cuarta, que son casi iguales, pero que se bailan distinto. Teresa mueve las manos por encima de la mesa, sin soltar el cuchillo y el tenedor con los que se está comiendo el cruasán. Se le ha olvidado que le dolía el estómago. Antonio se siente feliz por un instante.

—Dentro de poco empieza la Feria de Abril, podríamos ir a alguna caseta y así te veo bailar.

—Si ya no me acuerdo —dice Teresa vergonzosa.

—Eso es como montar en bicicleta. —Antonio la intenta convencer con el ejemplo de siempre, sabiendo que en este caso no sirve, porque bailar sevillanas sí se olvida.

—¿Tú estás contento en Sevilla? —La madre cambia de tema.

—Sí, estoy bien.

—¿Y las sevillanas? —pregunta con intención.

—Yo no tengo ni idea de bailar. —Antonio hace como que no la ha entendido.

—¿A cuántas has enamorado ya?

—Pero si estoy todo el día trabajando.

—A alguna le habrás echado el ojo.

—Bueno, sí. En realidad, no. Vamos, que es una tontería. En fin, ya veremos.

Antonio se sorprende a sí mismo hablándole a su madre de Vera. La verdad es que está pensando en ella desde que ha llegado a Madrid. Más bien, no se la puede quitar de la cabeza desde que salió de su cama en el ático del Arenal. Quizá desde mucho antes, seguramente desde que la vio por primera vez.

—¿No te habrás enamorado?

—¡Qué tontería!

—Dime cómo es.

—Es una mujer distinta.

Teresa no está muy segura de entender realmente lo que significa *distinta* para su hijo.

—¿Y de qué trabaja?

—No trabaja —responde Antonio.

—Ten cuidado, que hay mucha lagarta; tú tienes un buen sueldo y pueden ir a por tu dinero.

—No te preocupes por eso —dice riendo.

Antonio se pregunta lo que pensaría Vera si le viera en este momento merendando con su madre. Qué pensaría de él, y de este bar de Vallecas, y de Teresa y de su chándal rosa y sus zapatillas de deporte con cuña, y de su tinte abatido por las canas. Tan lejano todo a su mundo.

—Si voy a Sevilla ¿me la presentarás?

—Bueno, tú ahora termínate el cruasán, y ya veremos.

42

Alba nunca había conocido a nadie que se hubiera muerto. Su madre murió mientras ella estaba en la incubadora y a su padre no lo recuerda. La muerte está muy presente en su vida, pero nunca la había sentido tan próxima. Sabe que sucede, como lo sabe todo el mundo, ha aprendido que la muerte cambia para siempre la vida de los vivos que están alrededor de los que mueren, pero ella nunca había estado cerca de ninguno. Le impresionó imaginar el cadáver de Diego; más allá de la tristeza y de la rabia por la manera en la que dijeron en la tele que murió, le recordaba desnudo en su cama y lo visualizaba de la misma manera encima de una mesa de metal en el anatómico forense, pálido, inerte y frío. Tenía miedo, sin saber muy bien a qué. A los que le mataron o al mismo Diego si decidía aparecerse en forma de espíritu.

Desde entonces, todas las noches entra temerosa en su portal, se ha comprado un espray de esos que dejan ciegos a los agresores, y mientras avanza por el vestíbulo tiene el dedo encima de la tecla verde del móvil con el 112 en la pantalla por si necesita marcarlo. Cuando llega a su apartamento, da cuatro vueltas a la llave por dentro, enciende todas las luces, mira detrás de las puertas y abre todos los armarios por si hay alguien escondido. Es consciente de que lo que hace no tiene ningún sentido, pero quiere asegurarse de que no hay nadie esperándola. Teme que haya un ladrón o un asesino, pero lo que más miedo le da es que dentro de un armario aparezca el espíritu de Diego. Sabe que es absurdo porque, de existir, los espíritus podrían aparecer en cualquier parte y cuando les diera la gana, sin ninguna necesidad de esconderse dentro de un armario. «Para eso son espíritus, claro», ella misma se hace gracia al pensarlo y se tranquiliza. Cuando se libera del miedo de que Diego se le aparezca, se impone la pena de que ya no va a volver. Siente que quiere a Diego más que a ningún chico al que haya conocido. Es probable que le quiera tanto porque se ha muerto; es posible que, de seguir vivo, ella no sintiera ese amor. Puede que se hubiesen visto unas cuantas veces más y después hubieran discutido y se hubiesen dejado, incluso se hubieran olvidado, quién sabe. Pero la muerte ha instalado a Diego en el recuerdo de Alba para siempre, mucho más presente que los que realmente están.

Desde que murió, Alba ha soñado con él casi cada noche, la mayoría de las veces han sido pesadillas, pero no todas. La que más se repite es una en la que el forense lleva una radial muy ruidosa y se dispone a hacerle la autopsia seccionándole el cráneo para averiguar los motivos de su muerte. Justo antes de hacerlo, Diego se levanta de la mesa de metal y grita el nombre de Alba pidiendo auxilio. Ese grito la despierta, aunque el ruido de la radial se mantiene en su cabeza hasta bastante después de levantarse.

No todas son pesadillas, también hay sueños placenteros en los que el cuerpo de Diego no está frío en la mesa de las autopsias, sino en su cama. Vivo y sonriente. En el sueño, se besan desnudos y sus cuerpos calientes se excitan de una manera salvaje y tierna. Alba sueña con Diego cosas que no llegaron a hacer. Cantan, bailan, comen, ríen y hablan de lo que sienten. No son recuerdos, son vivencias que ya no serán.

Vera abraza a Alba cuando esta entra en el salón de La Paz. Hacía dos semanas que su hermana pequeña no venía a Sevilla. «Dichosos los ojos», le dice. Alba había vivido con ella y con Borja en La Paz hasta que se fue de Sevilla a estudiar a Madrid. Hasta que Vera no se separó del marqués no había vuelto a quedarse aquí. Se iba a Casa Caldera o dormía con alguna amiga. Alba no soportaba cruzarse con su cuñado.

Desde que se enteró por las noticias de que Diego había muerto ha preferido quedarse en Madrid y no ver a Vera. Necesitaba que pasara algo de tiempo para contárselo. Tan solo han hablado un par de veces por teléfono sin que ninguna de las dos mencionase el suceso de la muerte de un chico en el portal de una calle de Sevilla.

Esta mañana, todo está tranquilo en La Paz. Hace buen tiempo, los dos perros mastines que hay en la finca están espanzurrados al sol en la entrada de la casa como dos alfombras, de vez en cuando abren los ojos levemente cuando los despierta algún ruido lejano del motor de un tractor o el trote de algún caballo que vuelve a las caballerizas. Vera y Alba se sientan en los sofás del salón. En días como el de hoy, cobra mayor sentido el nombre que alguien en su día le puso a esta finca.

—¿Vas a venir a la feria? —pregunta la hermana mayor.

—Sí, me pasaré algunos días. —Alba se recuesta en el sofá.

—Me gustaría que este año fuésemos juntas.

Alba nunca estaba en la feria con su hermana porque Vera no iba a ninguna otra caseta que no fuera la de la familia del marqués.

—Este año seguro que sí —dice Alba, que se quita las zapatillas de deporte tumbada en el sofá haciendo que den una especie de voltereta hasta caer desordenadas en la alfombra—. ¡Tengo un hambre que te cagas!

—Esa boca, niña —la reprende Vera sonriendo.

—¿Qué hay para comer?

—Yo iba a tomar una ensalada, pero creo que queda un poco de la tortilla que anoche hizo Luisa.

—¿Hay tortilla de Luisa? ¡De puta madre! —Alba vacila a su hermana.

Al principio Luisa entró a trabajar en La Paz solo como limpiadora, pero desde que una mañana le pidió que hiciera unas lentejas, Vera decidió que se quedara en la casa como cocinera. La tortilla de patatas es una de sus especialidades.

—¿Ya has llevado los muebles al ático? —pregunta Alba mientras mastica la tortilla.

—Faltan bastantes cosas, pero tengo lo suficiente hasta que haga la obra.

—¿Te has quedado a dormir allí muchos días?

—Sí, algunos.

Vera nota a Alba cercana. No es habitual que tenga tantas ganas de hablar, esa distancia entre las dos a veces es difícil de acortar. Esta mañana parece que todo fluye.

—Voy con Gabi la noche del *pescaíto*, te podrías venir.

—Me cae bien esa mujer —dice Alba—, es la única amiga normal que tienes.

—No empieces, que te veo venir.

—Digo que es la única de tus amigas que no es la mujer de algún amigo de Borja —precisa Alba—. Bueno, y la única que no parece tener un palo metido por el culo —añade riendo.

—Desde que vives en Madrid, hablas fatal. —A Vera también le hace gracia pensar en la rectitud amarga de alguna de esas amigas, pero prefiere seguir hablando de Gabi—: Dice que ha quedado en la feria con uno que es torero.

—¿Torero? —se sorprende—. Pero ¿torero en plan de verdad o torero en plan, que es un poco chulo?

—Torero de verdad, creo. Y deja de decir «en plan».

Alba coge del plato el último trozo de tortilla de Luisa. Vera hace rato que terminó su ensalada. Le cuenta a su hermana que no quiere que le apriete demasiado el vestido que se ha hecho.

—¿Y qué tal en el ático? —vuelve a preguntar Alba.

—Muy bien, ya te he dicho. Si quieres, mañana vamos a verlo y te enseño las sillas que he comprado para el salón.

—¿Y cuántos días dices que te quedas a dormir?

—No sé, algunos. —A Vera le extraña tanta insistencia—. Ayer me quedé allí, por ejemplo.

—¿Sola?

—¿Cómo? —Vera se sorprende. No estaba prevenida para esa pregunta—. No te entiendo.

—Que si Antonio se queda contigo algunos días.

—¿Qué Antonio? —Intenta hacerse la despistada.

Alba se levanta de la mesa y se sienta en el sofá, Vera la sigue y se pone al lado.

—¿Cómo está Antonio?

—¿A qué te refieres? —Vera ya no disimula, ahora está desconcertada de verdad.

—Que cómo está después de la muerte de su hermano.

—¿Tú cómo sabes eso?

Alba se separa un poco de su hermana y se gira para mirarla de frente.

—Yo conocía a Diego.

—¿A Diego? ¿De qué? Si no le conocía ni yo. Ni siquiera sabía que tenía un hermano hasta que murió.

—Fue de casualidad, pero Diego y yo estuvimos juntos.

—¿Juntos? ¿Cómo que juntos?

—Pues juntos, Vera, juntos. —Alba apoya la frase con un gesto que explica que estuvieron todo lo juntos que pueden estar dos personas.

—¿Y por qué no me lo contaste? —Vera se pone seria.

—No me dio tiempo.

Vera se levanta y camina por el salón en silencio sin ir a ninguna parte. Reconoce perfectamente la manera como se siente después de escuchar a su hermana, le resulta demasiado familiar. Desde hacía años se había acostumbrado a que el marqués la ignorase, dejándola fuera de todo lo importante que sucedía a su alrededor. Que sea su hermana pequeña la que la vea así es como si le clavasen agujas en su orgullo.

—¿Te acuestas con el hermano de Antonio y me lo ocultas?

—Ya te he dicho que no me dio tiempo.

—Me siento imbécil. —Vera no disimula su enfado.

—No solo es importante cómo te sientas tú. ¿Y los demás?

—¿Cómo que los demás?

—Se ha muerto una persona que yo conocía, y estoy jodida. —Alba hace una pausa para tragar saliva—. Podrías pensar en cómo me siento yo. —Vera se sienta en una silla al lado de la mesa del comedor sin decir nada—. A lo mejor no ha sido una buena idea contártelo —prosigue—, pero tenía que hacerlo.

—Yo quiero que me lo cuentes todo.

Vera se va a la cocina a por dos cafés, solo para ella y cortado para Alba. Cuando vuelve con ellos se sienta al lado de su hermana. Uno de los mastines empuja la puerta de la casa y se desploma en la alfombra del recibidor para continuar la siesta a la sombra.

—Las veces que estuve con Diego entendí que estuvieras enamorada de Antonio —empieza Alba.

—No exageres. Enamorada, lo que se dice enamorada, no estoy —disimula Vera.

—¿Ha estado en el ático?

—Sí —dice Vera, como si fuera una adolescente a la que acaban de pillar fumando.

—Estás loca por él, no te engañes.

Alba le cuenta a Vera su historia con Diego, desde que le conoció en la puerta de la discoteca hasta el último día que le vio en Madrid. Del parecido con su hermano, de su exagerado acento madrileño, de la casualidad, de que ella también estaba un poco enamorada, de que no para de soñar con él y de la rabia que siente por la manera en la que le mataron.

—Me hubiera gustado contarte que estaba con él, pero la verdad es que no me atreví —le confiesa Alba.

Vera abraza a su hermana.

—No te preocupes.

—Y es que... —Alba duda— él me ha pedido que hable contigo.

—¿Quién?

—Diego. Me lo dijo en un sueño.

El mastín que dormía plácidamente en la alfombra del recibidor se levanta de un respingo, cruza el salón a toda prisa y se mete debajo de la mesa con una agilidad impropia de su raza.

—¿Y a este qué le pasa ahora? —se sorprende Vera.

El otro mastín se pone a ladrar sin motivo aparente, todo está tranquilo ahí afuera.

—Yo creo que a Diego no le mataron unos ladrones —retoma la conversación Alba—. Eso me ha dicho.

—¿Te lo ha dicho en un sueño? —pregunta su hermana irónica.

—Bueno, me lo ha dado a entender. En los sueños las cosas no son tan claras.

—¿Y qué más te ha dicho?

—Que es muy importante que hables con Antonio.

—¿De qué?

—Eso no me lo ha dicho.

—¡Vaya por Dios! —exclama Vera sarcástica.

—Ríete de mí si quieres, pero tenía que contártelo.

Vera necesita cambiar de tema. Alba siente que ya ha cumplido con este encargo irracional y no le apetece seguir pensando en algo que no comprende.

Las dos recogen los platos de la mesa en la que hace ya un buen rato que comieron y las tazas del café que han tomado en los sofás, y los llevan a la cocina. «Alexa, ponme canciones de Natalia Lafourcade», dice Vera dirigiendo su voz hacia el aparato. «¿Y si ponemos algo más animado? —propone Alba—. Alexa, ponme a Taylor Swift». Vera no protesta, en realidad, lo único que quiere es que haya un poco de ruido. Le propone a su hermana ir a la habitación para enseñarle el vestido que se ha hecho para la feria: «Es azulina, verás qué bonito». El sol se ha ido definitivamente y se va imponiendo poco a poco la noche en La Paz mientras las dos hermanas suben a la habitación de Vera para ver el vestido. Ellas se han olvidado de Diego por un momento. Sin embargo, el mastín de la puerta sigue con su ladrido lastimero y el otro gimoteando debajo de la mesa. Da la impresión de que tienen mucho miedo.

43

El torero baila por sevillanas toreando a Gabi. Más o menos así. Cuando ella gira mirándole, él se mantiene en el sitio y corre la mano como si llevara en ella una muleta imaginaria. Francisco Ortega y Gabi se miran a los ojos mientras bailan, ella en torno a él y él acompañando con compás. Ellos a lo suyo, pero siendo el centro de atención de toda la caseta de feria. Gabi va con su vestido de flamenca color mandarina y él con un pantalón chino blanco, una camisa turquesa, una corbata granate y una chaqueta azul marino cruzada. Sin lugar a dudas, Gabi debería haberse hecho el vestido una talla más grande, por mucho que ella pensase que en las siguientes semanas iba a adelgazar. El optimismo no es aconsejable cuando se elige una talla de ropa. Francisco no tiene ningún problema de sobrepeso, pero sí el empeño de mostrar su anatomía diseñada en el gimnasio llevando ropa algo más pequeña de lo aconsejable. El caso es que, una sin querer y el otro queriendo, Gabi y el torero Francisco Ortega van apretados como embutidos. Vera, con su vestido azul, los mira sentada al lado de Antonio, que no ha bailado por sevillanas en su vida. En el escenario de la caseta está actuando un grupo flamenco formado por cuatro hombres, dos que tocan la guitarra, uno las palmas y el cajón y otro es el solista, aunque los otros tres también le acompañan cantando, al menos en los estribillos. La cena del *pescaíto* ha sido divertida. Han cenado Vera, Antonio, Gabi y el torero, y en la misma mesa, aunque en grupos distintos, algunos amigos y amigas de Francisco, que, sin serlo, parece el dueño de la caseta. Todas las conversaciones han sido intrascendentes, esperando el *alumbrao* a las doce de la noche, que es cuando empieza realmente la feria. Francisco Ortega les ha contado que es banderillero, aunque la explicación ha sido un poco liosa.

—Eres banderillero. O sea, que no eres torero —intenta resumir Gabi.

—Sí, soy torero, pero de la cuadrilla.

—Pero ¿toreas o no toreas?

—Sí, toreo y pongo banderillas.

—¡Qué completo! —dice Gabi ilusionada—. ¿Y sales por la puerta grande?

—No, eso solo lo hace el matador.

—O sea, el torero.

—Toreros somos todos —Francisco Ortega se desespera un poco—, pero bueno, sí, a hombros sale el torero.

Vera, que sabe perfectamente lo que quiere decir Francisco Ortega, se ríe hasta que decide cortar la conversación.

—Gabi, parece mentira que no te enteres siendo de Triana.

—¡Que os estoy tomando el pelo! —se confiesa—. Tú eres mi torero —dice cogiendo a Francisco por el cuello y plantándole un beso en la mejilla, pero muy cerca de los labios.

—¿Bailamos? —propone él levantándose, y arrastra a Gabi hasta el centro de la caseta.

Antonio intenta mostrarse contento, aunque le cuesta. Hay algo en el acento sevillano que le atrae y le agota al mismo tiempo, también la sobreactuación en el chiste, en la broma, en la sevillanía de entonación exagerada. Vera se le acerca, y él hace un esfuerzo por estar bien y le corresponde con un beso. El jolgorio que le rodea, la ilusión de la gente por ver cómo se ilumina la portada y las bombillas de las casetas, ese momento de expectación idéntico cada año, tan emocionante como siempre por la promesa de días y noches de risa, cante, baile, fino, manzanilla, olés y albero, no es capaz de contagiar a Antonio. Vera le ha escrito a Alba, que está con unas amigas, para que se pase más tarde por la caseta. Son las doce menos cinco minutos y la gente se agolpa en torno a la portada de la feria, algunos desde fuera y otros, los que ya tomaron el *pescaíto*, desde dentro del Real. Cientos de miles de personas, dicen que más de un millón, esperando el instante del chispazo que lo ilumine todo. Antonio mira a su alrededor sintiéndose el menos feliz de esa marabunta alborotada durante la cuenta atrás. Diez, nueve, ocho, siete... Agarra la mano de Vera, y ella se la aprieta con fuerza. Si no fuera por ella saldría corriendo de aquí... Tres, dos, uno. Todo se ilumina, y, de repente, el grito de asombro, a pesar de lo previsible. La luz, la música y la alegría compartida de toda la ciudad, sin que Antonio pueda escaparse de la pena. Piensa en Diego, en que podría estar aquí, le imagina paseando por la feria, seguramente criticando las sevillanas porque él preferiría el reguetón o el rock, pero estando juntos. Ahora que estaban tan cerca de ser por primera vez hermanos de verdad.

La escena que imagina Antonio riéndose con Diego en una caseta es como un recuerdo de lo que nunca pasó.

Alba aparece por la puerta de la caseta buscando a su hermana con la mirada. A la primera que saluda es a Gabi, a la que se encuentra nada más entrar. «¡Qué guapa estás!», le dice señalándole con la mirada el vestido naranja. «Este es Francisco», Gabi le presenta al torero, al que no suelta de la mano. Alba besa al chico y le guiña un ojo a Gabi antes de ir hacia Vera y Antonio, que están sentados, ella murmurando la letra de la sevillana que acaba de empezar a sonar y él haciendo un amago de tocar las palmas. Alba le da dos besos a su hermana y se abraza a Antonio de una manera que a él se le antoja desmedida. Un abrazo más intenso y prolongado de lo normal, más propio de un funeral que de la Feria de Abril con las sevillanas de fondo. «Lo siento mucho», dice ella. Antonio le agradece el pésame con un gesto de aprecio, apretándole los brazos con las palmas de las manos. Alba hace amago de contarle que conoció a su hermano, pero no se atreve, y Vera está a punto de decírselo, pero se calla.

«Ya ha caído el torero», dice Antonio señalando a Gabi, que está en la puerta del servicio besándose con Francisco. La imagen ha sido como el sonido de una campana que acaba con el silencio de las dos hermanas. «La que ha caído es ella», comenta Vera al ver la efusividad del torero. Las sevillanas siguen sonando, el grupo flamenco está dándolo todo, se nota que es la primera noche de feria. La caseta está cada vez más abarrotada, la gente levantando copas de fino y manzanilla y hablando a voz en grito, las carcajadas a destiempo, las mesas de madera roja, las sillas de enea verdes y la luz amarilla de las bombillas alumbrando el albero.

«¿Te atreves a bailar?», Vera se levanta y le tiende la mano a Antonio, que se ríe con timidez. «Vamos, que no se diga que los madrileños no tenéis arte», añade Gabi, que ha vuelto al grupo con Francisco después del calentón en la puerta del baño. «Cuando pongan una rumba, que por sevillanas voy a hacer el ridículo», se confiesa Antonio. «Eso está hecho»; Alba se va al escenario y le dice algo al oído al que toca las palmas. Cuando rematan la cuarta sevillana, los guitarristas comienzan a tocar una de Siempre Así. «Ahí tienes tu rumba», dice Alba sonriente, y Vera arrastra a Antonio al centro de un corro improvisado de gente. El cantante comienza la letra de la canción, que empieza diciendo: «Te estoy queriendo tanto que no sé querer a nadie más...».

Antonio mira a Vera bailar a su alrededor mientras él intenta superar la vergüenza de la gente que los contempla, fijándose solo en ella, que está radiante y feliz.

—Me gusta mirarte —le dice Antonio al oído.

Con esa rumba de fondo se da cuenta de que observar a Vera es su alivio, es quizá la única cosa que le hace realmente feliz. Es su cara, su manera de hablar, de mirar, de caminar y de reír. El corro de gente que los rodea no existe, ni la caseta ni el grupo flamenco ni el ruido ni las luces. Por un momento, también desaparece el recuerdo de Diego y la pena por que no esté. Lo decían en las canciones y las películas, pero él jamás supo cómo era. Alguna vez intuyó que podría existir, pero la mayoría le parecía que era mentira. Nunca lo vio entre sus padres, todo lo contrario, esa distancia, un desprecio semejante al odio. Eso sí era real, a eso sí se acostumbró, así era en su casa. Nadie cercano a él parecía haber experimentado nunca ese sentimiento que contaban en el cine. Entregarse, que nada te importase ni nada existiese a tu alrededor cuando lo vivías. La emoción que se parece tanto a lo que él está sintiendo por Vera en esta caseta de feria.

—Me encanta que me mires —le responde Vera antes de besarse con él.

44

Julián Carretero llegó a inspector de policía por oposición. Después de aprobar la carrera de Derecho con facilidad, decidió prepararse las pruebas para ingresar en la Policía Nacional con el rango al que su padre nunca pudo acceder después de más de veinte años en el cuerpo. Él quiso ser policía desde niño, pero su padre le obligó a hacer primero una carrera. «Nada de llevar uniforme, tú directamente inspector», le decía con orgullo. Y así fue: Julián se convirtió en inspector de policía de la manera en la que deseaba su padre, sin haberse puesto jamás un uniforme.

Julián todavía no ha cumplido los cuarenta años, pero lo normal es que le echen unos diez más. Un pelo tan ordenado, peinado con una raya perfecta sin que ningún mechón se atreva a rebelarse, que a veces parece que lleve peluquín, aunque en realidad es suyo. Con zapatos castellanos habitualmente sucios, pantalón de tela o de pana, camisa, jersey de pico y en invierno un abrigo de paño, todas sus prendas van del beige al marrón. Una gama de colores escasa y sin espacio para ningún dibujo o adorno. No se permite rayas o unos tristes cuadritos ni en las camisas ni los jerséis. Julián Carretero es un buen inspector, respetado por sus compañeros, que ha participado en varias operaciones importantes contra el mundo de la droga y que desde hace un año está en homicidios en Sevilla, el sitio al que siempre había aspirado. Julián tiene una cualidad que le ha acompañado desde la adolescencia, dolorosa en lo personal y beneficiosa en lo profesional: siempre ha pasado desapercibido. Es de esas personas en las que nadie repara, ni en clase, ni en la sala de espera del médico, ni en un restaurante, ni en el autobús, ni siquiera si es tu vecino. Difícil de describir porque no es ni alto, ni bajo, ni gordo, ni delgado, no se puede decir que sea feo, ni mucho menos guapo. Pasar siempre desapercibido es lo peor que le puede ocurrir a una persona y lo mejor que le puede suceder a un policía.

—¿Antonio?

—Sí, ¿quién es?

—Soy el inspector Julián Carretero.

—¿Quién?

—Estuve hablando contigo después de la muerte de tu hermano.

—Ah —dice Antonio intentando recordar.

—Sí, aquí en comisaría. —Julián se rinde—. Me gustaría volver a verte.

Julián y Antonio quedan por la tarde, después de

que este último salga de trabajar. El inspector prefiere verse en un bar y no en comisaría, porque no es una declaración oficial. «Es solo para cambiar impresiones sobre Diego», le ha dicho.

Nicola y Alexander se han citado con el marqués en un descampado cerca de La Algaba, a unos diez kilómetros del centro de Sevilla. Era el mejor sitio para verse sin ser vistos. Esa mañana Nicola lo ha llamado, muy nervioso. Tienen que liquidar el trabajo lo antes posible. Cuando llega, Borja aparca su coche al lado del de los búlgaros. Alexander se baja del asiento del copiloto y abre la puerta de atrás para que pase Borja.

—¿Lo has traído? —pregunta Nicola antes de saludarle.

Borja saca un sobre con dinero del bolsillo interior de su chaqueta y se lo da a Alexander, que comienza a contarlo.

—¿Qué pasa? ¿No te fías?

—Está todo —dice el búlgaro guardándose el sobre en su cazadora.

—El que no debería fiarse soy yo —se enfada Borja—. ¡Vaya cagada habéis hecho!

—¿Quién iba a saber que era el hermano?

—No me jodas, Nicola.

—Eran clavaditos. —El búlgaro se encoge de hombros.

—Y había que darle un susto, no matarlo —dice Borja.

—Son cosas que pasan. —Alexander habla como si no tuviera importancia.

—¿Por qué me habéis llamado con tanta urgencia?

—Un inspector ha preguntado por este —dice Nicola señalando a Alexander—, y por mí.

—¿A quién?

—A mi prima.

—No me vaciles, Nicola, que no estoy para bromas.

—A mi prima, le ha preguntado a mi prima, que vive con nosotros. Quería saber si estábamos en casa.

—Será por otra cosa —resuelve el marqués intentando tranquilizarse.

El inspector Julián Carretero hace una señal con la mano desde su mesa cuando Antonio entra en el bar.

—¡Hola! —Antonio saluda al acercarse.

—¿Qué tal, Antonio? —El inspector le tiende la mano, sonriente—. Siéntate, por favor.

Julián llama al camarero y le pide otro café solo, ya se había acabado el primero mientras esperaba. Antonio pide una Coca-Cola.

—Tú también tuviste un incidente en el portal en el que murió Diego, ¿no? —El inspector va directo al grano.

—Sí. Por eso se lo conté a un policía.

—Me lo contaste a mí —le recuerda.

—Ah, ¿era usted?

—Sí, era yo. —Julián bebe de su taza—. Y no me llames de usted.

—Bueno, es usted policía. Me cuesta llamarle de tú.

—Ya sé que nunca te has llevado bien con nosotros.

—Eso fue en otra época —se defiende Antonio.

—No te preocupes. —El inspector sonríe—. Eso a mí ahora me da igual.

—Yo le conté a la policía, bueno, a usted, que los que a mí me pegaron no parecían ladrones.

—Sí, pero en esa zona ha habido últimamente muchos robos —parece justificarse el inspector.

—Eso me dijo usted.

—¿Sabes si Diego estaba metido en algún lío? ¿Podría haber alguien que le quisiera hacer daño?

—Creo que no. —A Antonio le cuesta no emocionarse pensando en su hermano.

—¿Y a ti? ¿Crees que alguien quería hacerte daño a ti?

Nicola y Alexander se vuelven hacia la parte de atrás del coche y miran fijamente al marqués.

—No era por otra cosa —dice el primero alzando la voz—. Preguntó si trabajábamos para ti.

—No me jodas, Nicola. —El marqués se echa las manos a la cabeza—. ¿Eso cómo puede ser?

—No lo sé, marqués. Alguien se ha ido de la lengua.

—No puede ser —dice Borja—. Solo lo sabemos nosotros tres.

—Pues alguien más lo sabe.

—Bueno, de todas formas, con eso estamos en paz —dice Borja señalando con la mirada el bolsillo de la cazadora en el que Alexander ha guardado el sobre.

—Eso ya lo veremos —replica Nicola sin ni siquiera mirarle—. Aquí estamos todos en el lío.

—¡Yo no he matado a nadie! —protesta Borja un poco fuera de sí.

—¡Cállate! —le amenaza Nicola con un grito aún más fuerte.

Alexander se da la vuelta, agarra con una mano el jersey del marqués a la altura del pecho y le pega un tirón mientras levanta la otra con el puño cerrado y amenazante. Él cierra los ojos temiendo el golpe.

Antonio busca algo de Coca-Cola en el vaso aunque solo quedan hielos.

—¿Alguien que me quiera hacer daño a mí? Espero que no.

—Dime cuál es tu relación con el marqués de Villaecijilla.

Al escuchar ese nombre Antonio siente un escalofrío, no comprende la pregunta del inspector. O, por un momento, elige no comprenderla.

—No lo conozco de nada.

—Pero ¿sabes quién es?

—Sí, sé quién es. —Antonio se inquieta un poco—. ¿Qué está queriendo decir?

—Solo necesito saber, desde el principio, lo que os une al marqués y a ti.

Comienza a anochecer en el descampado cerca de La Algaba, y a lo lejos se ven las luces amarillas que se van encendiendo en las calles del pueblo.

Antonio y Julián miran cómo el camarero va montando las mesas con manteles individuales de papel, colocando los cubiertos a los lados de los platos y una copa enfrente que vale para agua o para vino.

Nicola y Alexander se marchan en su coche y dejan a Borja en medio del descampado: «¡Volveremos a hablar!», le gritan con la ventanilla abierta.

Antonio le ha contado al inspector su relación con Vera y este le ha pedido paciencia. Dentro de pocos días habrá novedades y le llamarán a declarar. Antonio se marcha a su casa después de despedirse de Julián en la puerta del bar: «Por favor, no hagas nada y déjanos actuar a nosotros», le dice el inspector con tono de súplica.

45

Agustín entra en la cocina y ve a Rosita llorando. «Yo me largo de aquí y que le den al mamón este», suelta con su acento de El Puerto de Santa María mientras pela unas patatas para hacer por segunda vez una tortilla. «¿Te puedes creer que la ha tirado al suelo porque dice que tenía mucha cebolla? ¡El loco este!», exclama, ya sin lágrimas en los ojos. Con ira es más difícil llorar.

Agustín va al salón y ve a su mujer arrodillada limpiando la primera tortilla del suelo mientras el marqués está en su sillón orejero de piel viendo la tele. «Deja, Jacinta, ya lo hago yo», dice él. «Quita, quita»; ella no le permite arrodillarse y termina de recoger los restos de huevo, patatas y cebolla con papel de periódico para meterlos en una bolsa de basura. Las partes más líquidas del huevo se resisten y vuelven chorreantes y espesas a la alfombra.

Borja está nervioso. Apenas sale de casa, no ha acudido a ningún consejo de administración en los últimos días y hay mañanas en las que ni siquiera se afeita. Agustín sabe cuál es su sitio, siempre ha habido entre el marqués y él ese respeto del «yo aquí y usted ahí», pero también ocasiones en las que las distancias se acortaron y se impuso el cariño. Momentos en los que Borja lo sentó a su mesa y lo abrazó, a menudo después de que Agustín mirase para otro lado en algunas de las correrías del marqués.

Jacinta se levanta con esfuerzo, sin disimular su cara de desprecio a Borja, y después de meter en una bolsa de basura los restos de tortilla de la alfombra rocía con espuma limpiadora la mancha que han dejado. Jacinta y Agustín llevan juntos desde que tenían catorce años, así que ya van más de cincuenta. Los dos son de Castilleja y los dos trabajan para el marqués desde hace mucho tiempo, demasiado. Primero empezó él después de que Borja le conociera en una cacería en su pueblo. Aparte de su pericia sobre el terreno tanto en el manejo de los perros como en el rastreo de las liebres, Agustín sabía de mecánica, fontanería, electricidad y, lo más importante para el marqués, sabía estar callado. Después de casarse con Vera y que el nuevo matrimonio se instalase en La Paz, contrataron a Jacinta como limpiadora y cocinera. Ella no soporta que su marido sea tan sumiso con el señor, al que siempre justifica todo lo que hace. Su lealtad servil, esa mezcla de admiración y dependencia emocional, tantas veces carente de orgullo. «El marqués no se merece a alguien como tú», le dice, mezclando en esa frase una virtud y un reproche.

Los hijos de Jacinta y Agustín ya son mayores. La niña vive en Valencia, se casó con un buen hombre de allí y ya les ha dado su primer nieto, que ahora tiene cuatro años y al que les gustaría ver más. El mayor estudió Informática y está trabajando en una empresa en Francia. Vive con otro chico, y aunque Jacinta y Agustín sospechan que es algo más que un amigo, ninguno de los dos se ha atrevido a verbalizarlo. La vida ya está hecha, los están esperando su huerto, su casa encalada, sus dos perros, su café con leche con picatostes por la mañana y de vez en cuando irse a Valencia a ver a su nieto.

La cocinera aparece en el salón llevando una bandeja con una nueva tortilla, esta vez con menos cebolla, y se la deja al marqués en la mesita que tiene al lado. «Gracias, Rosita», dice con tono de reconciliación, pero sin dejar de ver la tele. La cocinera se marcha resoplando con la intención de que él la oiga. Borja hace como que no.

Jacinta pasa un cepillo seco después de que la alfombra haya absorbido la espuma quitamanchas que le echó hace un rato, y Rosita se está cambiando para irse a su casa después de terminar su turno, cuando llaman al timbre exterior del chalet. Agustín, que se está tomando un café en la cocina, descuelga el videoportero y ve en la pantallita en blanco y negro a un hombre alto y moreno al que no reconoce.

—¿Quién es?

—¿Es esta la casa de Borja Manuel Laguía?

—Sí, es aquí.

—¿Está Borja?

—¿De parte de quién?

—Ábrame, soy policía.

Agustín abre la puerta pulsando el botón, y va a avisar al marqués, que está intentando dormir con la cabeza apoyada en su sillón orejero.

—Señor —le dice tocándole el brazo suavemente para despertarle de la siesta—, un policía pregunta por usted.

Borja da un respingo y se pone en pie; durante un instante cree que está soñando con que le despiertan para decirle que la policía pregunta por él, pero rápidamente se da cuenta de que no se trata de un sueño. Hacía tiempo que temía esta visita.

—Dile que pase, y déjanos solos.

Agustín obedece y se dirige a la entrada para acompañar al policía al salón donde le espera el marqués. «Por aquí, por favor», le invita a pasar y se marcha cerrando la puerta.

Borja mira al hombre que acaba de entrar en el salón; se le antoja un poco joven y le extraña que vaya con traje y corbata. No le ha visto nunca y al mismo tiempo le resulta familiar. «¿En qué puedo ayudarle?», dice intentando aparentar normalidad, aunque sin lograrlo. El hombre no le contesta, pero no deja de mirarle fijamente a los ojos. Es una mirada intimidante, que no disimula el desprecio y con vocación de asustar. Da tres pasos hacia delante, hacia el marqués, hasta ponerse a menos de un metro de distancia. Borja siente miedo, no entiende qué está pasando. «¿Quién es usted?», pregunta con la voz temblorosa. El hombre avanza un poco más invadiendo su espacio y obligándole a retroceder hasta la pared sin ni siquiera tocarle. «¿Quién es usted? —repite acorralado—. Usted no es policía». Borja tiene ganas de gritar para que Agustín venga a ayudarle, pero no se atreve. El hombre acerca su cara a la del marqués hasta casi rozarse. Es más alto que él, así que le mira desde arriba. «Me llamo Antonio, ¿sabes quién soy?». El marqués no contesta y baja la cabeza. «Mírame bien —añade, y le obliga a hacerlo levantándole la barbilla con los dedos—. Te juro que vas a pagar la muerte de mi hermano». Antonio retrocede unos pasos, da media vuelta y se marcha del salón. Borja sigue inmóvil hasta que oye cómo se cierra de un portazo la puerta del chalet.

46

En Sevilla reina una inquietante tranquilidad fuera del Real los días de feria. Es en las casetas donde está el bullicio, mientras que la ciudad se mueve durante varias horas con el ritmo lánguido de cualquier domingo por la tarde. Hay algo plomizo en el ambiente, como si el aire pesase y le costara demasiado esfuerzo mover las hojas de los árboles. Vera está en su terraza repasando los planos que una empresa de decoración le ha propuesto para la reforma del ático. Encima de la mesa tiene los papeles, algunas revistas de muebles de diseño y la *tablet*, en la que está buscando ideas para la iluminación de la casa. Hay un silencio confortable, roto tan solo por el piar de los pájaros, alguna sirena en segundo plano o el rugido lejano de esas motos cuyo ruido infernal desquicia a todo el mundo menos al imbécil de su conductor, orgulloso del estruendo que provoca cada vez que acelera. Vera está centrada en las dimensiones de la cocina mientras espera a Antonio, que hace un rato le ha mandado un mensaje diciéndole que pasaría a verla.

Cuando Alba entra en la Bodeguita Antonio Romero, la de la calle Arfe, sonríe a Tito, que está tomando una caña en la barra, abarrotada como todos los días que hay toros. Tito no devuelve la sonrisa a Alba cuando la ve en la puerta del local. Ella se acerca a él y se dan dos besos sin que Tito deje de estar serio.

—Chico, vaya cara —dice ella.

Tito bebe un sorbo de cerveza como para ayudar a tragar una bola de lana imaginaria en su garganta.

—Me hubiera gustado verte a solas —dice—. Me refiero a un sitio privado, no a un bar.

—¿Tienes miedo a que nos vea alguien y se lo diga a tu novia? —le pregunta Alba con cierto tono de provocación. Él no contesta, aunque pone cara de que no le ha gustado el comentario—. Es que no he comido y tengo hambre, ayer terminé un poco tarde en la feria —se justifica Alba.

—Ramón, ¿tienes alguna mesa dentro? —le pregunta Tito al camarero.

Ramón es una institución en la Bodeguita. Es, como todos los camareros buenos, un prodigio de memoria y de eficacia. Te trae sin pedírsela la segunda cerveza justo en el momento en el que se acaba la primera, y todo el mundo está atendido sin ir deprisa. «Los camareros buenos nunca corren», afirman los que saben de camareros buenos.

—Dos cervezas —pide Alba señalando con la mirada el vaso casi vacío de Tito—, y dos piripis.

—Yo no quiero un piripi —dice Tito.

—Ya lo sé, los dos son para mí —contesta Alba riendo, que evidentemente está de buen humor.

El piripi es un montadito, especialidad de la casa y famoso en toda Sevilla, que lleva lomo, beicon bien tostado, queso fundido, tomate y mayonesa. Ramón trae los dos piripis y las dos cervezas casi al instante. El comedor se está vaciando, la gente ya ha terminado de comer y queda un buen rato hasta la cena. Aunque habría preferido quedar en algún sitio privado, Tito se siente menos incómodo viendo que Alba y él están solos. Saca el móvil del bolsillo interior de su americana clarita de lino, busca en el carrete y le muestra a Alba una de las fotos, esa en la que está desnuda saliendo de la ducha.

Vera le abre la puerta a Antonio, que la abraza antes de hablar. Un abrazo que prolonga más de lo normal, como si juntando su cuerpo al de Vera se cargase de energía para la conversación. Ella le besa en los labios y se van los dos a la terraza.

—Estaba con esto. —Señala los planos que hay encima de la mesa—. ¿Quieres un café?

Antonio niega con la cabeza.

—Acabo de estar con Borja.

Vera tarda en reaccionar, como si por un instante esperase que Antonio se refiriera a otro Borja que no fuese su exmarido. Se sienta en una silla y él a su lado en otra.

—Vera, creo que está relacionado con la muerte de mi hermano.

Vera se levanta de la silla en la que se acababa de sentar y se aleja de Antonio.

—¿Qué estás diciendo? —pregunta incrédula.

—Contrató a unos matones para que me pegaran una paliza —Antonio hace una pausa—, pero me confundieron con Diego y... —Se detiene, da la sensación de que lo hace para no derrumbarse. Vera se aleja aún más de él, como si así dejara de oír lo que le está contando—: Iban a por mí y le mataron a él —termina.

Alba amplía la foto en el móvil de Tito, dejando el piripi en el plato después del primer mordisco, que traga con dificultad.

—¿Qué es esto? —se asusta.

—Me las pasó un amigo que te reconoció. Están colgadas en algunas páginas porno.

—¿Hay más? —dice temblorosa.

Tito asiente con la cabeza y le muestra las otras fotos y los dos vídeos. Cuando Alba ve que en uno de ellos está sentada en el váter le sale un grito de rabia y se abraza a Tito. Ramón, el camarero, se asoma al fondo del salón para ver si pasa algo. Las dos cervezas están enteras y los dos piripis intactos, menos un mordisco. «Cosas de novios», piensa.

—¡Qué hijo de puta! —dice Alba mordiéndose de ira el labio inferior.

—¿Sabes quién ha sido? —pregunta Tito.

—Pues claro que sé quién ha sido. Ha sido Borja, mi cuñado.

—Alba, esas cámaras las ha podido poner cualquiera, no puedes estar segura. Quizá haya sido alguien del servicio o que haya estado en ese baño.

—¡Imposible! —grita Vera—. Borja no ha podido hacer algo así.

—Sé que la policía está detrás de él. —Antonio se acerca a ella, que retrocede hasta el borde de la terraza—. Ya lo intentó una vez, ¿recuerdas?

—¿Y por qué querría hacerte daño?

—No podrá soportar que estemos juntos.

—¿Y por qué has ido a verle? —Vera está cada vez más nerviosa.

—Ha sido un impulso. —Es sincero—. Solo quería mirarle a la cara.

—¿Le has hecho daño?

—¿Cómo? —Antonio siente la pregunta como una agresión—. ¿Eso es lo único que te preocupa después de lo que te he contado?

Vera no contesta, se da la vuelta y mira hacia los tejados de la ciudad, algunos todavía iluminados por el sol, aunque la sombra se va imponiendo.

—Puede que Borja esté relacionado con la muerte de mi hermano. —Antonio se desespera—. ¿No te das cuenta de lo que te estoy diciendo?

—¡No puede ser! —grita Vera.

La respuesta hunde definitivamente a Antonio, su decepción es casi un dolor físico. Ella siente que en este instante le está perdiendo, pero permanece inmóvil. Por la pena y por la rabia de lo que está oyendo. Desearía con todas sus fuerzas que no fuese verdad, pero tiene demasiado miedo a que lo sea. Antonio se acerca a la mesa y mira con desprecio la *tablet* con fotos de lámparas de diseño, los planos de la reforma del ático y las revistas de muebles italianos: «Ya sé que esto es lo único que te importa».

Alba niega con la cabeza, sin que se le pase el temblor que siente en todo su cuerpo, una mezcla de vergüenza y rabia que se le enrosca en el estómago oprimiéndolo al imaginar con asco a los hombres que la han podido ver en su cama y en su baño. Y pensando en los ojos de él, porque ella sabe que ha sido él.

47

La comisaría provincial de la Policía Nacional de Sevilla tiene pasillos anchos, suelos brillantes y cristaleras. Si desapareciesen los carteles y los símbolos policiales, podría ser un hospital, una universidad o las oficinas centrales de un banco. El despacho de Julián Carretero carece de distintivo en la puerta que identifique que se trata del suyo, simplemente es el penúltimo que hay en la parte derecha del pasillo. Tiene un escritorio de cristal gris con un ordenador negro, unos archivadores metálicos, una bandera de España al lado de una de Andalucía en una esquina, detrás de un armario de madera marrón, y encima una foto de Felipe VI. A la derecha de la mesa de escritorio un sofá teóricamente de dos plazas, pero demasiado pequeño para que quepan dos personas sin rozarse, una mesa bajita de centro y, enfrente, una butaca de cuero negro con las patas cromadas. Julián saca de una nevera pequeña dos botellitas de agua y le da una a Agustín, que se sienta en el centro del sofá, y Julián lo hace enfrente, en la butaca de cuero negro.

—¿Cómo va todo? —pregunta el inspector.

—¿Encontró usted a los rumanos? —Agustín se inclina hacia delante.

—Agustín, mejor llámame de tú.

—¿Los encontraste?

—En realidad son búlgaros, pero no te puedo contar mucho más.

—El marqués lleva unos días muy nervioso. —Agustín se detiene un momento, en sus ojos hay algo de melancolía—. Yo no quiero que le hagan daño y esos hombres deben de ser peligrosos.

Julián no contesta, dejando claro que él no puede hablar de la investigación.

—Agustín, ¿para qué querías verme? —le pregunta.

—Por la visita que le hizo un policía ayer al marqués.

Agustín tardó algunos días en decidirse a contar lo que escuchó la noche en la que Nicola y Alexander fueron a casa del marqués. Su intención no era ser cotilla, él siempre ha sido una persona discreta que ha visto, ha oído y ha callado, pero aquellos dos tipos le dieron tan mala espina que se quedó cerca de la puerta por si Borja le necesitaba. Los dos hombres hablaban muy alto, con aquel acento de país del Este mezclado con andaluz, y era casi inevitable oírlos.

Al día siguiente, Agustín, Jacinta y Rosita estaban

comiendo cuando en los informativos de Canal Sur contaron que unos ladrones habían matado a un chico en un portal después de robarle.

—Yo no sé adónde vamos a parar con tanta gente mala por el mundo —dijo Rosita sin despegar los ojos de la tele.

—¡Válgame Dios! —comentó Jacinta.

—¡Amén Jesús! —Rosita se santiguó.

—Y esa pobre madre —reflexionó Jacinta mientras pelaba un melocotón.

—De eso no se recupera una madre.

—Es que no es natural enterrar a un hijo.

—A una vecina mía se le mató uno de veinte años en un accidente, y la mujer ya no levantó cabeza.

—¡Muerta en vida!

—Prefiere una morirse mil veces antes de que...

—¡Os queréis callar de una vez! —gritó Agustín golpeando la mesa con la palma de su mano.

—¿Y a ti qué mosca te ha picado? —dijo Jacinta, sin entender la reacción de su marido.

Agustín se pasó dos noches sin dormir y sin apenas comer hasta que se decidió a contárselo a Jacinta. «O le cuentas tú a la policía lo que viste o se lo cuento yo», le amenazó su mujer, Agustín sabía que ella hablaba en serio. Hasta tres veces fue a la comisaría de la Alameda de Hércules sin atreverse a entrar. Sentía escalofríos pensando que eso era traicionar a Borja. Nervios, miedo y angustia, todo mezclado. Cuando se presentó en la comisaría por cuarta vez se atrevió a cruzar la puerta para relatar la conversación que había oído entre el marqués y los dos hombres. Deseando que no fuera verdad lo que sospechaba antes de contarlo y con miedo a que no fuera verdad después de hacerlo.

—¿De qué visita me hablas? —Julián da un trago a su botellita de agua.

—La del policía.

—¿Qué policía? —se sorprende el inspector.

—Ya sabía yo que ese chico no era policía. —En la cara de Agustín aparece ese gesto que se nos pone cuando descubrimos que tenemos razón.

—¿Cómo era?

—Alto, delgado, pero fuerte y moreno. Parecía un poco moro, pero era español... Aunque no era andaluz. De unos treinta y tantos. Me dijo que era policía y le abrí.

—Ya. —El inspector parece caer en la cuenta de quién podría ser—. ¿Sabes de qué hablaron?

—No lo sé. La visita no duró ni dos minutos.

Agustín se detiene un momento, dudando si debía decir lo que tenía en mente. Es como si fuese a desvelar algo demasiado íntimo de su jefe.

—Cuando yo entré en el salón, después de que el chico se marchase dando un portazo, me encontré a Borja llorando sentado en su sillón... —Agustín se toma otra pausa, y Julián se mantiene callado. Le parece encontrar algo enternecedor en la mirada de Agustín—. ¿Sabes? —continúa por fin—. Le conozco desde hace más de veinte años y jamás le había visto llorar.

48

Vera se marcha deprisa del apartamento dejando los planos, la *tablet* y las revistas sobre la mesa de la terraza. Piensa en llamar a Matías para que venga a recogerla, pero prefiere coger un taxi. Algunas veces echa de menos conducir, aunque con Matías es más cómodo porque no hay que aparcar. «No siempre es mejor que te lleven», piensa. Después de deambular un rato por el barrio, Vera para un taxi en la esquina de la calle Antonia Díaz con Velarde. La taxista es una mujer rubia, más o menos de su misma edad, con un pantalón vaquero y una camisa blanca. A Vera le parece que huele muy bien y que conduce demasiado despacio, da la sensación de que disfruta con lo que hace. A la izquierda del volante hay colgado un móvil, que debe de ser de uso personal, y a la derecha otro más grande que utiliza como navegador. El taxi es un coche de tamaño normal, tiene la tapicería de tela oscura y está limpio. El motor es silencioso, pero ese ruidito, que no se sabe por dónde suena, que hacen los intermitentes al subir y bajar la palanca, es agradable y un poco hipnótico. A Vera le apetecería que la conductora estuviera todo el rato cambiando de dirección para que los encendiera y sonara continuamente ese clic-clac, clic-clac. El hueco del cenicero de la parte trasera está lleno de caramelos, y en la bandejita detrás de la palanca de cambios hay una botella con agua, un paquete de pañuelos de papel, una gamuza, crema de manos y un cargador con distintas conexiones para varias marcas de móviles. A Vera le parece que ese habitáculo minúsculo es una especie de hogar, confortable y seguro, y hasta llega a envidiar por un momento a esa mujer taxista. «Veintidós con treinta», le informa la chica parando el taxímetro en la puerta. Vera le dice que se cobre veinticinco y le paga con la tarjeta del móvil. «Me gusta mucho tu taxi», le dice con tono amable. «Y a mí tu casa», contesta la taxista, un poco sobrada, recorriendo con la mirada la fachada de La Paz.

Vera entra y le dice a Luisa, la cocinera, que puede tomarse la tarde libre, que hoy no va a cenar. Después llama a Matías para comunicarle que a él tampoco le va a necesitar.

Vera cierra la puerta de la casa y recorre la primera planta como si la estuviera visitando por primera vez. Tantos años sin mirar con detalle a su alrededor. A pesar de ser propiedad del marqués, ella es la que ha hecho que esta casa sea como es. La mayoría de los muebles, las lámparas, las alfombras, las cortinas, las vajillas, los sofás los ha elegido ella, y todo lo que ya había por herencia de la familia, como los cuadros o algunas vitrinas, también había sido colocado siguiendo sus órdenes.

Vera sube las escaleras hasta su habitación y entra en el vestidor del marqués. Borja ha dejado mucha ropa en la casa. Al fin y al cabo, es suya y, tarde o temprano, tendrá que volver. Vera toca sus chaquetas, sus camisas, sus pantalones, todo tan igual y tan previsible. Huele su ropa sin reconocer el olor, porque no le huele a nada. Es una especie de limpieza opaca, con el orden que tienen las cosas inertes, como si las perchas fueran las de una tienda que jamás vende nada. En la puerta de al lado de la habitación está el despacho del marqués. Revisa sus cajones en busca de algo, sin saber muy bien el qué, quizá algún rastro del hombre al que un día decidió querer. Nunca había husmeado en las cosas de su marido, ni había prestado atención a los detalles de su escritorio. Un par de fotos con marcos de plata, una de una cacería en la que sonríe con una escopeta en las manos al lado de un venado muerto de muchas puntas, y otra en la que está saludando a Juan Carlos I, cuando era rey, en alguna recepción. La foto debe de ser de poco antes de que abdicara, y al rey se le ve mucho más joven. En Borja apenas hay cambios, está un poco más delgado, eso sí, pero en ese momento era tan mayor como lo es ahora y como seguramente lo fue siempre. Vera no siente nada al abrir los cajones, ni los armarios, ni al mirar el escritorio, ni las paredes, ni toda la casa. Eso es justo lo que experimenta: un inmenso vacío. Un pasado sin huella con un hombre al que no ha sido capaz de conocer después de más de veinte años. Vera no quería que le dolieran las cosas, evitaba el dolor buscando la belleza, sin mirar todo lo que no quería ver. Ni siquiera se atrevió a descubrir quién era ella realmente mientras pintaba. Una vida plácida, una mujer huyendo a caballo por una pradera inmensa.

Las palabras de Antonio retumban en su cabeza: «Creo que tu marido está relacionado con la muerte de mi hermano». Vera se sienta a los pies de la cama, apoya los codos en las rodillas y las mejillas en las manos. Suena el teléfono. Es Alba.

49

Gabi abraza a Vera, que no quiere separarse del pecho de su amiga. Esta misma mañana creía que era feliz. Su piso en Sevilla, la reforma, Antonio, la ilusión por todo lo nuevo que estaba empezando, como en el inicio de una novela romántica. Gabi la acurruca en el sofá como se hace con los niños cuando tienen fiebre.

Después de la visita de Antonio, la llamada de su hermana la aturdió como el puñetazo definitivo a un boxeador medio grogui. Dicen que ese último golpe ya no duele. Los luchadores saben que desaparece la conciencia, los ojos están perdidos, el ruido suena de fondo y la luz se oscurece. Entonces dejas de sentir, aunque sigas en pie.

Vera oía a Alba llorar al teléfono, y su llanto le parecía lejano, como se oye cuando se está debajo del agua. Dudó que fuese Borja el que grabó las imágenes, como dudó que él estuviera detrás de la muerte de Diego. Dudó porque no dudar era constatar su fracaso. La farsa de su confortable vida, del maquillaje que escondía las heridas para creer que no existían. Dudó hasta que dejó de dudar. «Deja de mirar hacia otro lado de una puta vez», la última frase de Alba antes de colgar la envió a la lona.

—Llora todo lo que te dé la gana, mi niña. —Gabi prolonga su abrazo.

—¿Cómo he podido estar tan ciega? —dice Vera derrotada.

—Nadie conoce a su pareja del todo. A veces, cuanto más cerca estás de alguien... —Gabi se detiene sin terminar la frase.

—¿Qué quieres decir?

—Quiero decir que Borja... —No encuentra las palabras.

—Borja, ¿qué?

—Que a mí no me sorprende, Vera —se suelta Gabi por fin—. De otro no me lo creería, pero de él sí.

—Pero si le has visto solo un par de veces. No le conoces.

—Le conozco a través de ti. Y con eso me sobra.

—¿Sabes? —Vera se seca los ojos con las palmas de las manos—. Yo le tengo cariño a Borja. Me encantaría odiarle, pero no puedo.

—Ya lo sé —contesta Gabi con naturalidad.

—Pero no tiene explicación querer a alguien que ha hecho esas cosas.

—La vida solo tiene explicación en las películas que ponen en la tele después de comer.

A Vera se le escapa una sonrisa, inevitable, que la libera por un instante.

—Creo que lo estoy perdiendo todo. A Alba, a Antonio, todo mi pasado.

—Alba sigue estando, y Antonio... —Hace una pausa—. Si ese chico realmente merece la pena, volverá.

—¿Crees que Antonio merece la pena? Y esta vez dime la verdad.

—Estoy segura.

—A él tampoco le conoces tanto.

—A él también le conozco a través de ti. Y con eso me sobra.

Gabi sonríe de una manera cálida, y Vera regresa a su lado para abrazarla.

—Gabi —Vera se vuelve a acurrucar en el pecho de su amiga como al principio—, no sé lo que va a pasar.

—Pasará lo que tú quieras que pase.

50

Vera aprendió muy pronto a controlar su rabia. Una especie de contención hacía que la razón reprimiera la ira de la misma manera que se apaga una hoguera echándole una manta encima para ahogarla. La moderación en las formas, la mesura, el control del instinto convertían siempre su grito en un suspiro.

Borja coge el teléfono al primer tono de llamada.

—¡Eres un cerdo! —Vera ni tan siquiera le saluda—. Y vas a pagar por lo que has hecho.

—¿Vera? —Borja nunca la había oído hablar con ese tono.

—Vas a ir a la cárcel por lo del hermano de Antonio y por lo de las fotos.

Vera se reconoce furiosa y le gusta. Borja tarda en contestar.

—No sé de lo que me hablas. —Al marqués le tiembla un poco la voz.

—No seas patético. —Vera alza el tono—. Deja de disimular.

—Lo de las fotos no lo podrás demostrar.

Vera se queda en silencio. Un segundo, dos, tres... Sabe que en ese silencio retumba el eco de lo que Borja acaba de reconocer.

—Me voy a encargar de que toda Sevilla sepa lo que has hecho. Va a ser peor que la cárcel.

51

Los fuegos artificiales de la noche en la que acaba la Feria de Abril tienen un aire nostálgico, pero también de liberación. Es el final de la fiesta, del ruido, del fino, del cante y de las risas. Y es el inicio del descanso de una ciudad agotada, de gente bebiendo cuando aún está de resaca, de camisas mojadas por el sudor debajo de las chaquetas y del dolor de pies. El final será esta noche, pero aún queda un poco de domingo. Antonio va del brazo de su madre. Teresa, que ha ido a la peluquería para teñirse las canas y se ha comprado un vestido nuevo, lleva puesta una sonrisa permanente mientras pasea por el Real de la feria. Parece una niña observando con ilusión a los jinetes en sus caballos adornados, los vestidos de las mujeres que apuran las últimas horas en las casetas, el color del albero y los farolillos. La fiesta sigue siendo fiesta, pero la alegría suena ya forzada, el último empeño por continuar sonriendo. Teresa no percibe esa espesura del último día de feria porque para ella es el primero de su vida en un sitio que solo había visitado por la tele. Antonio disfruta viendo sonreír a su madre, aunque él, al igual que la feria, también tiene el ánimo viscoso de cuando desaparecen las cosas que te gustan.

Todas las calles de la feria tienen nombres de toreros. En Joselito el Gallo está la caseta de Francisco Ortega, el torero de Gabi. Así, «el torero de Gabi», es como le llamaba Vera. Antonio va con Teresa colgada del brazo con la esperanza de que allí quede algo de ambiente para que su madre pueda disfrutar de la feria en su primer día.

—¿Te acuerdas de mí? —saluda Antonio a Francisco tendiéndole la mano en la puerta de la caseta.

—Claro, tú eres el novio de Vera. —El torero le identifica por el parentesco, y Antonio prefiere no corregirle.

Teresa está de suerte, porque en la caseta hay bastante gente, aún quedan ganas de pasárselo bien. La mayoría son chicas jóvenes bailando por sevillanas entre ellas, sin hombres de acompañantes; estos se encuentran más cerca de la barra o desperdigados por las mesas de la caseta tomando raciones.

—La cocina ya está cerrada y quedan pocas existencias, pero aquí os traigo unos aperitivitos —dice el torero, que lleva tres platos de queso, jamón y salchichón en una mano, y una botella de fino y tres copitas en la otra.

—¡Qué habilidad! —dice Teresa.

—Es que en invierno soy camarero. Cuando pasa la temporada taurina hay que buscarse la vida.

Francisco se sienta enfrente de Antonio dejando a Teresa en el medio.

—¿Y cómo no ha venido usted hasta el último día? —le pregunta.

—Estaba un poco liado en el trabajo y no he podido acompañarla hasta hoy. —Antonio contesta por su madre, que asiente con la cabeza sin que se le vaya la sonrisa cada vez que mira a las chicas bailar.

—¿Cómo está Vera? —pregunta Francisco por cortesía.

—Muy bien —responde Antonio por puro trámite—. ¿Y Gabi?

—Fenomenal, ayer salimos de aquí casi a las cinco de la mañana.

Francisco sirve fino en las tres copas, Teresa mueve sus pies pequeños dentro de unos zapatos de tacón ancho y no muy alto sentada en la silla.

—¿Tiene usted ganas de bailar? —le propone el torero.

—¡Qué va, hijo! Si ya no me acuerdo de los pasos. —Sus palabras se contradicen con su cara de ilusión por salir al centro de la tarima.

—Los pasos dan igual, lo importante es el sentimiento —asegura Francisco—. ¿Quiere bailar conmigo?

—Venga, mamá. —Antonio también se ilusiona—. Francisco baila de maravilla.

—Si insistís...

Teresa da un sorbo al fino y se levanta. Francisco le

coge la mano y la lleva al centro de la caseta, donde el resto de las chicas abren un hueco para que el torero y la señora bailen en el medio de todas ellas. Los dos esperan tocando palmas a que termine la sevillana anterior, para empezar desde el principio la siguiente.

Antonio mira a su madre y su cuerpo se le antoja mucho más pequeño que el que tiene en su memoria. La madre poderosa de cuando era niño, voluptuosa, fuerte y activa, es ya una mujer pequeña, estrecha y frágil, parece que se la pudiera llevar el viento como a los restos de un papel quemado. Empieza la primera sevillana y Francisco mira a Teresa, que levanta sus bracitos arrugados, entre tímida y feliz, y adelanta un pie a compás justo donde toca. A partir de ahí, el baile va saliendo solo. El torero le va diciendo oles cada vez que se cruzan, él lento porque quiere y ella lenta porque no puede. Antonio mira cómo a su madre no se le quita la sonrisa de la cara. Ha merecido la pena haberla traído, merece la pena recuperarla antes de que sea tarde. Antonio ve que Teresa no tiene ningunas ganas de volver a sentarse. Después de bailar un rato con Francisco, se ha enganchado al grupo de chicas, que se divierten con la señora. El torero se acerca de nuevo a la mesa donde está Antonio.

—Yo ya me marcho —le dice sin llegar a sentarse—, estoy muerto de tanta feria. Quedaos el tiempo que queráis, aunque no tardarán mucho en cerrar porque se está acabando el género.

—Gracias, Francisco, mi madre está disfrutando

mucho. —Antonio señala con la mirada a Teresa, que sigue bailando con las chicas.

—Gabi me ha mandado un mensaje y está en su casa con Vera —le comenta Francisco—. A ver si algún día nos vemos los cuatro.

—Claro —contesta Antonio por no dar explicaciones.

Las sevillanas siguen sonando en la caseta a través de los altavoces, pero cada vez queda menos gente. Una pareja cerca de la barra, un grupo de chavales derrotados a los que les está pasando por encima el último domingo de feria y Teresa, que acaba de terminar una sevillana con la única chica que quedaba bailando. Antonio acerca a su madre el plato de jamón cuando se sienta, todavía con la respiración agitada después del baile.

—¿Te lo has pasado bien?

—De maravilla.

—No se te había olvidado bailar —dice el hijo sorprendido.

Teresa se echa otro poquito de fino. Con una mano coge la copa y con la otra coge la de Antonio.

—¿Qué ha pasado con esa chica?

—Lo hemos dejado.

—¿Te ha dejado ella?

—Mamá, prefiero no hablar de eso.

En la caseta quedan los dos chicos desplomados en dos sillas. Un señor dentro de la barra está recogiendo vasos y otro por fuera está ordenando las sillas.

—Señores, es hora de irse —les dice este último a los dos chavales.

—Venga, que la feria se ha acabado ya —comenta el otro, que coge un mando y apaga el equipo de música.

De repente se hace el silencio, interrumpiendo al cantante en mitad de la estrofa. «¡Sevilla tiene un co...!». Y adiós ruido. Es el final abrupto de la feria en esta caseta. Antonio siente tranquilidad cuando desaparece ese sonido uniforme de las sevillanas, tan iguales todas. El que está ordenando se acerca a Teresa y a Antonio con una escoba y un recogedor en las manos.

—Ustedes, que vienen de parte de Francisco, quédense a terminar los platos. —El hombre se aleja para meter en bolsas de basura decenas de vasos de plástico que hay en la otra esquina.

Antonio y Teresa se quedan callados, desubicados. El jamón y el salchichón se han terminado y los tres trozos de queso que quedan se han secado. Más que la feria, dentro de la caseta parece que se está acabando el mundo.

—¿Quieres que busquemos otra? —le propone Antonio a su madre.

—Qué va, hijo. Yo ya he bailado, que es lo que quería.

—Y has bailado muy bien, mamá. —Se aproxima a ella y le coge la mano, que antes se habían soltado.

—¿Te cuento un secreto? He hecho un poco de trampas —dice Teresa con la mirada de una adolescente.

—¿Trampas?

—Llevo diez días dando clases de sevillanas para recordar cómo se bailaban. —Antonio aprieta la mano de su madre y le da un beso largo en la mejilla. Teresa se deja querer—. ¿Sabes? —le dice—. Cuando viniste a Madrid tenías una mirada preciosa.

—La de siempre, supongo.

—No. Cuando hablabas de esa chica mirabas de otra manera.

—Ya te he dicho que prefiero no comentar nada de eso.

—Pues yo sí. —Teresa se impone, de repente brota fortaleza de su cuerpo frágil—. Tú y yo nunca hemos hablado de algunas cosas. —Hace una pausa y toma un poco más de fino antes de continuar—: Yo he conocido muchos hombres en mi vida —mira al techo de la caseta, de repente se le han humedecido los ojos—, ¿sabes de lo que te hablo?

Antonio tiene la tentación de decirle que no, pero decide asentir con la cabeza.

—¿Cuándo lo supiste?

—Creo que lo supe desde siempre.

A Antonio se le viene la imagen de los hombres cruzándose con él en las escaleras de su portal cuando era un niño.

—Lo siento mucho, hijo. —Teresa hace un nuevo esfuerzo por que la humedad de sus ojos no termine en lágrimas.

—De eso hace ya mucho tiempo. —Él finge que ya

le ha dejado de doler—. Si lo hiciste sería porque tenías que hacerlo.

Los dos se abrazan en medio de una caseta de feria sin más gente que dos empleados ordenando las secuelas de la fiesta.

—Aquellos hombres me repugnaban. —Teresa acompaña la frase con el temblor que le produce un escalofrío desde el cuello hasta el final de la espalda.

—Olvídalo, mamá. Todo eso ya se acabó.

—¿Sabes por qué digo lo bonita que era tu mirada cuando hablabas de Vera? —Antonio se queda en silencio esperando a que su madre continúe—: Yo nunca vi esa mirada en ninguno de aquellos hombres.

Los dos empleados que estaban recogiendo se acercan, «Perdonen, ya vamos a poner la lona». Antonio y Teresa salen de la caseta y caminan un rato por el albero. Ella se cuelga del brazo de su hijo durante el paseo. Casi todo el mundo que queda en el Real lleva la misma dirección, camino de la portada en busca de la salida hasta la próxima feria.

—¿Vendremos el año que viene? —pregunta Teresa.

—Con una condición...

—¿Qué condición? —Teresa mira a Antonio sin soltarse de su brazo, esperando la respuesta.

—Que me enseñes a bailar sevillanas.

52

Tres coches de la policía entran en Camas sin encender las sirenas; lo hacen por separado para no llamar la atención. Una furgoneta y otro coche más, este de incógnito, los que antes se conocían como «de la policía secreta», se acercan a una plaza del pueblo por la parte norte. En el coche va Julián Carretero, que dirige la operación a través de un transmisor, junto a Alicia, una compañera de la comisaría. Es sábado, todo parece tranquilo en esta mañana soleada. La parte más antigua de Camas conserva la esencia del pueblo que era no hace muchas décadas, pero el resto se ha convertido en una ciudad dormitorio donde vive mucha gente que trabaja en Sevilla. Los cinco vehículos del operativo se distribuyen por el barrio de Caño Ronco, el de Julián Carretero se acerca al portal. El inspector ordena por la emisora que ninguno se mueva hasta que él dé la orden. Julián y Alicia se bajan del coche para inspeccionar el terreno, pasean un momento por la acera esperando para entrar en el portal. Julián no tiene pinta de policía, porque no tiene pinta de nada, y su compañera podría parecer cualquier cosa menos lo que es. Una chica aparentemente frágil, maquillada como para salir de fiesta por la noche, guapa sin exceso y con una melena negra recogida en una coleta alta. Una señora mayor sale despacio del portal con un carrito para ir a la compra. Es el momento.

La chica ayuda a la mujer sosteniéndole la puerta. «Gracias, hija», dice la señora con un acento suave en el que no hay ni rastro de la ese ni de la jota. Julián se mete en el portal y da órdenes por el transmisor. «Prevenidos». Los coches llegan cortando la calle y seis policías suben las escaleras por delante de Julián Carretero y de Alicia. Dos de ellos golpean con un ariete de acero la cerradura haciendo estallar la puerta. «¡Alto, policía!». Una mujer grita del susto en la cocina y se lleva las manos a la cabeza, y un niño de unos tres años llora en el pasillo. Los agentes entran a toda velocidad en el piso abriendo las puertas de forma violenta. Todo es cuestión de segundos. Nicola se estaba duchando y a Alexander le sacaron de debajo de una cama donde pretendía esconderse detrás de unos muñecos de peluche. Ninguno se resistió, aunque Nicola pidió ponerse unos calzoncillos antes de que le esposaran. Pocos minutos después, los dos estaban en el suelo del salón con los grilletes puestos detrás de la espalda.

Alicia y otros agentes inspeccionan ahora con más calma las habitaciones. Es un piso grande, seguramente hayan unido dos derribando algún tabique. Tiene los muebles imprescindibles en todas las estancias sin guardar ninguna coherencia, se mezclan sillas de playa con butacones de terciopelo, camas de patas metálicas con otras con cabecero rústico, mesitas de metacrilato con alfombras persas de imitación. Todo parece donado por alguna asociación benéfica que entrega muebles a las familias necesitadas. A pesar de eso, el piso está limpio y mantiene cierto orden. Hay diez o doce personas, entre adolescentes, chicos y chicas, mujeres jóvenes y niños. El más pequeño sigue llorando en brazos de una muchacha que parece un poco mayor para ser la hermana, pero demasiado joven para ser la madre. Hablan búlgaro entre ellos, pero contestan en español cuando los policías les preguntan algo. Hay un par de mujeres, la que gritaba al principio en la cocina y otra que estaba tumbada en una de las habitaciones, que tienen marcas de golpes en la cara. «¿Y eso?», le pregunta Alicia a la mujer de la cocina señalándole un hematoma que le asoma debajo del ojo. «Me caí», contesta bajando la vista. Un niño de unos diez años tiene moratones, que mezclan el negro y el verde, en una pierna. Los policías intuyen que su presencia en la casa, lejos de incomodarlos, tiene algo de liberación para todos ellos. Un agente llama al inspector levantando la voz desde una de las habitaciones. En el interior de un par de maletas pequeñas que estaban ocultas detrás de la ropa en un armario hay varias navajas, porras extensibles, puños americanos y unos veinte mil euros en billetes de cincuenta y de cien.

Terminado el registro, los policías dejan que Alexander y Nicola, que no han dicho ni una sola palabra desde que los esposaron, se terminen de vestir para llevarlos a comisaría. Alicia se queda en la casa con otros agentes a la espera de que llegue un médico y los servicios sociales para examinar a las personas que hay en la casa. No solo es el protocolo, en esta ocasión parece una necesidad.

Algunos vecinos del barrio se han acercado al portal al ver los coches y el movimiento de policías. Alexander y Nicola bajan esposados y a cada uno de ellos los meten en un coche distinto de la policía. Julián se sienta en la parte delantera del que lleva a Alexander.

—Os va a caer una buena.

—No tanto —dice Alexander con una seguridad algo chulesca—, por unas navajas no vamos ni a entrar.

—No tienes ni idea, Alexander —dice Julián sonriente—. Estáis bien jodidos.

La risa del inspector desconcierta al búlgaro cuando el coche arranca camino de la comisaría. Le siguen el resto de los coches y la furgoneta. En el interior del piso, uno de los adolescentes se aparta en una habitación y habla con la compañera de Julián. Una de las mujeres parece pedirle en su idioma que se calle. Ella prefiere que no cuente nada, y el chico pregunta si Alexander y Nicola tardarán mucho en volver. Todo lo que sucedía en esa casa se ha vivido en silencio durante años, nadie en el barrio, ni siquiera en el mismo portal, conocía el horror que sufrían dentro de ella. Ningún profesor, ni educador, ni psicólogo del colegio se había enterado de lo que les pasaba a esos niños búlgaros que ahora están esparcidos por las habitaciones de ese piso de Caño Ronco. Alicia deja a dos mujeres de los servicios sociales que ya han llegado que se encarguen de todo y ella se va a buscar su coche de incógnito para regresar a la comisaría. Un par de policías abren el cordón y vuelve a la calle cierta normalidad. Cuando Alicia sale del portal se cruza con la señora mayor, que viene de la compra con su carrito. Ella le sujeta la puerta a la señora, que entra, ajena a todo lo que ha sucedido durante la última hora. «Gracias, hija», dice con su acento suave sin rastro de la ese ni de la jota.

53

Un niño con pantalones cortos y botas de cuero corre feliz por el campo embarrado hundiendo los pies a cada paso. El sol que acaba de salir no ha secado aún la pradera que rodea su casa, pero en un instante lo pinta todo de color verde y amarillo. Y mirando hacia arriba se ve un arcoíris perfecto. El chaval ha merendado pan con chocolate que le ha dado su abuela, y su madre le regaña por ensuciar las botas con un grito divertido, casi de orgullo por la vitalidad que hay detrás de la travesura del niño. No hay maldad en esa pradera, todo es suave, suena en su cabeza una balada italiana, *«Era già tutto previsto»*, con la voz dolorosa de Riccardo Cocciante y un piano de fondo, nostálgico y delicado, casi como una canción de cuna. Va cerrando los ojos siendo el niño que salta, corre y ríe como se hace en las películas que son tan bonitas porque son mentira. No se sabe si es su recuerdo o su imaginación lo que hace presente en este momento la risa de su madre, la suavidad del pelo del lomo de un caballo al acariciarlo, el tacto de las sábanas recién planchadas al meterte en la cama. Después del disparo todo está tranquilo, como en una película complaciente o en una novela insignificante.

La vida corrompió la bondad de Borja Manuel, que dejó de correr feliz por la pradera luminosa y embarrada debajo del arcoíris. La tradición, la familia, el apellido, la obligación de tener que ser como hay que ser, la alta sociedad vigilante de una ciudad que señala y condena.

Quién sabe por qué la inocencia se convierte en soberbia: dos búlgaros, un puño americano rompiendo huesos, una patada en el cráneo de un chico, un hilo de sangre saliendo por su oído. Y quién sabe por qué el instinto se transforma en un sentimiento turbio y oscuro: una cámara en un baño, la intimidad destrozada de una adolescente, hombres anónimos delante de una pantalla con las manos pegajosas.

Borja tenía miedo. Miedo a la amenaza de Vera de contarlo todo, Borja sabía que hablaba en serio. Miedo a la vergüenza, a la mirada de Sevilla, que juzga y no perdona. Miedo a Nicola y a Alexander, a Antonio, al ruido de la sirena de algún coche de policía que tarde o temprano acabaría llegando hasta su puerta, a la cárcel, a dejar de ser quien siempre había sido.

Por la mañana fue a la capilla de San Onofre, de adoración perpetua. Ya llevaba su pequeña pistola en el bolsillo, una Walther PPK de los años cincuenta de la colección de su padre, mientras le rezaba al Santísimo, pidiéndole que lo que iba a suceder le devolviera la paz. Al salir de la iglesia fue a buscar el coche y cogió la carretera de Huelva. Condujo hasta aquel campo en el que un día fue feliz. Hoy también había salido el sol después de una noche lluviosa. O a lo mejor no, es posible que Borja se lo imaginase. Caminó un rato por la pradera mojándose los zapatos, avanzando con las manos metidas en los bolsillos de la cazadora. Con la derecha iba tocando el metal de la pistola. Se detuvo cerca de una encina, que podría haber sido esa o cualquier otra, a una hora que podría haber sido otra hora. Sacó la pistola del bolsillo, la colocó debajo de su mandíbula, miró al cielo buscando el arcoíris y disparó.

En qué momento aquel niño se olvidó del campo húmedo, del sol después de la lluvia, de los juegos que ensucian las botas de barro y de la calma al oír la risa de su madre. Esa paz que ahora se va imponiendo cuando el cuerpo deja de doler mientras los ojos se van cerrando. Irremediablemente.

54

Más de doscientas personas abarrotan la iglesia de la Caridad. Los bancos repletos y gente de pie, amontonada cerca de la puerta de entrada. A los pies del altar, el ataúd cerrado de madera de nogal brillante con los herrajes y las asas de bronce. El interior acolchado y forrado de seda blanca estaba concebido para que se pudiera ver con la tapa abierta, pero alguien tomó la decisión de cerrar la caja y no mostrar el rostro pálido y deformado del marqués. Irreconocible, inflamado y con un rictus de cierto desasosiego reflejado en su rostro inmóvil. Los muertos no son inexpresivos, algunas veces hay un último gesto que se queda ahí para siempre, que transmite paz o dolor, puede que bondad, alivio o tristeza, incluso enfado. El último gesto de Borja cuando se selló la tapa de su ataúd reluciente era el de un hombre incómodo, sin que el tanatopractor pudiera hacer nada para quitárselo. Las coronas se agolpan cerca del altar, las que caben, porque el resto irán directas al cementerio. De empresas, de colegas de los consejos de administración, de empleados de sus compañías, de amigos, de instituciones benéficas con las que el marqués de Villaecijilla colaboraba generosamente. En la puerta hay algunos redactores de periódicos y radios de Sevilla. En los medios se ha pasado por alto la manera en que el marqués ha muerto. Casi todo el mundo ha hablado de un desgraciado accidente con un arma en una finca onubense. Así es mejor para que el arzobispo oficie la misa sin reprobar ese acto que la Iglesia sigue viendo como inmoral. La vida, ya se sabe, solo puede darla o quitarla el Señor.

Vera tiene la mirada perdida en las coronas de flores, evade la mente dibujando con la vista las arrugas de los claveles, cómo repasan los niños con rotulador los bordes de los dibujos, procurando no salirse. Al estar en primera fila, la mayoría de los asistentes al funeral no puede verle la cara, pero ella nota en la nuca las miradas de toda la iglesia, los de las filas más alejadas se ponen de puntillas para ubicarla, muchos decían que no iba a venir. «La que no está es la hermana», murmura una señora tan operada de los pómulos que parece que acaba de pelearse con alguien. «Dicen que no se llevaban bien, pero mira que no venir», replica otra antes de santiguarse.

Alba había decidido volver a Madrid hacía unos días, y lleva sin salir de su apartamento desde que llegó. Ve series, pide la comida a través de las aplicaciones y duerme. Sobre todo, duerme.

En los últimos bancos de la iglesia de la Caridad se han repartido Matías, Luisa, Rosita, Jacinta y Agustín, que se agarra con fuerza a la mano de su mujer. Le parece increíble que el marqués esté dentro de esa caja, que él solo puede ver esquivando cabezas desde la otra punta de la iglesia. Agustín lleva el traje de paño grueso que Jacinta le ha planchado esta mañana. Es demasiado abrigado para el calor que está haciendo en Sevilla, pero es el único traje negro que tiene. La ventaja es que, como no transpira nada, el sudor se queda como agua estancada entre la piel y la camisa. Jacinta sabe que Agustín está haciendo un esfuerzo por no llorar, aunque a ratos no lo logra. Al contrario que Rosita, que tiene que hacer un esfuerzo por llorar, lográndolo a ratos de manera forzada. Rosita considera que, en estas ocasiones de funerales y entierros, las lágrimas son obligatorias para quedar bien ante los demás y ante Dios, que está en el altar. Rosita tiene cargo de conciencia al pensar que la muerte del marqués no le ha dado ninguna pena y teme que el Todopoderoso la descubra. Si todo lo puede, también podrá meterse en su mente y darse cuenta de que no siente ningún tipo de dolor.

El arzobispo pronuncia su homilía sobre Borja, al que conoció hace muchos años. Habla de lo generoso que siempre fue con numerosas instituciones benéficas, de lo cruel que a veces parece la vida por llevarse a un hombre todavía muy joven, y recomienda como consuelo pensar que nuestro hermano ya está en los brazos del Señor. En la iglesia de la Caridad de repente hay algo de corriente, que alivia el calor. Los que están al fondo han debido de abrir las puertas, y la gente lo agradece, especialmente Agustín, cuyo traje de paño grueso parece haberse aligerado.

Vera fija su mirada en el ataúd brillante atravesándolo con su imaginación, buscando a Borja dentro. Le hubiera encantado conversar una última vez con él. Tenerle delante para compadecerle o para abofetearle, quizá para las dos cosas. Preguntarle por qué puso esas cámaras, por qué ordenó aquella paliza, por qué no le ha dado la oportunidad de recordarle sin desprecio, si fue verdad que algún día la quiso, si le ha compensado apretar el gatillo.

Alba se levanta esa mañana en su apartamento sobre las once para desayunar, después se ducha, ve un rato la tele y se vuelve a quedar dormida en el sofá leyendo una novela.

Agustín mira el altar preguntándose si ha actuado bien, si él tiene la culpa de que Borja haya acabado así. El Cristo de la iglesia de la Caridad no está en la cruz, es una escultura en la que yace muerto después de la crucifixión. Ojalá el Señor le haya perdonado y le tenga en su gloria. Aprieta aún más fuerte la mano de Jacinta y comienza a llorar como un niño desconsolado.

La corriente de aire en la iglesia va cada vez a más. «Por favor, cierren la puerta», el arzobispo se dirige a las personas que están al fondo, cerca de la entrada, antes de dar la comunión a los asistentes que ya han empezado a hacer cola. Vera sigue en su sitio, hoy no quiere comulgar. Tiene algo de frío, hay demasiada corriente.

Alba está tumbada en el sofá profundamente dormida. Llaman a la puerta del apartamento y no es capaz de saber si es en la realidad o en un sueño donde alguien está haciendo sonar el timbre.

«¡Las puertas están cerradas!», grita alguien desde el otro extremo de la iglesia contestando al arzobispo, que mira hacia el techo sin comprender lo que pasa. Vera se gira y ve tras de sí el templo abarrotado de gente, no cabe nadie más. Rosita se ha puesto en la fila para comulgar, secándose con un pañuelo de papel unas lágrimas que no terminan de salir.

Alba se levanta del sofá para abrir la puerta.

Agustín recorre con la vista el edificio, no había reparado en su belleza barroca, que él no sabe que es barroca. Todo a su alrededor es armonioso, transmite solemnidad y recogimiento. Antes fue hospital y aún mantiene ese nombre: iglesia y hospital de la Caridad. Es majestuoso y dramático, un lugar que al mismo tiempo da paz y duele. Agustín busca, como casi todos los asistentes a la misa, el origen del aire que sopla cada vez con más fuerza dentro de la iglesia, y en su recorrido encuentra detrás de una columna a Julián Carretero, que le saluda adelantando la mandíbula y esbozando una mínima sonrisa. El inspector también observa todo lo que sucede. Nadie le conoce, salvo Agustín, y nadie ha reparado en él, como siempre. En el bolsillo de su chaqueta lleva un folio que acaricia con los dedos, como asegurándose constantemente de que sigue en su sitio desde que lo metió ahí esta mañana. Es la fotocopia de la nota que ha leído una y otra vez. Julián no es capaz de saber si Borja se ha librado con su muerte de pagar por lo que hizo o lo ha pagado demasiado caro volándose la cabeza de un tiro. Las dos cosas, seguramente.

Al otro lado de la puerta del apartamento de Alba, un chico con sudadera negra con la capucha puesta le sonríe. Es Diego. Ella se abalanza sobre él para abrazarle, no puede creerse que sea verdad. El chico se ríe feliz mirando a Alba, que le lleva hasta su sofá, donde un día estuvieron desnudos. Los dos se acurrucan, se acarician y se besan.

Dos curas están inspeccionando todas las ventanas y las puertas traseras de la sacristía y del museo aledaño para ver por dónde se está colando el aire, que ya es un vendaval dentro de la nave central de la iglesia. Seis hombres con traje oscuro y corbata negra se acercan al ataúd, tres por cada lado, para alzarlo en volandas y sacarlo por la nave central después de que el señor arzobispo haya dado por concluida la misa. Los hombres aceleran el paso una vez que se abre la puerta principal, parece que huyen del viento. Muchas señoras están despeinadas y todo el mundo tiene frío. La mayoría de los presentes se marcha detrás del ataúd. Rosita y Jacinta salen de la iglesia, pero Agustín se sienta en el banco y les pide que le esperen fuera. Julián Carretero se despide de él con la mirada, sin soltar el papel que lleva en el bolsillo. Vera vuelve a fijar su vista en las coronas de flores, cada vez más agitadas, hasta que estas finalmente ceden y los pétalos echan a volar desperdigados por toda la iglesia, como si se hubiera descosido un colchón de plumas.

A la salida, dos señoras se acercan a Vera. Se llaman Esperanza y Cayetana, con ellas ha cenado algunas veces porque sus maridos eran amigos de Borja. Vera cree que le van a dar el pésame.

Alba tiene apoyada su cara en el pecho de Diego, que le acaricia el pelo con las yemas de los dedos. Ella sabe que es un sueño y sabe también que tiene que despertarse. Diego le susurra algo al oído y, justo en ese instante, Alba sonríe y abre los ojos tumbada en el sofá de su apartamento en Madrid. De repente, siente unas ganas enormes de volver a Sevilla para ver a su hermana.

55

Debería haberle avisado, pero tenía miedo de que esa conversación por teléfono lo estropease. Mejor en persona, teniéndole delante seguro que todo va a ser más fácil. No hay apenas tráfico en Sevilla, tampoco hay demasiada gente, a pesar de que la noche es espléndida. Mañana se trabaja, así que, hasta el jueves, a las calles y a los restaurantes les sobra espacio a estas horas. Vera está inquieta, contenta y, sobre todo, decidida. Todo a la vez. Hacía mucho que no conducía, eso aumenta la inseguridad, pero, al mismo tiempo, ocuparse de la circulación la mantiene distraída. Es más fácil seguir las indicaciones del navegador que dar un cambio de sentido si se arrepiente de ir a verle. Desde el paseo de Colón gira hacia la Fábrica de Tabacos. Se acabó la pasividad, se acabó estar a la expectativa. Después del caos de las últimas semanas, desde hace unos días todo parece que empieza a ordenarse. Qué difícil es mirar con perspectiva, analizar lo que sucede como si no fuera contigo. Qué difícil es entenderse a una misma y qué difícil la coherencia. Gabi dice que la mayoría de las decisiones importantes en la vida no las podríamos explicar antes de tomarlas. La vida solo cuadra en todas esas novelas complacientes que siempre son la misma novela. Eso opina ella.

Vera toma la avenida de la Borbolla, rodea la glorieta del Cid y enfila la avenida de Menéndez Pelayo. Piensa que Sevilla es el lugar más bonito del mundo, aunque tenga sitios horribles, como cualquier ciudad. Sitios sin alma en los que parece que nunca pasa nada bonito. Casas idénticas a las de cualquier barrio de cualquier ciudad, de cualquier país. Finalmente, gira a la derecha, entra en la avenida José Laguillo y continúa hasta el portal de Antonio. En la misma puerta hay un hueco amplio para dejar el coche en diagonal, menos mal. Ya estaba pensando en llamar al telefonillo para que él bajase a aparcarle el coche. «Hola, vengo a decirte que te quiero, pero antes baja a aparcarme el coche», Vera se hace gracia a sí misma. Se ríe antes de agobiarse al pensar que no sabe qué es lo que le va a decir. «Te quiero», desde luego, no. Atreverse a eso es demasiado.

Antonio se sienta enfrente de Vera después de abrir una botella de vino y servir dos copas bastante generosas. Le ha dicho que cuando hace un instante ella llamó a su telefonillo estaba a punto de irse a la cama. Antonio lleva una camiseta verde tan desgastada que tiene un agujero en la axila en el que probablemente no habrá reparado. O sí, y le da igual. El pantalón vaquero se lo ha puesto para abrir a Vera, porque lo más probable es que llevase uno de chándal gris o no llevase. En él eso da igual. Antonio siempre tiene pinta de actor, de protagonista de la película que, aun tirado en el sofá, sigue estando guapo porque hay un estilista, un maquillador y un peluquero creándole un *look* milimétricamente desaliñado.

—¿Qué tal estás? —Antonio es el que habla primero nada más sentarse.

—Bien. —Vera le da un sorbo al vino, que en realidad no le apetece nada—. ¿Y tú?

—Trabajando mucho. Hay bastante movimiento en la inmobiliaria.

—Qué bien.

—Sí.

—Me alegro —afirma ella esquivándole la mirada.

Antonio, que no bebe de la copa que sostiene en la mano, se calla para que Vera hable.

—¿Y...? —dice, cuando el silencio se hace un poco incómodo.

—Tienes un agujero en la camiseta, no sé si lo habrás visto.

—Sí, pero solo la utilizo para dormir. Es comodísima.

A Antonio le empieza a hacer gracia lo absurda que está siendo la conversación, y Vera comienza a sentirse tan ridícula por su incapacidad para decir algo que por momentos tiene la tentación de marcharse de allí corriendo.

—¿Tú cómo duermes? —le pregunta él, que ahora sí bebe un sorbo de la copa.

—En pijama.

—Yo siempre en calzoncillos y con camiseta. Cuanto más vieja, mejor. —Se señala la que lleva puesta.

—Yo alguna vez he dormido desnuda, no creas.

—Eso sí que es cómodo.

Vera pega un trago demasiado grande con el que casi se acaba la copa. Entre los nervios y el vino, teme por unos segundos ponerse a vomitar.

—Vera, ¿a qué has venido?

—No lo sé.

Vera se acuerda de Gabi. «¡Qué difícil es entenderse a una misma!».

—¿Quieres hablar de algo en concreto? —Antonio decide ayudarla.

Vera piensa que deberían hablar de la muerte del marqués y de la implicación de este en la de Diego, contarle lo de la cámara en el baño de su hermana. Todo está pendiente, pero no quiere mencionar nada de eso. Toma el último trago hasta vaciar su copa.

—Te echo de menos. Creo que es lo que he venido a decirte. Te echo mucho de menos —repite.

Antonio se levanta y la coge de una mano para que ella también lo haga. A él le gusta más besar de pie, una vez le dijo que sentado se besa peor. Por eso Vera espera la boca de Antonio, que se limita a abrazarla esquivándola todo lo sutilmente que puede.

—Yo también te he echado de menos. —Antonio suena sincero.

—Ya —dice ella decepcionada.

—Vera, no te esperaba. Necesito un poco de tiempo.

Vera coge el bolso y se lo cuelga en el hombro.

—Ya me marcho.

—Me ha gustado que hayas venido. —Él hace ademán de acompañarla a la entrada.

Ella sale de la salita por delante de Antonio y al mirar a la derecha ve la puerta de la habitación cerrada. Sabe que no debe hacerlo, sabe que es un error, pero la curiosidad es mayor que el miedo a descubrir lo que no quiere ver. Vera abre la puerta y ve a una mujer tumbada en la cama. Está de espaldas y tiene el cuerpo cubierto con la sábana. Vera solo distingue una melena rizada y unos hombros desnudos. Sin llegar a verle la cara, imagina a la mujer más guapa del mundo y ella se siente la más ridícula. Antonio tiene la tentación de decir algo, pero prefiere no hacerlo, y sigue a Vera, que ha acelerado el paso buscando la puerta.

—Me gustaría hablar contigo —dice él.

—Adiós, Antonio.

56

Vera monta a caballo sin ganas. Montar es para ella mucho más que una actividad, es un lugar. Es su sitio natural, al que siempre vuelve y el único en el que siempre ha querido quedarse. Hoy no. Siente una sensación extraña, irreconocible, mientras está encima de Morante, al que pone al galope o de paseo o al trote de una forma desordenada y nerviosa. El caballo lo nota, él tampoco reconoce a Vera, que deambula entre las encinas sin rumbo, yendo y volviendo al mismo sitio, como perdida en el salón de su casa. Ella no ve las ramas que a veces rozan su cuerpo, ni el verde de la pradera por el que hace avanzar a Morante de forma incoherente. Las imágenes que se agolpan en su mente son otras. Es la de la cara de su hermana Alba, es la del pelo rizado de una mujer en una cama, es la de un lienzo en blanco, es la de dos señoras murmurando en su espalda, es la de una nota en un bolsillo en la que pone «te quiero», es la de la espalda de Antonio alejándose.

No está segura de haber sido ella la que ha dirigido a

Morante hasta la casa, a lo mejor ha sido el caballo el que ha tomado la decisión mientras ella estaba sin estar. Vera acaricia al animal, que agita su cuello, agradecido. Entra en la casa directamente al salón y se tumba en el sofá sin quitarse las botas.

Se queda un buen rato mirando al techo. «No sé vivir sin ti. Te quiero. Borja». Ocho palabras en una nota antes de acabar con todo, que ni alivian ni hacen daño. Vera sube los dos pies al sofá sin quitarse las botas.

En su cabeza, Antonio de espaldas yendo en busca de Isabel o de cualquiera. Sabe que hay más, que siempre las ha habido. Esa imagen en la que él se aleja para no volver le da pánico. Necesitaría que se girase y viniera a buscarla, que la eligiera entre las demás, ser la protagonista de una comedia romántica, la chica de la película que al final se convierte en la única. Pero esa chica no es ella, esa tiene el pelo rizado, quince años menos y está en la cama de Antonio. Vera encoge las piernas y se acurruca de lado con un cojín en la tripa.

Esperanza y Cayetana le echaron la culpa en el funeral. Primero percibió los murmullos a su espalda y después los reproches en la puerta de la iglesia: «No sé cómo has podido venir», le recriminó una. «Mira cómo ha acabado...», dijo la otra, que no se atrevió a pronunciar «... por tu culpa», aunque ni la mirada de desprecio ni sus palabras le hicieron ningún daño. Hasta hacía no demasiado tiempo había considerado a esas señoras algo parecido a sus amigas. Cenaron varias veces juntas, estuvieron en algún acto benéfico, coincidieron en la feria o en un balcón viendo el paso de alguna procesión. Esas mujeres a las que les aterran los cambios, incapaces de arriesgar nada que ponga en peligro su comodidad, que siempre miran para otro lado. Mujeres a las que les da miedo la libertad de otras mujeres. Vera no contestó, las miró devolviéndoles la cara de desprecio y se marchó con una cierta sensación de alivio. Alejándose de ellas lo hacía también de ese mundo al que ya no quería pertenecer.

Vera se reincorpora en el sofá pensando en Esperanza y Cayetana, y camina por el salón. Le encantaría pintarlas en un cuadro, serían dos hienas con collares de perlas y cardados rubios que enseñan rabiosas los dientes. Ellas también dan sentido a que Borja se pegase un tiro, seguro que él pensó en volarse la cabeza para librarse de sus mordiscos. A Vera le da igual que la gente sepa la verdad, está bien así. Borja no se mató por amor, se mató por miedo.

Sube a la habitación y pone la música a todo volumen para ducharse. Es una canción alegre con un estribillo de letra incomprensible, pero emocionante que ella reproduce sin saber lo que dice, con las palabras a medias. Da igual, la música hace que se mueva desnuda en la ducha. El agua cae con presión mientras ella marca con sus pies algo parecido a unos pasos de rumba. Es la primera vez que se mueve con ganas en los últimos días. Se frota el cuerpo con las manos empapadas en espuma y canta a voces, aliviando con el grito la presión que impedía el movimiento. Con una toalla envolviéndole el pelo y otra cubriendo su cuerpo como un vestido palabra de honor, abre el armario para buscar la ropa escuchando una y otra vez la canción del estribillo con letra incomprensible que la pone contenta. Vera tiene muchas cosas por hacer.

57

Antonio siempre atraviesa el portal sin fijar la vista en ningún sitio, a veces hasta lo hace con los ojos cerrados. Los cinco o seis metros que hay desde la puerta metálica de la calle hasta el descansillo donde está el ascensor son para él un suplicio al que no termina de acostumbrarse. Es incapaz de mirar al suelo, donde imagina a Diego muerto, eternamente ahí. El paso de las semanas va curando la tristeza. El dolor va transformándose y diluyéndose, hasta que un día vuelve de repente la risa y el deseo y las ganas de seguir. La vida se impone, inevitablemente.

Hasta ahora no había sido capaz de pensar en mudarse del edificio. Le da la sensación de que marcharse de allí es dejar a Diego tirado en ese suelo para siempre, pero Antonio ya no quiere seguir atravesando ese portal.

—Si entra algo interesante para alquilar, dímelo antes de sacarlo al mercado.

Antonio habla con Isabel tomando un café en la cocinita que hay al fondo de la oficina.

—¿No te merece la pena comprar? Según están los alquileres, casi no compensa.

—Es que no sé cuánto tiempo más seguiré viviendo en Sevilla.

Antonio llamó ayer a la madre de Diego. Necesitaba pedirle algo. Encarna le cogió el teléfono y se emocionó al escuchar la voz de Antonio preguntándole cómo estaba.

—Lo voy llevando como puedo, hijo —le contestó con la voz entrecortada—. ¿Tú qué tal?

—También me acuerdo mucho de él, Encarna.

—Yo le tengo aquí en el salón y hablo mucho con él.

—¿Cómo que le tienes en el salón?

—Las cenizas, me refiero. A veces creo que me contesta.

Antonio habló un rato con Encarna. Los dos lamentaron lo poco que se habían visto en estos años.

—Siempre le decía a Diego que te llamase más.

—Yo tampoco le llamé lo suficiente.

Encarna lloró en algunos momentos de la conversación, y Antonio tuvo que esforzarse mucho para no hacerlo.

—Si quieres, un día vente a casa y nos tomamos aquí un café con él.

—En cuanto vaya a Madrid, me paso a verte. A veros —se corrige a sí mismo.

Antonio no tiene ninguna foto con Diego en los últimos años. No lo había pensado hasta ayer y darse cuenta le produjo una sensación de vacío, más allá de la tristeza. Queda la memoria, pero sin nada que pueda tocarse y que le permita evocar algún momento compartido. Solo hay una foto, la única que Antonio recuerda y seguramente la única que existe. Debe de tener alrededor de veinte años, y la hizo Encarna en el parque de debajo de su casa en Campamento. Antonio, con unos quince años, está sentado en un banco mirando hacia abajo, como ajeno a lo que le rodea, mientras Diego, que apenas tendría cinco, está a su lado mirándole con devoción, como esperando a que su hermano mayor le haga caso. Recordando esa imagen, Antonio daría lo que fuera por volver atrás en el tiempo, levantar la vista del suelo y abrazar a ese niño que le mira.

—¿Recuerdas esa foto?

—Sí. Es la única que Diego tenía en su habitación.

—Me gustaría hacer una copia, si no te importa.

—Claro, seguro que a él le encantaría que la tuvieses tú.

Isabel y Antonio siguen solos en la salita del café. Esta mañana la mayoría de los vendedores están de visitas, pero es cuestión de suerte que a ninguno de los que quedan en la oficina le dé por venir a tomar un café. Antonio termina de contarle a Isabel la llamada que ayer le hizo a Encarna.

—Es bonito que tu hermano tuviese la foto en su habitación —dice Isabel.

—Es horrible descubrir que con él no estuve nunca a la altura.

—Es absurdo torturarte.

Una compañera entra en la sala con su taza vacía. Al saludar, se da cuenta de que ha interrumpido una conversación lo suficientemente personal como para no unirse a ella. Se le ocurre comentar que el calor ya se está haciendo insoportable en Sevilla mientras se prepara un café con leche. Isabel y Antonio apostillan que, en efecto, está haciendo más calor que nunca.

—¿Por qué quieres marcharte de Sevilla? —pregunta Isabel en cuanto la chica se va de la salita con su taza en la mano.

—Cada vez tengo menos cosas aquí.

—Es por Vera, ¿no?

Antonio bebe de su taza sin contestar. Siempre ha habido confianza entre los dos. Isabel nunca le ocultó que veía a más chicos, Antonio no había dejado de ver a otras mujeres. Ella huye del compromiso, así que no lo exige. Él no se había planteado nunca una relación en serio.

—¿Sabes quién es? —se sorprende Antonio.

—Yo te la presenté cuando empezó a buscar piso, ¿no lo recuerdas?

—Sí, pero no sabía que... —Antonio no termina la frase.

—Lo sé desde el primer día. —Isabel hace una pausa—. Desde que la conociste ya no volviste a estar igual conmigo. —Antonio abre los ojos, sorprendido—. La oí el otro día cuando estuvo en tu casa —continúa ella.

—¿Por qué no me habías dicho nada?

—Te lo estoy diciendo ahora. —Sonríe, no hay ningún reproche en sus palabras.

Antonio está a punto de añadir algo cuando un par de vendedores entran en la cocinita hablando alto, creyendo que no hay nadie dentro.

—Perdón —dice uno excusándose por el tono de voz.

Este se echa un vaso de leche de almendras y el otro se hace en la máquina un expreso descafeinado. Los cuatro comentan de nuevo el calor que está haciendo. No recuerdan nada igual, se confirman los unos a los otros.

—¿Qué ibas a decir? —retoma la conversación Isabel.

—¿Por qué dices que ya no volví a ser el mismo contigo?

—Eso no se puede explicar —responde ella mirándole fijamente a los ojos—. Tú estás loco por esa mujer.

Antonio no dice nada. Siente que hay algo portentoso en Isabel. La lucidez en el análisis, tan propia de las mujeres frías, y la bondad generosa de las mujeres apasionadas.

58

La sangre tiene esos caprichos que convierten en idénticas las diferencias. Vera y Alba se reconocen en los gestos de la otra. La manera de apartarse de la cara algún mechón de pelo, el sonido de la risa, cómo suspiran al llorar, la forma de mover las manos o la entonación de algunas palabras. Mirar a la otra es verse a una misma desde fuera.

—Quería que me ayudases a elegir las telas para mi habitación —dice Vera forzando un poco el entusiasmo. Alba ha ido al ático de su hermana sin demasiadas ganas. Lo ha hecho porque la ha llamado, pero temía que pasase justo lo que está pasando—. Y de la tuya, claro —continúa Vera, sonriendo mientras abre un libro enorme con telas de diferentes estampados.

—¿Qué mía? —pregunta Alba sin ninguna simpatía.

—Me gustaría que tuvieras aquí una habitación para cuando quieras venir.

Alba no contesta. Se levanta del sofá y sale a la terraza. Está a punto de anochecer, así que ha amainado un poco el calor que ha hecho durante todo el día. Ayer mismo instalaron el riego automático para las plantas que decoran la terraza. Vera enciende desde dentro la iluminación, que alumbra todo el espacio de manera indirecta.

—Es lo primero de la casa que está terminado del todo —le explica a su hermana mientras sale en su busca.

Alba está al lado del muro encalado que hace de barandilla mirando al horizonte con los tejados de la ciudad, la catedral y la Giralda al fondo.

—La verdad es que la terraza te ha quedado preciosa.

—Cuando te apetezca, puedes venir con quien quieras y hacer aquí alguna fiesta.

Alba amaga una sonrisa sin mirar a su hermana. Vera se acerca para acariciarle un hombro, y Alba se aparta alejándose un par de pasos.

—Vale ya, ¿no? —dice Vera algo enfadada.

—¿Cómo que «vale ya»?

—Sí. Que vale ya de rechazarme.

Alba no contesta y sigue mirando en dirección a la catedral, ignorando a su hermana, que se sienta en un banco, al lado de una maceta gigante en la que ha plantado un rosal de rosas blancas.

—Tenemos muchas cosas de las que hablar —dice Vera de nuevo conciliadora.

—No sé si quiero hacerlo.

—¿Y cuál es la otra opción?

—Seguir como siempre. En eso eres una experta. —Alba pone tono de reproche y gesto de indiferencia.

—¿En qué soy una experta?

—En hacer como que no ha pasado nada.

—Alba, no sé si te das cuenta de que soy yo la que te estoy proponiendo hablar.

Alba deja de mirar la catedral, iluminada de naranja, y fija sus ojos en los de su hermana.

—¿Sí? —Se acerca hacia ella algo desafiante y se sienta enfrente en una silla de mimbre—. ¿De qué quieres hablar?

—No lo sé —contesta Vera un poco aturdida—. Solo quiero que tú y yo estemos bien.

—Tú no quieres hablar, tú lo que quieres es que no pase nada. Como siempre.

—No te entiendo —dice Vera.

Alba se levanta de la silla y camina por la terraza. Definitivamente, se ha hecho de noche en Sevilla.

—¿Hacia dónde has estado mirando durante todos estos años? —Alba introduce una boquilla blanca en su cigarrillo electrónico, da una calada y exhala vapor con olor a mandarina—. ¿Cómo puede ser que no te dieras cuenta de cómo era la persona con la que vivías?

—Yo no podía imaginar que...

—¿Cuántos hijos de puta —interrumpe Alba a su hermana— me habrán visto desnuda por culpa de tu marido? Y en la taza del váter.

A Alba le tiembla la voz al terminar esa frase. Es una vergüenza que le duele hasta físicamente.

Vera se levanta del banco y abraza a su hermana, que le corresponde sin ninguna entrega.

—¿Sabes lo que más rabia me da? —Alba se separa

de Vera—. Que se haya pegado un tiro y no pueda ir a la cárcel.

—Es peor morir que ir a la cárcel —dice su hermana.

—Para él, por lo visto, no.

El silencio de las dos trae a primer plano el ruido de la calle, un murmullo lejano de voces indefinidas que parecen trepar desde las aceras y llegan al ático, diluidas e incomprensibles.

—¿Quieres tomar algo? —Vera va hacia la cocina—. Yo me voy a poner un vino.

—¿Tienes blanco?

Vera desaparece por la puerta de la terraza hacia el interior del piso. Alba mira las estrellas mientras vapea hacia el cielo.

—Huele bien —reconoce Vera al volver con una copa de vino blanco en cada mano.

—A mandarina.

—Ten cuidado, dicen que eso es peor que el tabaco.

—Ya lo dejaré —dice Alba sin ninguna convicción.

Las dos se sientan en los mismos sitios de antes, cada una con su copa de vino.

—Alba, siento mucho no haberme dado cuenta de lo que estaba pasando. —Vera retoma la conversación después de la tregua que les ha dado el vino—. No podía imaginar que Borja fuese capaz de grabar esas imágenes.

—Por favor, no vuelvas a hablar de las imágenes. No quiero pensar en eso.

—Alba, qué fuerte has sido siempre.

—¿Fuerte?

—Cuando eras pequeña te costaba mucho llorar —dice Vera nostálgica.

—Tú no me veías llorar, que es distinto. No podía llorar delante de Borja.

—¡Qué tontería! Si eras una niña.

—Una niña de la que tu marido se reía.

—Yo nunca me di cuenta de eso.

—Tú nunca te dabas cuenta de nada.

Vera y Alba se han acabado el vino a la vez. Durante toda la noche se han mirado reconociéndose en los gestos de la otra. Como siempre. Tan iguales y tan lejos, tan necesitadas y tan solas las dos.

—¿Quieres otra copa?

—Me voy a emborrachar —contesta Alba, que vuelve a vapear, dejando en la terraza un olor a mandarina que a Vera le gusta cada vez más—. No he cenado.

—¿Quieres que pidamos algo de comida?

—No. Prefiero el vino.

Vera trae la botella de la cocina y la deja en el suelo después de volver a rellenar las copas. Las dos hermanas se quedan en silencio un buen rato mirando al cielo, ya negro del todo, y las estrellas, chiquititas, como purpurina esparcida en una cartulina oscura.

—¿Sabes dónde noto tu distancia? —dice Vera de repente—. En el abrazo.

—¿En el abrazo? —Alba bebe un trago largo de su copa.

—Sí, tu cuerpo siempre es áspero cuando te abrazo. Recibes mi abrazo, pero hace mucho que no me lo devuelves.

—No lo hago queriendo, créeme. —La frase de Alba suena a disculpa.

Vera se levanta y busca detrás de un par de macetas enormes que hay en un extremo de la terraza dos hamacas plegables.

—Ayúdame —le pide a su hermana mientras saca una de las dos.

Alba va a por la otra y las extienden en el centro de la terraza. En medio dejan la botella, en la que apenas queda vino. Las dos se descalzan y se tumban mirando al cielo.

—Si me fijo en una estrella y la miro todo el rato, me mareo un poco —dice Vera.

—Yo también. Me da como vértigo.

—¿A qué estrella estás mirando?

—A esa de la derecha —contesta Alba señalando al cielo con la copa vacía—, la más brillante.

—Yo también.

Alba se reincorpora, coge la botella del suelo y reparte lo poco que queda de vino entre las dos.

—Mírame a los ojos. —Alba extiende su copa para chocarla con la de su hermana—. Dicen que si no miras a los ojos a la persona con la que brindas te pasas siete años follando mal.

—Niña, esa boca —la reprende Vera fingiendo un enfado.

Las dos vacían las copas de un solo trago y se vuelven a tumbar en las hamacas. De la calle viene cada vez menos ruido, se nota desde el ático que la gente se está yendo a dormir. La luz cobriza de la catedral y de la Giralda se apaga de repente, es la hora a la que el Ayuntamiento corta la iluminación de los monumentos históricos. Alba saca de nuevo el vapeador y suelta al cielo el humo después de la calada. Vera vuelve a buscar la estrella brillante que había a la derecha y fija su mirada en ella.

—Alba, tú eres la persona a la que más he querido en el mundo.

—Supongo que tú también lo eres para mí. —Alba hace una pausa hasta que encuentra la misma estrella brillante—. Yo no he tenido a nadie más.

59

Matías, Luisa, Rosita, Agustín y Jacinta, formados de nuevo como en un pelotón de fusilamiento en el salón de La Paz, de la misma manera que hace unos meses. Esta vez solo está Vera delante de ellos.

—Sentaos, por favor —les pide.

Matías y Luisa lo hacen en dos sillas de la mesa del comedor, Rosita se deja caer a plomo en un butacón y Agustín y Jacinta se quedan de pie: «Estamos bien así, no se preocupe».

—Voy a marcharme de La Paz —empieza diciendo—. Me llevaré algunos muebles y los caballos a Casa Caldera, y me instalaré allí, aunque también pasaré algunas temporadas en Sevilla.

—¿Eso qué quiere decir? —pregunta Luisa un poco temerosa—. ¿Nos va a despedir?

—No, Luisa, pero sé que algunos de vosotros tenéis otros planes. —Vera mira directamente a Agustín y Jacinta.

—Bueno, señora —dice Agustín—, nosotros estamos ya un poco mayores para empezar en otro sitio.

—Entiendo perfectamente que os queráis jubilar —se anticipa Vera—. ¿Cómo está vuestro nieto?

—Es un primor —dice Jacinta—. Mi hija me ha dicho que ya sabe leer. Y hasta habla valenciano: como su padre es de allí...

—Pediré que os arreglen los papeles para que la jubilación se solucione para los dos de la mejor manera. De verdad, me alegro mucho por vosotros.

Agustín no es capaz de ponerse contento. Su huerto, su nieto, su vida tranquila le están esperando, pero en su interior hay cierta desolación que no comparte con nadie. Echa de menos a Borja, una pena inexplicable que ni siquiera Jacinta entendería, supone que tampoco la comprendería el propio Borja, que nunca supo descifrar sus sentimientos. Cerrar La Paz es para Agustín enterrar al marqués definitivamente.

—Pues yo me vuelvo a El Puerto —dice Rosita de repente. Vera se mantiene en silencio esperando a que se explique—. Es que un tío mío quiere abrir un restaurante en Jerez y lo más probable es que me vaya a trabajar con él.

Sus cuatro compañeros y Vera tienen la certeza de que Rosita se acaba de inventar lo del tío y lo del restaurante en Jerez, aunque ninguno dice nada.

—Si es lo que tú quieres, por mí no hay problema —comenta Vera.

—¿Y cuánto me toca de indemnización? —pregunta recostándose en el butacón.

—¿Qué indemnización? —dice Matías desde su silla—. Si te vas tú, no tienes indemnización.

—¡¿Es que una no tiene derechos o qué?! —protesta Rosita decepcionada.

Vera intenta contener la risa. Podría haberse enfadado por la reacción de Rosita, pero ha preferido no tomársela en serio. Últimamente solo les da importancia a las cosas que la tienen.

—Matías, ¿tú qué quieres hacer?

—Pues lo mismo que Luisa —interrumpe Rosita riéndose desde el butacón—, ¿a que sí?

—Ni que a ti te importase —se molesta Matías.

—No te enfades, hombre —pide Rosita con buen tono—. Si todos sabemos lo que hay.

—Yo trabajaré donde usted me diga. —Matías se dirige a Vera.

—Creo que lo mejor es que Luisa y tú vayáis a Casa Caldera —dice ella—. ¿Te parece bien, Luisa?

—Sí, a mí me parece bien.

—Lo que yo decía. —Rosita entrelaza las manos y apoya la cabeza en el respaldo del butacón.

—Hasta que usted encuentre a alguien, Agustín y yo podemos ir también —se ofrece Jacinta.

—Gracias —sonríe Vera—. Es posible que os necesite durante algunos días.

—¿Cuándo piensa empezar la mudanza? —pregunta Matías.

—Mañana por la mañana viene el camión.

Vera no sabe lo que hará en el futuro con esta casa, ni con el chalet de la Palmera, ni con todo lo que era de Borja y ahora es suyo. Así lo quiso el marqués en su testamento, quizá buscando su redención a través de ese documento, como trató de encontrarla apretando el gatillo de su Walther PPK.

Vera ha decidido dejar a un lado la nostalgia. Ha llegado a esa conclusión después de buscar en esta casa su propio pasado y no encontrar nada que pueda echar de menos. No reniega de lo que ha sido, no olvida que a ratos fue feliz y que su inocencia la libró muchas veces del sufrimiento. Sabe que forman parte de ella, pero no encuentra ninguna emoción en sus recuerdos.

—¿Y qué pasa conmigo? —quiere saber Rosita.

A todos les entra la risa.

—¿Contigo? —le pregunta Vera.

—¿Yo también me voy a trabajar a Casa Caldera?

—Pero ¿tú no te ibas a un restaurante en Jerez? —malmete Matías.

—Cuando se abra —explica Rosita—. De momento, es solo una idea que tiene mi tío.

60

Vera lleva un rato mirando y preguntando al dueño de la tienda sobre todo lo que ve. Va señalando lo que se quiere llevar y el señor lo aparta detrás del mostrador donde está su mujer. Ambos son los dueños del negocio desde hace años. A Vera le sorprende que algunos materiales no hayan cambiado desde que ella era niña, y aunque hay marcas nuevas, muchas son las mismas que hace treinta años. A Vera le encanta el olor de la tienda y su desorden controlado, que le da un cierto aspecto de almacén.

—¿Va a poder usted con todo? —pregunta el dependiente de La Factoría del Arte.

—Sí, tengo cerca el coche.

—Yo la ayudo a llevarlo.

El hombre acompaña a Vera hasta el fondo del callejón donde está la tienda; Matías está esperando en doble fila.

—Vuelva usted cuando quiera —le dice el dependiente—, pero creo que ahí lleva material suficiente para un montón de tiempo.

Matías logra colocar todo en el maletero con cierta

dificultad y regresa al interior del coche para llevar a Vera al ático del Arenal.

—No sabía yo que a usted le gustaba pintar —comenta Matías.

El calor del verano ha venido con violencia, la misma de todos los años, aunque siempre nos parezca mucho mayor que el anterior. Las calles se van quedando casi desiertas de sevillanos, acaparadas por turistas que caminan mirando monumentos y buscando una sombra que se apiade de ellos y de sus cuerpos enrojecidos y congestionados. Matías llega al portal y detiene el coche para bajar los trastos. La calle es de una sola dirección y, como casi todas las del barrio, es estrecha y no hay sitio para que circulen dos coches. Son unas cuantas bolsas con cajas de lápices, carbón, óleos, acuarelas, blocs de dibujo, distintos tipos de papel, pinceles, plumillas, trementina, lienzos en blanco de diferentes tamaños y un caballete. Entre Vera y Matías vacían el maletero y dejan todo en la acera para poder retirar el coche de la calle y aparcarlo en otro lugar.

—No te preocupes, ya me encargo yo de subirlo todo en el ascensor —dice Vera.

—¿Está usted segura?

—Sí, vete a Casa Caldera, que yo me voy a quedar aquí todo el día.

Matías arranca el coche y se marcha feliz. Es posible que hoy que tiene la tarde libre invite a Luisa a tomar algo cuando refresque un poco. Y antes, si a ella le apetece, puede que se cuele un rato en su habitación.

Vera pone una de las bolsas como tope para que no se cierre la puerta del portal y va metiendo dentro las demás.

—¿Te ayudo?

—¡Ay!

Vera da un grito y un respingo a la vez. No se había dado cuenta de que le tenía justo detrás.

—¡Qué susto!

—Llevaba un rato esperándote —dice Antonio, que coge el caballete para meterlo dentro del portal.

—¿Por qué no me has avisado?

—He hecho lo mismo que tú —le recuerda Antonio—. Quería darte una sorpresa.

—Pues lo has conseguido.

Vera se mete en el ascensor con las bolsas y el caballete, y Antonio sube por las escaleras. Si se hubiesen apretado podrían haber cabido los dos, pero para eso habrían tenido que subir demasiado juntos entre tantos bultos. De momento, es mejor así.

—¿Dónde va todo esto? —pregunta Antonio al entrar en el piso con las bolsas y el caballete.

—Déjalo en el salón. Ya lo sacaré a la terraza cuando se vaya un poco el sol.

Al entrar en el salón, Antonio siente frío por el contraste con la calle y con el resto de la casa. Al lado de la ventana, un aparato portátil de aire acondicionado con un tubo que sale hacia el exterior está funcionando a pleno rendimiento.

—Lo dejé puesto porque si no, siendo el último piso, aquí no se puede estar del calor que hace.

—Joder, qué frío —dice Antonio cruzando los brazos y acariciándose cada uno de ellos con la mano contraria.

—¡Qué exagerado! —Vera se ríe—. Hasta que haga la reforma e instale un aire acondicionado como Dios manda, he puesto este, que es un poco antiguo, pero enfría bastante bien.

—Y tanto.

Antonio se sienta, y Vera va a la cocina a preparar dos refrescos con hielo.

—¿Para quién es todo eso? —pregunta Antonio señalando las bolsas con el material de pintura.

—Para mí.

—No sabía que pintabas.

—Pintaba de niña, pero dejé de hacerlo.

—¿Por qué?

—No sabría contestarte a esa pregunta, la verdad.

—¿Por qué quieres volver a pintar ahora?

—Pues tampoco sé responderte a eso. Solo sé que me apetece mucho.

—¿Y qué te apetece pintar?

—Pues la verdad es que tampoco tengo ni idea.

—Ya veo que respecto a la pintura lo tienes todo clarísimo.

Los dos se ríen, y ella aprovecha para contarle que una vez pintó un cuadro del rey y ganó un concurso.

—¿Para qué has venido? —Vera se pone seria de repente.

—Quería verte.

—¿Tanto como a la del pelo rizado?

—No tiene nada que ver, ella es solo una amiga.

—¿Y yo qué soy? —Antonio se queda pensativo, sin llegar a contestar—. El otro día me sentí ridícula —se anticipa ella.

—Te entiendo, pero...

—Sí —Vera le vuelve a interrumpir—, ya sé que no me tienes que dar explicaciones.

—Tú viniste a mi casa a decirme que me echabas de menos y yo vengo a la tuya a decirte lo mismo. —Antonio mira a Vera entregado.

—Sí, la diferencia es que aquí no hay nadie más.

—No me extraña, con el frío que hace.

Antonio se ríe de su propia broma y contagia a Vera, que se deja llevar.

—¿Me dejas que sea un poco cursi? —pregunta Antonio.

—Tú sabrás. —Vera se encoge de hombros sonriente.

—Creo que solo estoy bien cuando estoy contigo.

Vera se acerca a él y le da un beso en los labios. Suave.

—¿Quieres otro? —dice ella mirando los dos vasos vacíos.

—¿Tú has comido? —pregunta él.

—Yo no, ¿pedimos algo?

Antonio propone comida japonesa, pero a Vera le apetecen jamón y gambas.

—La comida japonesa es para cenar —argumenta ella—, no me pega comer *sushi* a las dos de la tarde.

—Menuda tontería —replica él—, pero pide lo que quieras.

Vera abre la aplicación del móvil para encargar comida y le pide a él que abra una botella de vino que hay en la cocina. Los dos se sienten por un momento como una pareja. Es una sensación confortable, algo tan simple como estar a gusto.

Antonio vuelve al sofá con las dos copas llenas, Vera se quita las zapatillas y sube los pies desnudos al sofá mientras esperan al repartidor.

—¿Qué has hecho estos días? —pregunta Vera.

—He llegado esta mañana de Madrid. He ido a ver a mi madre y a la madre de Diego. —Antonio se entristece al pronunciar el nombre de su hermano, pero después de un trago vuelve a sonreír—. ¿Sabes? —se ilusiona por un momento—, he recuperado una foto que tenía con Diego de cuando éramos pequeños.

Antonio coge el móvil y se lo muestra a Vera.

—¡Qué preciosidad de foto! —Vera utiliza los dedos para ampliarla en la pantalla y ver todos los detalles—. ¿Me la podrías enviar a mi móvil? Me gustaría tenerla.

—¿Y para qué la quieres? —se extraña Antonio.

—No sé —Vera finge dudar del motivo—, porque es muy bonita.

—La original está en mi casa. Me la ha dado la madre de Diego. Él la tenía en un marco en su habitación. —Hay una mezcla de pena y orgullo en Antonio mientras le explica a Vera los detalles—: Yo no me acuerdo de ese día. Recordaba la foto porque la había visto, pero no el momento en el que estábamos en ese banco.

—Tú estás a lo tuyo —describe ella la imagen—, pero es muy bonita la forma en la que te mira él.

—Ojalá le estuviera mirando yo también. Quizá hubiera sido todo muy distinto.

Vera se acerca de nuevo a Antonio para abrazarle primero y buscar sus labios después. El beso ahora no es tan suave como el de antes, abren las bocas y juntan las lenguas. Ella se excita cuando Antonio pone con intención una mano en el interior de su muslo. Vera desabrocha el primer botón de la camisa de Antonio, que se abalanza encima de ella. Las escenas románticas no suelen tener defectos en las películas ni en las novelas, y menos aún las de sexo, donde los cuerpos se mueven en una coreografía perfecta y sincronizada. No pasan las cosas que pasan en la vida real. Antonio, encima de Vera, ella con las piernas abiertas sintiéndole a pesar de la tela gruesa de los vaqueros, y de repente las tripas de él que rugen de hambre, un gruñido impaciente y prolongado, como si su abdomen fuese una tubería que se llena de aire. «Sí que tienes hambre, sí», Vera se ríe, pero Antonio, una vez acallada la protesta traicionera de su estómago, intenta retomar la situación en el punto en el que estaba. Vera se vuelve a poner seria cuando Antonio le muerde ligeramente el labio inferior, así que le desabrocha un par de botones más de la camisa para meter la mano y acariciarle el pecho. En ese momento vuelve la excitación, cierran los ojos para sentir mejor el roce de sus bocas hasta que otro ruido inoportuno, esta vez el del telefonillo, los obliga a parar. «¡La comida!».

Vera abre al repartidor, que le entrega el pedido, y le dice a Antonio, que se ha vuelto a abrochar la camisa, dónde están los platos para que vaya poniendo la mesa. Ella descorcha una botella de vino.

—¡Anda! —se sorprende él cuando ve la comida repartida en un par de platos ovalados—. ¡Has pedido japonesa!

—Era lo que querías, ¿no? —Vera sonríe.

—Gracias —dice acercando su copa a la de ella para chocarla—. ¡Por ti!

Los dos comentan lo poco que les está durando el vino y lo ricas que están cada una de las piezas que se van comiendo con los palillos, más torpe Antonio y con más destreza Vera. Los dos vuelven a experimentar esa confortable sensación de estar justo en el lugar en el que quieren estar.

—¡Lo siento! —dice Vera de repente mirándole a los ojos.

—¿Cómo? —pregunta él asombrado.

—Necesito pedirte perdón...

Antonio tiene la intención de decir algo, pero ella le interrumpe antes de que empiece a hablar.

—Siento no haberte creído cuando me contaste que Borja había tenido que ver con la muerte de Diego. —Antonio se recuesta levemente en la silla para escucharla—. Jamás imaginé que Borja pudiera hacer algo semejante

—continúa Vera—. Nunca pensé que él fuera un peligro para ti...

Se detiene, como si tuviera miedo a decir la siguiente frase. Él parece saber cuál es.

—Tú no tienes la culpa. —Antonio acerca su mano y acaricia la de Vera—. No sigas.

Ella agarra la mano que él le ha ofrecido y la aprieta como para coger la fuerza suficiente y poder pronunciar ese pensamiento que la tortura.

—Si no me hubieras conocido, tu hermano seguiría vivo.

Esas palabras de Vera se quedan flotando en el aire del salón, doliendo al respirarlas. Palabras que hacen daño porque son verdad, crueles porque esa verdad ya es inevitable.

Antonio se levanta de la silla y va hacia la de Vera, como aquel día cuando comieron en La Isla, esta vez sin nadie mirando alrededor. Le ofrece la mano, tira suavemente de ella para levantarla y se abrazan sin decir nada. El auténtico consuelo nunca necesita palabras y el abrazo es tan intenso que tampoco necesita besos. Los dos lo prolongan hasta que el alivio se impone discretamente a la culpa.

—No te abrazo porque te quiera, te abrazo porque estoy helado.

Antonio bromea por necesidad. A Vera le fascina su manera de cambiar el paso, siempre al sitio indicado.

—La verdad es que tienes razón —dice ella riéndose.

Definitivamente, hace demasiado frío en el salón por

culpa de ese aire acondicionado tan arcaico como eficaz. Vera desconecta el aparato y Antonio abre la terraza buscando, aunque sea por un momento, el calor del exterior.

—¿Dónde vas a poner el caballete?

—Al lado del rosal.

Antonio va a buscarlo y lo coloca donde ella le dice.

—¿Podrías pintar algo ahora?

—Ahora prefiero hacer otra cosa.

Vera coge de la mano a Antonio y le lleva de nuevo dentro de la casa. Nada más entrar comienza a desabrocharle acelerada, ahora sin ruidos inoportunos, los botones de la camisa hasta dejar su torso descubierto. Posa a la vez las dos manos en el pecho de él y lo acaricia como un ciego intentando descifrar una escultura. Él se lo pone fácil sacándose las mangas de la camisa, que deja caer al suelo. Vera se excita sin contención cuando toca los hombros robustos de Antonio y avanza hacia su espalda, mientras él baja por la de Vera y le agarra el culo con ansia. Sube la excitación y las respiraciones se hacen más fuertes al juntar las bocas, mezclándose las lenguas, la una con la otra. «Ven», dice ella caminando hacia la habitación. Antonio la sigue, mirando su silueta e imaginando lo que va a pasar dentro de un instante. Vera comienza a quitarse la ropa sin esperar a que la desnude él. Antonio hace lo mismo por su cuenta. Los dos a la vez se arrodillan desnudos encima del colchón, se besan en la boca, en el cuello, él busca con su lengua las tetas de Vera, los dos se manosean como adolescentes. Antonio la empuja levemente para que se tumbe boca arriba, pero ella se resiste y le invita a que lo haga él, que se deja llevar. Tumbado, ve cómo ella se arrodilla entre sus piernas y comienza a acariciársela primero hasta cogerla después y moverla arriba y abajo dentro de su mano. Antonio cierra los ojos para sentir aún más cuando nota la boca de ella recorriéndola con los labios y la lengua. Vera trepa después por el cuerpo de Antonio hasta juntar sus caras y besarse mientras ella se roza contra él, deseando tenerle dentro. Apoyándose en el pecho de Antonio, se incorpora con las rodillas en el colchón, la coloca con la mano para que, reposando levemente encima de ella, entre inevitablemente, suave y profunda. Vera siente una corriente que transforma en grito cuando la tiene dentro de su cuerpo. Antonio se queda inmóvil mientras ella comienza a moverse encajada en él. Vera agarra las manos de Antonio y las guía hasta su pecho moviéndose cada vez más deprisa. Siente la necesidad de que no se acabe y el deseo que la empuja a acabar, todo mezclado. Las manos de Antonio abandonan las tetas de Vera, que fluyen libres con el movimiento, y le agarra las caderas para acompasar el vaivén de su cuerpo. Ella grita cada vez más fuerte, liberándose en cada gemido. Siente placer sin que la conciencia lo contamine. Él la mira desde abajo, intentando aguantar lo que sea necesario, que ya parece que será muy poco. Vera acelera aún más el movimiento buscándose, sus músculos se contraen, el jadeo se hace incontrolable y su cara se desencaja antes del último gemido que se escapa, áspero y mudo, de su garganta. Todavía temblorosa, nota cómo Antonio acaba dentro de ella sin dejar de mirarla a los ojos. Los dos se recuperan poco a poco desplomados en la cama, tomando conciencia del calor, en el que hace un momento no habían reparado.

—Pon el aparato ese, por favor —le pide él.

—Vamos al salón, que hasta aquí no llega.

Vera se pone la ropa interior con una camiseta que coge de un cajón y Antonio recupera del suelo sus calzoncillos y se los pone sin nada encima.

—Qué guapo estás —comenta ella divertida.

—Y tú qué distinta —se le escapa a él.

—¿Qué quieres decir con «distinta»?

Antonio duda por un momento buscando palabras para contestarle, sin encontrarlas.

—No lo sé. Solo sé que me encanta.

Vera conecta su móvil a un altavoz, pone algo de música y saca otros dos refrescos con hielo. Los dos tararean las canciones si se saben la letra, él a veces se anima a bailar un poco cuando el ritmo lo permite.

—Vera, quiero que estemos juntos —dice Antonio acercándosele.

—Ahora estamos juntos —contesta ella sabiendo que esa no es la respuesta que él espera.

—Quiero decir —duda un instante— juntos para siempre.

—Siempre es demasiado tiempo —le suelta ella.

—No te entiendo —se desconcierta Antonio.

—Me encanta estar contigo, pero también necesito

estar sola. —Vera acompaña sus palabras con una sonrisa para suavizarlas—. Y creo que tú también tienes mucho que vivir sin mí.

El atardecer se va imponiendo en Sevilla, el aire es menos denso y el calor se va disipando, aunque sea levemente, en la terraza del ático. Parece que el olor de las flores es más intenso cuando el sol desaparece. Antonio se va a la habitación a recoger su ropa y vuelve disimulando una sonrisa que disfrace la inquietud que le ha causado el rechazo de Vera. Le gustaría que ella le hubiese pedido que se quedara a pasar la noche, pero no le detiene mientras se está vistiendo. Ella empieza a sacar el material de pintura de las bolsas y lo va poniendo encima de una mesa. Coge uno de los lienzos, le quita el plástico transparente que lo protegía y sale a la terraza a colocarlo encima del caballete.

—Me marcho ya —dice él en cuanto termina de abrocharse la camisa.

—Adiós, Antonio.

Vera le da un beso en los labios como despedida antes de cerrar la puerta y volver al salón. Coge la mesa en la que había distribuido el material de pintura y la saca a la terraza al lado del lienzo en blanco.

61

Nunca me he sentido tan guapa como cuando me mira Antonio. Reflejarme en el espejo de sus ojos me ha hecho descubrir quién soy. Nunca me habían mirado así. Se puede mentir con la palabra, pero no se puede engañar con la mirada. Lo que veo en los ojos de Antonio es verdad. Guapo, más joven, con otras mujeres esperándole, tuve miedo de sentirme una más, pero acabé siendo única. Él hace que siempre mantenga los ojos abiertos para no perderme nada.

Vera dobla el papel en el que tenía escrita la nota y la mete en el bolso.

—¿Te gusta? La escribí anoche.

—Es muy bonita —dice Gabi comiéndose un mejillón acompañado de una patata frita—. No sabía que escribías.

—Ni yo —le reconoce Vera.

—Ya sabes que yo también escribo algo de cada uno con el que estoy. Van cuarenta y cuatro. —Gabi se detiene un momento—. Escribir te hace pensar mejor.

Las dos están al final de la barra de Casa Moreno,

en el casco antiguo. Una tienda de ultramarinos que al fondo del local tiene una barra en la que sirve sus productos. Las paredes están repletas de fotos taurinas, carteles de la ciudad e imágenes religiosas. Justo encima de Vera y Gabi hay una cabeza disecada de un toro de a saber qué siglo.

—La verdad es que no sé por qué lo hice.

—¿El qué?

—Escribir esa nota.

—Lo que no sé es por qué has roto con Antonio si te gusta tanto.

—No he roto con él.

—Pues él debe de creer que sí. Emilio, pon una tapita de lomo y otros dos de estos —dice Gabi señalando los botellines de cerveza vacíos.

—Ahora mismo —contesta Emilio.

—No conocía este sitio —dice Vera—, es muy pintoresco.

—Hay que ver cómo sois los pijos —se burla Gabi—. Pintoresco, dice. Mira que ser de Sevilla y no conocer Casa Moreno...

—¿Qué pasa? —Vera se defiende, pero sin demasiado entusiasmo—. Me quedan muchas cosas por descubrir.

Emilio les da desde el otro lado de la barra el lomo recién cortado encima del papel con el que se suele envolver el embutido, unos picos de pan y dos botellines helados.

—¿No ponen platos para las raciones? —pregunta Vera.

—No, es que es un sitio muy pintoresco —replica Gabi, que no suelta a su presa.

Las dos se ríen y se beben de un trago medio botellín después de comerse una loncha de lomo.

—Si el lomo es bueno, es mejor que el jamón —comenta Vera.

—Pero si el jamón es bueno, es mejor que el lomo —replica Gabi con la boca llena de una mezcla de pico y lomo—. ¡Emilio, ponnos una de jamón! Y otros dos de estos.

Emilio le pide al chico que le ayuda que prepare el jamón. Él casi siempre está al lado de la caja haciendo las cuentas y dirigiendo el negocio, que para eso es el dueño, pero no es hombre de moverse mucho.

—¿Y Francisco? —pregunta Vera señalando con la mirada la cabeza de toro que tienen encima.

—Toreando —le cuenta Gabi—. Ahora está en plena temporada. No creo que le vea hasta octubre.

—A mí me cayó muy bien.

—Sí, es muy buen tío —comenta Gabi.

—Menudo entusiasmo —ironiza Vera.

—Es que octubre está muy lejos —se ríe—. Yo creo que está al caer el cuarenta y cinco.

Vera se ríe, y Gabi dice que además el número tiene rima. Las cervezas que van acumulando invitan a los chistes malos, a los ataques de risa incontenibles. Emilio, los otros camareros y los clientes las miran con algo de envidia.

Ya se han acabado el lomo, el jamón, los picos, y han pedido una tapa de queso muy curado con el cuarto botellín. O el quinto, ya han perdido la cuenta. La cerveza les ha provocado esa euforia que acaba siempre con la exaltación incontenida de la amistad.

—¡Tía, te quiero mucho! —exclama Gabi.

—¿Estás borracha?

—Casi, pero todavía no. ¿Y tú?

—Yo también. Que diga, tampoco. Quiero decir que no estoy borracha, pero casi. Y que yo también te quiero mucho.

Las dos chocan sus botellines y apuran los últimos trozos de queso, tan curado que pica un poco.

—¿Y por qué me quieres? —suelta Vera de repente.

—Menuda pregunta —se sorprende Gabi—. No se saben los motivos por los que se quiere. Se quiere y ya está.

—Pues yo sí sé por qué te quiero. —Vera bebe el último trago de su botellín—. Te quiero porque te admiro. —A Gabi le emociona lo que le acaba de decir su amiga. Se lleva el botellín a la boca, pero en el suyo tampoco queda nada—. Ojalá —continúa Vera— yo tuviera tu capacidad para disfrutar tanto de la vida, a pesar de todo lo que has sufrido.

—¡Emilio, pon otros dos!

—Sí, pero que sean los últimos —dice Vera, que siente un poco de mareo.

—Es ella la que me ha enseñado a disfrutar tanto de la vida. —Gabi habla, Vera la escucha, las dos beben—. Cada vez que voy a ver a mi madre —continúa—, más ganas me dan de vivir por si se acaba. Y, lo más importante, me doy cuenta de que ser feliz no es tan difícil. A veces, la felicidad puede ser simplemente una cajita de yemas de San Leandro.

Vera va a decir algo, pero prefiere darle un abrazo y un beso a su amiga. Las dos vuelven a chocar sonrientes sus botellines antes de acabárselos.

—¿Te atreves con otros dos?

—Yo ya no puedo más. —Vera se rinde.

—Emilio, haznos la cuenta, por favor.

En Casa Moreno la cuenta también es distinta a la de cualquier otro bar. Emilio apunta con un boli de punta fina en un papel blanco el precio de las consumiciones y lo suma a mano hasta obtener el total. Esa cifra de números, fría como son siempre las cifras de números, la acompaña con un dibujo que hace en el mismo momento, en el que se reconoce con pocos trazos el puente de Triana.

—¿Y tú? —pregunta Gabi con una media sonrisa puesta después de los cinco botellines. O seis, seguramente—. ¿Le vas a dar esa nota a Antonio?

—No. —Vera se sorprende—. La escribí para mí.

—Sí —dice Gabi—, pero como habla de él...

Vera se ríe, coge el bolso, lo abre y vuelve a sacar la nota.

—Léela otra vez —le pide entregándosela.

Gabi abre el papel y lo vuelve a leer.

—¿Qué? —dice un poco desconcertada.

—Que la nota no habla de él. Habla de mí.

62

Antonio tiene repartidas por la casa varias cajas sin abrir. No son muchas, pero, salvo la de la ropa de verano, las otras están esperando a que tenga tiempo y, sobre todo, ganas de abrirlas.

—¿Cuánto hace que vives aquí? —pregunta Laura mirando las cajas.

—Un par de días —contesta Antonio mientras mete unos cuantos hielos en cada vaso.

—A mí pónmelo cortito —dice ella sentándose en el sofá—. ¿Escuchamos algo de música?

—Conéctate tú y pon lo que quieras —dice Antonio dándole un altavoz.

—Eres un poco serio, ¿no?

Laura es una chica de unos treinta años que debió de ser rubia de pequeña, aunque ahora es más bien castaña. Mantiene, eso sí, unos ojos verde oscuro que son lo más bonito de su cara, compuesta, además, por una nariz algo puntiaguda y una boca con el labio de arriba prácticamente inexistente. Es una chica normal, ni guapa ni fea, una más de las muchas que había esta noche de viernes en la terraza Muelle New York, un bar de copas a la orilla del río. Laura estaba sentada con unas amigas cuando vio a Antonio entrar acompañado de un chico y una chica. Le siguió con la mirada mientras iba con sus amigos a la barra. Le pareció guapo, le gustó su manera de caminar un poco hacia delante y se fijó en sus manos. Al principio, supuso que Antonio era pareja de la chica, que era bajita pero atractiva, de facciones grandes y con el pelo rizado. El otro chico que iba con ellos tenía pinta de ser bastante gay, que es una manera absurda de definir a un gay. Nadie es bastante gay: se es gay o no se es. De la misma manera que nadie está bastante embarazada o bastante muerto.

Los tres se sentaron en los sofás de al lado, la chica del pelo rizado y el gay dándole la espalda y Antonio justo enfrente. Él estaba serio, ninguno de los tres parecía pasárselo bien. Laura observaba cómo el chico gay era el que intentaba animar al trío, sin que los otros dos mostraran demasiado entusiasmo. Laura pensó que a lo mejor la chica del pelo rizado era la ex de Antonio, mientras escuchaba en segundo plano la conversación de sus amigas sin saber muy bien de lo que hablaban.

Las miradas de Antonio y de Laura se cruzaron varias veces. Al principio, se evitaron un poco por timidez, después se buscaron y más tarde se sedujeron de lejos con la sonrisa. Laura observó cómo, al poco rato, la chica del pelo rizado y el amigo gay se levantaron para marcharse, pero él les dijo que se quedaba. Sin oír la conversación, a Laura le pareció ver que los dos se extrañaron de que su amigo quisiera quedarse solo en el bar. La chica del pelo rizado buscó el motivo dándose la vuelta y pilló a Laura cruzándose la mirada con él. Antes de despedirse, la chica le dijo a Antonio algo al oído. Laura seguía sin prestar demasiada atención a sus amigas, con las que se reía más por inercia que por otra cosa. Al rato decidió ir al servicio, y Antonio se levantó al instante para seguirla.

—Mis amigas me van a matar —dice Laura descalzándose y subiendo los pies al sofá del piso de Antonio—, me he ido sin despedirme.

—¿No les has dicho que te venías conmigo?

—Solo a una, con la que tengo más confianza.

Antonio se presentó en la puerta del servicio y le propuso que se tomase algo con él en la barra. Ella aceptó, él le inspiró confianza y le atrajo físicamente. Antes de terminar la primera bebida ya se habían besado. La siguiente propuesta que le hizo él fue tomar otra copa en su casa, ella se fue a hablar con una amiga del grupo y regresó con el bolso.

Antonio se da cuenta, mientras toman el gin-tonic en el sofá de su casa, de que no se acuerda del nombre de la chica. Ya es tarde para volvérselo a preguntar sin que se ofenda, así que se dirige a ella en todo momento con oraciones con el sujeto omitido.

Laura, que Antonio no sabe que se llama Laura, le pregunta cuánto tiempo lleva en Sevilla, dónde trabaja y si a este piso suele traer a muchas chicas.

—Ya te he dicho que llevo aquí solo dos días. ¿No ves que aún hay cajas sin abrir?

—Me refiero a que si sueles estar con muchas chicas.

—No sé, las normales. ¿Y tú con muchos chicos?

—Casi nunca la primera noche —dice dudando un poco.

—Seguro... —replica él irónico.

—De verdad no me suelo acostar con un chico la primera noche. —Ella suena sincera.

—Perdona, pero tú y yo todavía no nos hemos acostado.

—Si quieres me voy. —Laura baja los pies del sofá y busca sus sandalias.

Antonio, que sigue sin acordarse del nombre de la chica, duda si jugársela con Lorena. O con Laura. O Lara. Él cree que se llama Lorena, pero no se atreve a pronunciarlo por si acaso.

—Perdona, no te enfades —intenta conciliar.

—Tío, es que parece que no quieres que esté aquí —replica Laura.

—Que sí, ¿qué música quieres escuchar?

—No sé, algo animado —dice Laura.

A Antonio no le apetece pensar a qué se refiere ella con «algo animado».

—Insisto, conéctate tú y pon lo que quieras.

Laura busca en su bluetooth el altavoz, lo enlaza al móvil, pone música, se levanta del sofá y empieza a bailar animada.

—¿Reguetón? —dice Antonio—. ¿En serio?

—¿No te gusta?

—La verdad es que no.

—Pues a mí el reguetón me parece superdivertido para bailar.

—Es que a mí no me gusta bailar.

Laura apaga la música y se vuelve a sentar en el sofá, esta vez para ponerse las sandalias.

—¿Qué haces? —pregunta Antonio.

Laura se termina de calzar sin contestarle, se levanta, coge el bolso y se va hacia la puerta.

—Lo siento, Lorena —dice Antonio.

—Vete a la mierda. —Laura se marcha dando un portazo.

Antonio tardó mucho en dormirse después de que se fuese la chica. Le hubiera encantado poder llamarla para pedirle perdón, pero no llegaron a intercambiarse los números de teléfono. El de ayer debería haber sido un viernes más para Antonio en Sevilla. Lo de conocer a alguna chica y acabar la noche con ella le había pasado muchas veces, pero ahora él no era el mismo. Antonio sabe seducir haciendo que la otra persona se sienta única. Una especie de farsante sincero, un truhan honesto, que es feliz cuando la chica lo pasa bien. Y si para eso hay que mentir, se miente. Y si hay que bailar reguetón, se baila. Y, por supuesto, a una chica nunca se la confunde de nombre.

Antonio se ha hecho un café en una cafetera italiana que ya estaba en este piso, porque la suya de cápsulas debe de seguir en alguna de las cajas que aún quedan por abrir. Ha buscado en un par de ellas, pero no la ha encontrado. El café le resulta demasiado flojo, ya se ha acostumbrado al expreso de la otra máquina. El piso que ha alquilado está en Triana y, aunque todavía no le ha dado tiempo a hacerse al barrio, le gusta lo que ha visto. El apartamento es más pequeño que el de José Laguillo, pero para él es suficiente. Un salón con la cocina integrada en una de sus paredes, un baño pequeño pero recién reformado y una habitación con un armario grande. Está amueblado en tonos tierra y el suelo es de madera clara. Según figuraba en la ficha de la inmobiliaria tiene cuarenta metros, pero seguro que será alguno menos. Da igual, es bonito y confortable, y lo será aún más cuando saque sus cosas del interior de las cajas.

—¿Qué haces? —Antonio ha llamado a Isabel mientras se bebe su café flojo de la cafetera italiana.

—Preparándome para ir al gimnasio —contesta ella—. ¿Qué tal anoche?

—Menudo desastre. —Antonio sonríe.

—¿Qué pasó?

—Nada, no salió bien con la chica.

—Ya te lo dije antes de irme.

—¿Qué me dijiste?

—Justo eso. Que no iba a salir bien.

—Pues no te oí.

—¿Qué tal en el piso nuevo? —Isabel cambia de tema.

—Bien. Hoy voy a terminar de abrir las cajas.

—Ya sabes que si no las deshaces los primeros días de mudanza, se quedan años sin abrir.

—Aquí no, que no caben —bromea Antonio.

—¿Cómo estás? —Isabel suaviza el tono.

—¿Por qué lo preguntas?

—¿Has vuelto a hablar con Vera?

—Nos hemos escrito por WhatsApp.

—¿Y a qué esperas para ir a verla?

—No sé... —Antonio duda sin saber contestar a su amiga.

—Antonio, te has quedado a vivir en Sevilla por ella. —Isabel alza la voz como se suele hacer con alguien a quien se quiere—. Llámala, invítala a cenar en tu piso nuevo de Triana y deja de perder el tiempo con una y con otra.

En ese momento llaman al telefonillo. Es la primera vez que suena estando Antonio en el piso, así que tarda en identificarlo. Tiene que sonar un par de veces para que caiga en la cuenta de que es para él.

—Espera, que están llamando —le dice a Isabel,

que aguarda al teléfono—. ¿Sí? —contesta al telefonillo—. Soy yo, suba.

Antonio abre la puerta y vuelve al teléfono con Isabel.

—Es un mensajero.

—Bueno, yo te dejo —dice ella—, que llego tarde al gimnasio.

—Isabel, quería decirte que... —Hace una pausa—. Que gracias.

El mensajero llama al timbre de la casa y Antonio va a abrir.

—¿Es usted Antonio Ortiz? —pregunta el hombre, uniformado con los colores amarillo y rojo de su empresa de mensajería.

—Sí, soy yo.

—Este paquete es para usted.

63

Casa Caldera tiene olivos, naranjos y viñedos que rodean una casa preciosa. Es una finca tan bonita como poco rentable, muy coherente con la manera de vivir de don Luis Luque, el padre de Vera. Él y doña Remedios, que tampoco prestaba demasiada atención a los números, la compraron por su belleza sin preocuparse por su nula productividad. A estas fincas se las llama «de recreo», que es una manera muy precisa de describir la vida de don Luis y doña Remedios. Es una casa de estilo típicamente andaluz, con paredes blancas y tejas rojizas, y tiene un patio interior que estuvo lleno de flores y un pequeño huerto que en su día daba los mejores tomates del mundo, aunque pocos. Tiene el deterioro propio de las casas que no se habitan. Es un misterio que a veces se desgaste menos aquello que se usa. Una señora del pueblo de al lado venía una vez a la semana a quitarles el polvo a los muebles y otro vecino se encargaba de darle de vez en cuando al riego para la pradera, los olivos y los naranjos.

A Casa Caldera ha vuelto el ruido. Matías, Luisa y

Rosita están poniendo la casa en funcionamiento y Agustín le ha prometido a Vera que, aunque se haya jubilado, se va a encargar de que el huerto vuelva a dar tomates tan buenos como los de hace veinte años. También plantará geranios, jazmines, buganvillas y rosas para recuperar el color del patio de la casa.

Vera se ha traído a los dos mastines, que mantienen la misma actitud cansina que tenían en La Paz, y ha empezado a construir unas cuadras para los caballos.

—¿Es la misma empresa que te está reformando el ático? —pregunta Alba.

—Sí —dice Vera—, dos obras a la vez.

—Muchos cambios en poco tiempo —comenta, como reflexionando en voz alta.

Cae la tarde y las dos hermanas pasean por los alrededores ahora que ha bajado un poco la temperatura. Al lado de la puerta principal, cerca del pozo que en su día dio agua a la casa, se detienen.

—Aquí es donde nos hicieron las fotos con papá —dice Vera, refiriéndose a las que tienen las dos de bebés subidas a un caballo con don Luis.

—Me hubiera gustado haber pasado mi infancia aquí. —Vera se queda callada y Alba se da cuenta de que su frase no ha sonado como ella quería—. No es un reproche, Vera —le aclara—. Quiero decir que yo hubiera vivido aquí si papá y mamá no hubieran muerto.

—Alba, no tienes edad para ser nostálgica —le suelta Vera, que se sorprende a sí misma de lo que acaba de decir. Alba tampoco sabe cómo tomarse la frase, no comprende muy bien lo que significa—. Con cuarenta y cinco años yo estoy comenzando a vivir de nuevo, pero tú ni siquiera has empezado. Tenemos toda la vida por delante.

—Bueno, yo bastante más —Alba se ríe—, que me sacas veintidós años. Así que no te flipes.

—No hables así —protesta Vera—, desde que estás en Madrid hablas fatal.

Alba le recuerda que eso ya se lo ha dicho muchas veces y que en Sevilla también se dice «flipar».

—¿Sabes que he vuelto a pintar?

—Ya he visto los trastos en el salón —le dice Alba.

—En este momento tengo tres cuadros empezados. Y uno que ya he terminado.

—Lo has cogido con ganas.

—Ganas es lo que más tengo. De todo.

Las dos hermanas vuelven al interior de la casa. Aunque se ha ido el sol, todavía hace demasiado calor fuera.

—¿Y Antonio? —pregunta Alba cuando regresan al salón.

—¿Eso qué tiene que ver ahora?

—Todo. Tiene que ver todo.

—Yo no quiero dejar de verle, pero no sé si lo mejor ahora es una relación seria.

—¡Menuda tontería! —exclama Alba con contundencia.

Vera no dice nada porque en este momento no se le ocurre ningún argumento para contradecir a su hermana.

—¿Le pedimos a Luisa que haga una tortilla para cenar? —comenta de repente.

Alba se ríe al ver el intento de su hermana por escapar de la conversación. A Vera también le entra un poco la risa de sí misma.

—¡Quién te ha visto y quién te ve! —sigue Alba—. Que no quiere una relación seria, dice.

—También lo hago por él —replica Vera.

—¿Por él? —se extraña Alba—. Has sido la mujer más conservadora del mundo con el hombre equivocado. Y ahora pretendes hacerte la moderna con uno que te conviene.

—¿Y tú por qué sabes que me conviene?

—Porque te gusta. —Alba se detiene un momento—. ¡Y, qué coño, porque es muy guapo!

—Que no hables así, niña.

—Desde que estás en Madrid... —imita a su hermana haciéndole burla. La pequeña se ríe de la mayor y la mayor se hace la enfadada de mentira—. Porque te gusta mucho, ¿a que sí? —insiste Alba en hablar de Antonio, un poco provocadora.

Vera no contesta a su hermana y le pide a Luisa, alzando un poco la voz, para que la oiga desde la cocina, ahora sí, que haga una tortilla para cenar. Luisa dice que marchando, y se pone a pelar las patatas. Alba se queda mirando a Vera, que se decide por fin a contestar.

—Más de lo que jamás imaginé que me podría gustar alguien.

64

Antonio busca unas tijeras para romper la cinta de embalar del paquete que le ha entregado el mensajero. Es una caja de cartón con un lienzo dentro, envuelto con varias capas de plástico de burbujas. Antonio va retirando con cuidado el plástico para no dañar el cuadro, como si lo estuviera desnudando lentamente.

Dos chicos están sentados en un banco del parque. Son Antonio, con unos quince años, y Diego, que apenas tendría cinco, tal y como salían en la única foto que tienen juntos.

La emoción se agarra al pecho de Antonio al descubrir que en el lienzo la foto ha cobrado vida. Antonio ya no mira al suelo, ajeno a Diego, que le está observando con devoción. El cuadro es lo que debería haber sucedido un segundo después y lo que, quién sabe, posiblemente sucedió. Es el deseo de Antonio. Su paz.

La pintura ha vuelto atrás en el tiempo para hacerlo avanzar solo un instante. Antonio levanta su vista del suelo y abraza a Diego, haciéndole el niño más feliz del mundo.